U0115408

劉怡伶 撰

現代國語文教育的探索與建構

羅宗濤 題

語文教學叢書

現代國語文教育的 探索與建構

劉怡伶　著

目次

自 序

　　《現代國語文教育的探索與建構》共收錄五篇專論，是個人近年執行科技部（原國科會）各專題研究計畫的成果，皆與國語文教育主題有關，曾分別發表於期刊或國際學術研討會。

　　本書指涉的「現代」，不僅蘊含時間概念，並強調有別於古代、舊傳統的特質。晚清科考廢止，教育制度丕變，教學目標、科目、內容、教法等都出現熱烈討論，在如何「推陳」、怎樣「出新」上，眾聲喧嘩，新的觀念、規模、作法登場，產生的問題自然不少。

　　五四的領頭人物胡適，在「自古成功在嘗試」、「但開風氣不為師」的思路下，不但親自以語體嘗試新詩創作，在現代國文的教材、教法方面也投注心力，乃至為即將出洋留學的學生開列必讀書目；其他如：朱自清、夏丏尊、葉聖陶等在這方面也有不少反思與創新實踐。數十年間，不論知名與否，也不論身份是學者、教師，或教科書編輯、期刊編輯，乃至學生，許多人都藉著或同或異的管道公開發表自己的觀點或經驗。在各種嘗試、討論的互動語境中，現代國語文教育亦同步成形，並在不斷的探索中持續建構。這是一件與時俱進、永續的工作，自新式教育正式取代傳統科舉的前半個世紀，前人從觀念到實踐的種種設想、規劃，無論單就「鑑往」還是兼及「知來」，都值得學界細細回顧、深入探討。臺灣解嚴、兩岸開放交流後，不僅學術研究的視野更加開闊，其前難以利用的研究材料也大量增加。時空環境的改變拓展了相關研究的格局，但是，與現代國語文教育相關的議題千絲萬縷，牽涉甚廣，非一人一時所能充分掌握。個人受限於學

殖與精力，因此，除了鎖定現代國語文教育為主軸之外，並盡量從「補闕」的角度切入。這樣做，在消極方面，可避免學者間的重複研究；在積極方面，則希望能在同一研究課題上呈現更豐富的脈絡，使觀照更為周延。

本書各篇，主旨扼述如次：

壹、〈以例示法：尤墨君對中學生作文的具體指引〉：主要探討致力近現代國語文教育甚深的典範教師──尤墨君（1888-1971）在教學第一線所提出的學生作文問題及其解決方案。尤墨君，江蘇吳縣人，南社社員；曾就讀第一民立小學堂、蘇州府中學堂以及江蘇游學預備科英文班。一九二〇年代後，他在上海、杭州等地中學及師範學校教授國文，抗戰後，執教蘇州崇範中學，擔任國文教師逾四十年，經常撰寫語文教育方面的文章發表於報刊。尤墨君曾在《中學生》雜誌開闢「作文講話」專欄，有一系列關於寫作方法及培養語文基本功的文章，既指出中學生寫作上的迷思，更提點如何「寫得出」、「寫得好」。由於不講深奧學理，每每透過比喻或實例去解析，廣受讀者喜愛。一九三四年的「大眾語論戰」，他主張建設大眾語要從改進中學生的寫作著手，魯迅說尤墨君「以教師的資格參加著討論大眾語，那意見是極該看重的」。他對國文教學致力甚勤而見解獨到，惜未獲學界關注。此篇針對尤墨君所執筆的「作文講話」專欄系列文章，並兼及其他相關篇章，以重現其在教學現場所發現的實際問題及其解決之道。

貳、〈「粉筆屑」中的嘗試：曹聚仁與現代國語文教學〉：係探討近代中國新聞界與文史學界的知名人物──曹聚仁（1900-1972）的國語文教學觀念及方法。曹氏讀過舊式私塾，啟蒙於四書五經，是國學大師章太炎之入室弟子，其後畢業於浙江省立第一師範學校，師事單不庵、夏丏尊、陳望道、朱自清諸先生；既具舊學根柢，又受

了新式教育的洗禮。在一九二〇、一九三〇年代，他曾從事現代國語
文教學，教授大學國文、中學國文修辭學以及國文教學法，並曾設計
整套的國文教材、編選國語文補充教材，晚年時更表示一九三〇年代
從事中學國語文教學的日子是他「一生中最成功的時期」。他在教學
與編寫教案之餘，曾以「粉筆屑」為題，將實際心得連載於開明書店
的著名青年刊物《中學生》。此篇即聚焦於「粉筆屑」系列文章，從
「文化」、「文學」與「語文」三個角度探討曹聚仁的教學觀念和方
法，藉以瞭解國語文教師在時代轉型之初的種種具體嘗試，尤著重於
他對文言與白話在新時代定位所抱持的基本態度、對小說教學的關懷
以及對當時國語文教學的批評。

　　參、〈**舊刊新義：當代視野下的《國文月刊》與《國文雜
誌》**〉：此篇嘗試以《國文月刊》與《國文雜誌》兩份專業刊物為國
語文問題探討的對象，檢視在兩份刊物上所出現的觀點，除了以另一
角度觀察一九四〇年代國語文教育的發展軌跡，並從中提取足供反思
之處。此篇側重《國文月刊》、《國文雜誌》有三方面的意義：一、
客觀瞭解現代語文教育的前期發展狀況；二、提供當代國語文教育的
反思憑藉；三、追原「搶救國文」呼聲的歷史脈絡。

　　肆、〈**後出如何轉精：《開明文言讀本》對臺灣當代文言文教本
的借鑑意義**〉：此篇針對《開明文言讀本》及臺灣市佔率較高的幾種
國文課本的相同選文，經由取樣以比較其間異同，進以探討當代文言
文教本在編纂上如何後出轉精。一九二二年新學制課程標準辦法規定
白話文言混合教學，葉聖陶、朱自清與呂叔湘認為混合式不利於國文
教學，文白應分開教授、教材亦不宜文白混編，一九四〇年代末遂編
成三冊專選文言的《開明文言讀本》。《開明文言讀本》出版三十年
之後，一九七〇年代末因當時無相同屬性課本可以取代，遂改編重印
為一冊《文言讀本》。其何以歷久不墜、普受青睞？而與臺灣當代主

要的中學國文課本如東大、翰林、泰宇等版本比較，其體例、選材及編制特色為何？它的編寫思維是否有值得借鏡之處？都是本篇嘗試瞭解的。

伍、〈環島紮根：從《國語文輔導記》考察一九五〇年代臺灣中小學語文教育〉：此篇透過《國語文輔導記》一書，探討一九五〇年代的臺灣各地國語文教學實況以及前人怎樣改進修辭教學。臺灣推動國語文教育的先行者趙友培、王壽康、何容及督學陳泗孫，自一九五七年十二月十七日至一九五九年一月二十日以一年多的時間環島輔導中小學國語文教育，提倡寫白話文及推行說國語；其輔導經驗，後由趙友培撰成《國語文輔導記》，內容含括：實際教學演示、學生作文成果及檢討、作文批改方法、語文測驗解讀、教學座談會記錄、專題演講摘要等；其中提示了不少學習語文的門徑，如：從生活學語文、用思想學語文、為創造學語文。該書保存了當時的語文教學實況，也記錄了許多改進修辭教學的具體作法。此篇即著眼於修辭教學，而兼及相關問題。

本書是個人近年研究的初步心得，結集整理之際，新增了一些材料、修訂了文字，也補列了徵引文獻；此外，為配合出版公司同系列叢書的共同編輯體例，原稿的格式和符號標示亦略有調整。在撰寫過程中，蒙許多師友協助，深情厚誼，點滴在心，將分別誌謝於本書相關專文之中。

付梓前夕，業師羅宗濤教授親為拙著書題；除了由衷感謝，於教學和研究，亦必更加黽勉。

劉怡伶
於宜蘭 聖母醫護管理專科學校
二〇一四年十月

壹

以例示法：尤墨君對中學生作文的具體指引

一　前言

　　尤墨君（1888-1971，參圖一。「尤」、「尤」兩見，詳後述），江蘇吳縣人，原名為尤志庠，又稱尤翔，字玄甫，亦作玄父，號墨君，別署黑子、槁蟬[1]。七歲之前，家裡設館授徒，在家隨母親習字、讀經。八歲出外就讀第一民立小學堂，十五歲進中西蒙學堂，讀了兩年多的蒙學堂，後考入蘇州府中學堂，經過兩年，保送進入江蘇游學預備科英文班（專門訓練出洋留學人才的學堂）[2]。尤墨君亦是南

---

*　此係一〇三學年度科技部專題計畫（MOST 102-2410-H-562-002-MY2）之部分研究成果；曾發表於首爾孔子學院、韓國中國言語文化研究會、世界漢語修辭學會合辦「第十六屆韓中教育文化論壇暨第四屆世界漢語修辭學會年會暨修辭學國際學術研討會」（2014年10月），並於該次會議獲頒優秀青年學者獎。

[1]　尤墨君在《蘇州新報》撰文署名以槁蟬居多，根據嫻熟蘇州文史掌故的黃惲先生解釋：「他的兒子尤子正（筆者按：即尤敦誼）為中央大學高材生，畢業後不數年，即因肺病去世，尚是新婚未久。因此他署名槁蟬，正是心如死灰，而嘶鳴不已的象徵。」見黃惲：〈尤墨君與《新蘇州導游》〉，《蘇州雜誌》（2013年第1期，總第146期），頁64。又，尤敦誼曾撰〈投考中大的回憶〉，發表於《中學生》第46號（1934年6月），一併繫此備參。

[2]　尤墨君的中學時代，恰由科舉過渡到學校的階段，他在蘇州府中學堂讀了兩年多，即由蘇州府中學堂保送應考游學預備科英文班（讀了四學期，一九〇八年一月〔光緒三十三年十二月〕取得游學預備科的文憑證明）。又，關於尤墨君早年讀書生活的經歷，可參其〈我的學生時代〉，《江蘇教育》第3卷第4、5期合刊

社社員，與弘一法師李叔同頗有交誼[3]，也曾加入中國世界語學會，其室名取為「捧蘇樓」。一九二○年代後，尤墨君在上海、杭州等地中學及師範學校教授國文，抗戰後則執教蘇州崇範中學（即今景範中學），晚年任職蘇州市文管會（現蘇州博物館）。

他在民國早期報刊雜誌上，如《小說月報》、《禮拜六》、《中華小說界》、《雙星》，發表不少文藝作品；另於《中學生》、《新學生》、《江蘇教育》、《新語林》、《申報・自由談》等刊物，談論語文教學心得；而一九四○年代之後，則常為《蘇州新報》、《蘇州明報》寫雜文小品。著有《碧玉串》、《新蘇州導游》、《尤墨君先生詩稿》等，另編有《國學述要》、《古今小說評林》等。

尤墨君於浙江省立衢州師範學校、浙江省立第六中學（即後稱之台州中學）、上海浦東中學、浙江省立杭州師範學校（前稱浙江省立第一師範學校）、浙江紹興稽山中學、吳縣縣立中學等處，從事國語文教學[4]，擔任國文教師逾四十年，因其觀點及作法頻見報刊，故在抗

（1942年2月），頁150-153；〈我的中學生時代〉，《中學生》第16號（1931年6月），頁8-15。按：〈我的中學生時代〉後被被改題為〈珍奇的雜憶及其他〉，另收進力行文學研究社編：《學生時代》（上海市：力行文學研究社，1941年），頁85-92。〈珍奇的雜憶及其他〉也被收入簡明出版社於一九四六年出版的《我的童年》。

3 根據章用秀之說法，尤墨君還比李叔同早入南社，其云：「尤墨君入社時間是在一九一一年十一月十二日，其入社編號為205，入社介紹人是陶神州，即陶廎照，柳亞子的朋友。李叔同入社比其晚了6號，入社時間相距不足百天。」見其〈贈予尤墨君的偈語〉，《夕陽山外山——弘一大師贈言故事100例》（天津市：天津古籍出版社，2011年），頁45。

4 另，黃惲先生說尤墨君有「白馬湖中學」（筆者按：應為春暉中學）教書的經歷（見其〈尤墨君與《新蘇州導游》〉），尤之弟子楊大年亦言：「尤老師早年在浙江一師時，與李叔同（弘一法師）、豐子愷、夏丏尊、姜丹書等先生同事。」黃、楊之說，有部分待商榷。首先一九三二至一九三四年尤墨君執教浙江省立杭州師範學校期間，原「浙江省立第一師範學校」（1913-1923）的校名已自一九

戰之前頗有知名度。一九三四年的「大眾語論戰」，他主張建設大眾語要從改進中學生的寫作著手，魯迅說尤墨君「以教師的資格參加著討論大眾語，那意見是極該看重的」。[5]另，尤之弟子亦云「在《自由談》上發表為吳稚暉愛讀的一篇〈從中學生寫作談到大眾語〉」。[6]尤墨君對國文教學致力甚勤而見解獨到，惜未獲學界關注。

　　一九三〇年代開明書店的暢銷刊物《中學生》，邀請尤墨君執筆「作文講話」專欄（參圖二），系統地談論中學生在寫作上應注意的

三一年起改稱。其次，夏丏尊自一九〇八年入浙江兩級師範學堂到一九二〇年因「一師風潮」離校，即使後來一九二一年回鄉協助經亨頤校長在白馬湖畔創辦春暉中學至一九二四年離開、一九二五年在上海辦立達學園及兼任開明書店編輯工作，以上一九〇八至一九二五年期間，尤並不在該校任教，故尤、夏應無同事之誼，反倒是尤墨君在浙江六中教書時撰寫一系列指導寫作文章刊登在夏丏尊、葉聖陶等執編之《中學生》雜誌而結緣；至於尤墨君與李叔同的關係，雖同為南社社友，但一直未曾謀面，直到一九二〇年之際才相識，根據尤墨君自己的說法：「在一九二〇年初次相見於浙江衢州祥符寺，一九二七年再度相逢於杭州雲居山常寂光庵，雖僅二次，然法師給與我的印象至今還常縈腦際。……一九二七年春暮，我曾兩度訪問弘一法師於杭州雲居山常寂光庵。臨別那天，他對我這麼說：他即將離此，以後他雲游何處，我自會知道的，正同我在什麼地方教書，他也自會知道的一樣。……他每到一處，總有函件和我聯係（筆者按：繫）。」見其〈追憶弘一法師〉，收於《弘一大師全集》（福州市：福建人民出版社，1991-1993年），第10冊，第5輯，頁125。由此可知，一九二〇至一九二七年間，李先後在衢州、杭州寺廟雲游修行，與尤墨君的教職工作有別，兩人非同事關係。另，據筆者目前所掌握資料，尤墨君應無執教春暉中學的經歷，理由是他曾在一九四一年回憶遊白馬湖風光時說：「七年前筆者於役紹興，曾應春暉講演之約，得游白馬湖二次。」見其〈紅樹青山白馬湖〉，載《蘇州新報》副刊（1941年1月7日）。據此，尤墨君與春暉中學的關係，應非在該校教學，但有被邀請至該校演講的事實。

5　魯迅：〈奇怪（二）〉，《花邊文學》（臺北市：風雲時代出版股份有限公司，1994年，「魯迅作品全集16」），頁195。按：該文原發表於《中華日報·動向》1934年8月18日。

6　蓉：〈再記尤墨君〉，《十日談》第38期（1934年9月20日），頁105。

圖一　尤墨君像
（感謝尤墨君之孫尤大權先生提供）

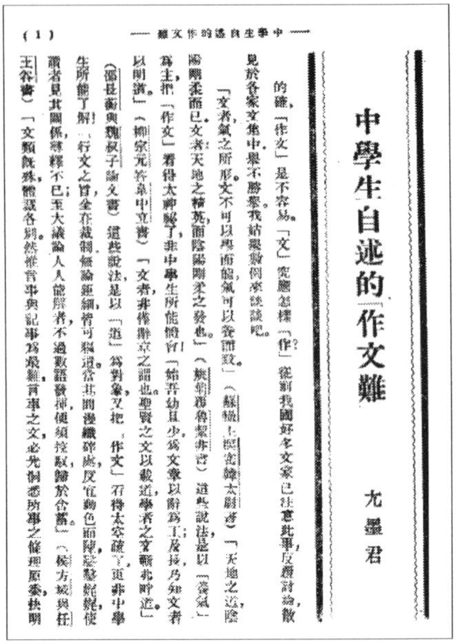

圖二　「作文講話」系列文章之首篇〈中學
　　　生自述的「作文難」〉局部書影

事項，並析評各式的謬例。本文即鎖定「作文講話」系列文章，並兼
及其他相關篇章，以探討尤墨君在教學第一線所發現的問題及其具體
的意見。

二　「尢」墨君？「尤」墨君？

關於尤墨君的姓氏，「尢」、「尤」兩見，前者如《中學生》刊
為「尢墨君」，後者如《新學生》有時載以「尤墨君」。至於《十日
談》則作「尤墨君」及「尢墨君」者皆見。早在一九三〇年代，他的
姓氏即引起討論，《十日談》曾刊出三篇應是其弟子所寫的回憶文

章，一篇署名「阿發」，以「尤墨君」稱呼[7]；署名「印人傳」的，亦叫他「尤墨君」、「尤先生」[8]；而另一篇署名「蓉」的，則直指阿發誤記，其師應姓「尤」，並以「記者以耳代目」一語[9]，批評該報記者未盡查證之責。被指為不明究竟的《十日談》記者，在「蓉」文之末尾，附上按語，祈請各界打探姓「尤」還是姓「尤」：

> 記者按：這麼一來，此位墨君先生到底是姓尤還是姓尤却很成問題了，雖則尤尤只差一點，而姓字原不過一個記號，並無多大關係。我們一般人大都理解為該人是姓尤的，可是這篇短文却像是他的嫡傳學生所記，應該是不會差的，如何是好？記者實在無法解決，可否請義務包打聽一查究竟。[10]

然檢視《十日談》後來的篇章，並無其他讀者回應此事。「尤」、「尤」相混的現象，蘇州文化界名人尤玉淇也有切身的體會，他說：

> 姑蘇城廂內外，姓「尤」的不少，但大都隨俗，將「尤」寫成「尤」了。我的身分證、戶口簿，為了避免錯誤，也都在「尤」字加上一點。但我的名片或撰文作畫時的署名，卻仍是少一點的「尤」。[11]

7　阿發：〈記四作家〉，《十日談》第34期（1934年6月20日），頁380。按：阿發所述的四名作家，除尤墨君，另三位是徐懋庸、郁達夫、汪錫朋。

8　印人傳：〈三人印象記〉，《十日談》第36期（1934年7月30日），頁461。按：作者描述的文壇三人，是：方光燾、尤墨君、林畊可。

9　蓉：〈再記尤墨君〉，《十日談》第38期（1934年9月20日），頁104。

10　記者按語，見蓉：〈再記尤墨君〉，《十日談》第38期（1934年9月20日），頁105。

11　見尤玉淇：〈姑蘇尤氏亦風流〉，《三生花草夢蘇州》（蘇州市：古吳軒出版社，2011年），頁79。

尤玉淇指出先人可能感到多加一點的「尤」字，字形與「犬」近，且常有人譏諷姓「尤」的人是姓「蹺腳狗」，字形不佳而改為「尤」；但「尢」字讀汪，尤玉淇認為有狗叫之意，也不盡人意。[12]事實上，「尢」即「尤」之古體本字，尢有兩音，一讀ㄨㄤ（wāng）、一讀ㄧㄡˊ（yóu），當姓氏時，與尤同讀ㄧㄡˊ（yóu）。至於尢（尤）姓氏的起源，據宋代費袞的說法，當源自福建的沈姓，費袞說：「王審知據閩，閩人避其諱，以沈去水而為尤，二姓實一姓也。」（見其《梁谿漫志》第三卷「氏族」，知不足齋叢書本）因避諱的緣故，取消沈字之左旁的三點水，經局部變形而成「尤」，或為誌念三點水的字形，故尚留一點在右上角而成「尤」。

筆者於二〇一三年在蘇州求證尤墨君之孫——尤大權先生，其云家族確實姓「尤」。而尤墨君本人，不論是作品如其一九三三年致贈樹範中學圖書室之《國學述要》的親筆簽名本；抑或學校正式頒授之學歷文憑，如其畢業於江蘇游學預備科的證書所載記之名字（圖三），均是「尤」，本論文因以「尤墨君」為據。

12　見尤玉淇：〈怎得姓氏萬代香〉，《煙夢集》（北京市：對外貿易教育出版社，1993年），頁104。又按：尤玉淇說「看看《說文》上的全文，不由我不倒抽一口冷氣，『尢，音汪，犬吠也』天啊！原來是狗叫啊！」此說有誤，查《說文解字》，解尢為：「尩也，曲脛人也，從大，象偏曲之形。」另，《玉篇·尢部》也載：「尢，跛、曲脛也。」故尢為跛腳、行動不方便之意，而非犬吠。

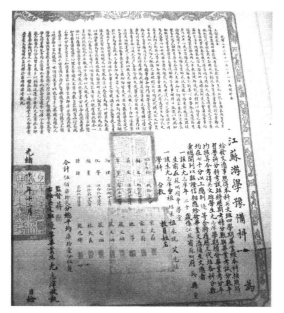

圖三　尤墨君的江蘇游學預備科學歷證書（感謝尤大權先生提供）

三　「作文講話」篇目及說解特色

尤墨君在《中學生》發表的文章，自一九三〇年七月起至一九三四年十一月，計有十二篇[13]（詳表一）：

13　尤墨君在《中學生》發表的「作文講話」系列文章，後來收錄開明書店於一九三五年出版的《寫作的疾病與健康》，列入「中學生雜誌叢刊4」。而臺灣的大漢出版社，也於一九八一年翻印，並改書名為《寫作的疾病與治療》，收於「大漢作文叢刊③」。筆者按：結集成冊的《寫作的疾病與健康》，除尤墨君的作品，其他尚有：葉聖陶、謝六逸、傅東華、盧冀野、王伯祥、僉忍之作，以及《中學生》「文章病院」專欄所診斷及救治之文。

表一　尤墨君發表於《中學生》之篇目暨刊載號次統計表

篇目	《中學生》刊載號次（年月）	備註
中學生自述的「作文難」	第6號（1930年7月）	「作文講話」專欄
PARTICIPLES與TO BE及TO HAVE之關係	第9號（1930年10月）	
論造句	第11號（1931年1月）	「作文講話」專欄
論用字	第12號（1931年2月）	「作文講話」專欄
論構段	第15號（1931年5月）	「作文講話」專欄
論成篇	第16號（1931年6月）	「作文講話」專欄
我的中學生時代	第16號（1931年6月）	
寫作公約	第17號（1931年9月）	「作文講話」專欄
中學國文前途的悲觀	第20號（1931年12月）	
怎樣切題	第21號（1932年1月）	「作文講話」專欄
省督學的到來	第31號（1933年1月）	短篇小說，署名「墨君」
你們能寫出些什麼	第49號（1934年11月）	

　　其內容大致可分四類：一、指導如何寫作；二、回憶中學生活；

三、小說創作；四、比較分析中、英文法之異同[14]。其中，以「作文講話」專欄的系列文章，佔據最多篇幅。尤墨君擔任多年中學國文教師，累積了批改學生文卷的經驗，有感而發地說：

> 近幾年來，我忝任中學國文教師，每逢刪改文卷的時候，總感同學國文常識的欠缺和根柢的淺薄。旁的不必說，到了初中三年級或已經畢業，他們寫一封平常的書信還是別字滿幅，甚至於語句還都不通。格式的不合猶在其次。這是多麼可憫而可歎的事。[15]

他雖認為可憐、可歎，卻沒有放棄傳道、授業、解惑的本務，他不僅治學勤快、喜愛寫作，一九三〇年代還曾任浙江省中等學校會考國文

14　尤墨君因有游學預備科的外語素養背景，故其曾於民國十七年春天，在浙江省立第十一中學教過英語，尤墨君說：「民國十七年春，應浙江省立第十一中學聘，獲識永嘉馬公愚，相見如平生歡。時二人同授英語，公愚且傳乃兄言，謂姑先以二蟹解饞，百蟹則待之秋老蟹肥時。予得函大笑。」見其〈為孟容先生逝世十周年而作〉，《蘇州新報》（1941年6月13日）除了課堂英語教學，他也常在報刊雜誌發表對中、英文詞彙語法及翻譯等看法。不過，弟子楊大年回憶他的外語流利風采時，說：「有一次校內組織英語演講比賽首席評判員竟是尤老師，使我們驚奇不已。結束時，他先用英語說了一段開場白，然後又用蘇州話講了比賽的意義、成果和尚待努力等問題。後來才聽說他早年任職浙江第一師範，教的就是英語課。」（見〈尤師瑣憶〉，《蘇州雜誌》1998年第1期，總第56期，頁51。）應該有誤，他是在第十一中學教英語，但在杭州師範學校則是國文教師，此可證諸尤墨君所言：「民國二十一年，予任浙江省立杭州師範國文講席。」見其〈為孟容先生逝世十周年而作〉，《蘇州新報》（1941年6月13日）。又按：尤墨君對中、英文教育皆有涉獵，在《中學生》上的文章多屬中文寫作的示範教學，偶有談論英文如〈PARTICIPLES與TO BE 及TO HAVE之關係〉，但發表於《新學生》則以英文教學居多，如：〈英譯舉例〉（第4卷第1期，1947年11月）、〈Been和Being的用法〉（第3卷第5期，1947年9月）、〈英譯舉例〉（第4卷第6期，1948年4月）、〈英譯舉例〔英語講座〕〉（第5卷第1期，1948年5月）等。限於本研究的主題，有關尤墨君對中、英文的用法比較及翻譯等看法，將另文探討。

15　尤墨君：〈中學國文前途的悲觀〉，《中學生》第20號（1931年12月），頁1。

科目的批閱委員。作文是語文能力的綜合體現，他在《中學生》傳授諸多寫作之道，包括用字遣詞、謀篇佈局、造句運典等，一一詳述，不論是消極的摘謬去病，抑或積極的刪汰修潤，充分展現金針度人的教學熱忱。

尤墨君從實際經驗裡發現問題，並嘗試為學生解決問題。他認為要深入瞭解學生寫作的難題，過去，學生缺少教師提點，自行摸索寫作，遇到很多作文的困難。為免錯失給學生意見的機會，他先自我反省說：

> 慚愧！我在中學當國文教師，尚不能準確地精細地體會出同學的「作文難」。可是我也是中學生出身。當時教師既不曾和我們——學生——解決這「作文難」；我又不曾將我自己所見到的作文難點，做成備忘錄，和向當時同學們徵求他們各人所感到的作文的甘苦，一一記出，作為參考。以致今日「事過境遷」，我當國文教師，竟絲毫沒有心得可以獻給與我敬愛的中學生。

尤墨君愧說沒有累積過往的寫作心得，一時未能提供具體意見，彌補之道就是直接從受教的學生問起，他調查了初中二年級某班二十一名學生，請他們說出寫作過程遇到的難題，他說為了徹底瞭解中學生對寫作文的苦悶，出了一道〈作文難〉的題目——「請同學們盡量地赤裸裸地把作文的甘苦發揮出來，使我得能為他們解決種種的難點。」[16]調查結果，除了一個全說空話外，其餘二十位都扼要說出了寫作甘苦，尤墨君將蒐集來的意見歸為四大類：文言語體、文章體

---

16 以上所引，均見尤墨君：〈中學生自述的「作文難」〉，《中學生》第6號（1930年7月），頁2。

裁、命題與規定時間、作法和標點。他不只列出學生的意見，還針對
有疑義的問題加註說明，把一份看似問卷答案的統計資料，轉成了有
意義的評點式指導書，以下酌舉數例：

學生的意見	尢墨君的評語
常做到題外去	這是中學生作文的通病！我曾出過「本學期的體育」題目。有一同學述及校中體育的不發達，是由於體育經費不足，各種設備都不完全的緣故，這是做在題內的。後他又牽連到我國不能勃興，都是為了國用不足，歷年借債，受外人的經濟壓迫，至今陷在次殖民地的地位等話：真是「去題萬里」！又有一次，我出了個「春雨的力量」題目。有位同學作的文中，竟有「物華天寶，人傑地靈」等句：真是「去題萬萬里」了！
不要拘定題目	命題作文，原是初學作文必經的歷程。自由作文，本是很好的。但有一次，我有一位朋友——也是當國文教師的——命學生自由作文。那知有篇文章做的是「墓志銘」，把我的朋友嚇得一字也不敢改，并且從此他不敢不再命題了！
不要規定時間	現在中學作文時間，大概每次規定二時；一篇文章，儘可完卷。時間若不規定，恐怕學生為「特別討好」起見，將影響到別科學業上，故我以為作文時間，還是規定的較妥。

學生的意見	尤墨君的評語
篇篇有相同的句子，想革除抄老文章的習慣終不能。	「篇篇有相同的句子」也是初中學生作文的通病。「蔚藍的天空」，「光陰似流水般過去」，「大地上鋪滿了天鵝絨似的青氈」，「激動了心絃」，「桃紅柳綠」，「水碧山青」……幾成作文中的老調。這種語句做慣了，作文時便「搖筆即來」。「語不驚人死不休」！這話雖似說得太過分，就是要想竭力「革除抄老文章的習慣」呀。
立意和分層次尚無把握	意──中心思想──是文章的骨幹。意不能立刻，則勢必滿紙敷衍，草草了事；而牽動到層次問題，有夾雜不清之弊了。一篇有一篇的意──中心思想，一節有一節的意──中心思想，失卻中心思想，則統一（Unity）和聯絡（Coherence）都不能顧到，層次必難分明。這是作文的大忌！

附註：整理自尤墨君：〈中學生自述的「作文難」〉，《中學生》第6號（1930年7月），頁1-8。

再檢視尤墨君發表在《中學生》的文章，即有：〈寫作公約〉、〈論用字〉、〈論造句〉、〈論構段〉、〈論成篇〉、〈怎樣切題〉、〈你們能寫出些什麼〉，他不只協助學生找出問題，還提出解決之道。尤墨君對學生所做的那次調查意見中，反應最多的在兩方面：文言語體（如：文言文不能作、喜作語體文）和文章體裁（如：議論文不好做，因為缺乏理論判斷；喜作小說和描寫文）。

尤墨君在〈你們能寫出些什麼〉裡，就這些學生寫作上的好惡，提出一個根本的問題：「我所要問的，是：你們能寫出些什麼？不是

你們能寫些什麼。」[17]為闡發觀點及釐清本質，他引中學畢業會考的五篇文章當例子：兩篇描寫文：〈寫夏景〉，浙江省一九三二年第二學期初中畢業會考。一篇書信應用文：〈勸友用國貨書〉，一九三三年浙江初中會考。兩篇議論文：〈說整潔〉，一九三四年浙江初中初中會考；〈衣取蔽寒食取充腹論〉，一九三四年上海市高中畢業會考。

　　以〈勸友用國貨書〉、〈說整潔〉試題為例，尤墨君把考生的原文錄出，請讀者先看文題，再換位思考：「你們能寫出些什麼；然後再把二本試卷細看一遍，看他們對於『服用國貨』及『整潔』，究竟寫出些什麼！」[18]為方便呈現尤墨君論述的模式，此將尤墨君原文所錄兩篇考生的試卷引列如後：

勸友用國貨書

某某友兄台鑒：

啊！友兄，我們現在是在什麼地位？我想兄總知道，不必最談。現在我們中國經濟這樣落後，是什麼緣故？這是外國人用什麼方法來拿去，總想天天多看見，我們中國人，讀了幾句書，就識了幾個字，就可在社會上，國家上，賺了幾個錢呀！就自稱⋯⋯便可以穿些外國貨了，大衫兒一穿，皮鞋子一穿，手擺擺唔！我是一個做官的人了，應該要這樣子，啊！友兄⋯⋯這種人是對不對，他所穿的東西是不是外國貨，這種外國貨是很貴的，大概一件大衫兒最少要幾十塊錢，這是多麼的心痛⋯⋯呢，

友兄，我們中國人，這些大決點，最是不對，我們中國人只知道美麗，不知道經濟壓迫，你想外國一年到我們中國，拿

17　尤墨君：〈你們能寫出些什麼〉，《中學生》第49號（1934年11月），頁1。

18　尤墨君：〈你們能寫出些什麼〉，《中學生》第49號（1934年11月），頁4。

出去錢多少，我想一年總有幾萬萬錢那去。

啊！友兄我和你，總不必這樣做，我們應該提倡國貨，抵抗日貨，總要自己心心苦苦造出自己的國貨，要用自己的國貨才好。

說整潔

整者，齊也；無雜亂之貌也。國不整則亂，家不整則怠。亂焉，怠焉，匪一整之所致哉！

潔者，清也；無混濁之色也。國不潔則涽，家不潔則靡。涽焉，靡焉。匪一潔之過邪？

整而欠潔猶覆蕢，潔而無整猶蔓。使整而且潔，則國其其幾乎！[19]

以上標點、別字、脫字悉照原文，未加更改。但〈勸友用國貨書〉這篇因別字特多，所以尤墨君「於逐字之旁，加一點號，以資識別」。這兩例顯然是負面的教材，不論取材內容或行文修辭、標點句讀都有問題，尤墨君期待透過實例讓學生體會──「寫得出」才是「寫得好」的前提。不過，雖然他在〈你們能寫出些什麼〉一文中，強調寫作言之有物的內容（「寫得出」）比講求形式技巧（「寫得好」）來得重要，但實際上，他在《中學生》所寫的〈寫作公約〉、〈論用字〉、〈論造句〉、〈論構段〉、〈論成篇〉、〈怎樣切題〉，論述的主軸還是放在怎樣改進中學生之寫作技法、提示宜遵守的形式規範。

19　以上所引，均見尤墨君：〈你們能寫出些什麼〉，《中學生》第49號（1934年11月），頁3。

四　作文的修辭法度

（一）如何用字：有用、常用、通用、名家用

　　南朝文學理論家劉勰重視練字，尤墨君認為劉勰指稱的練字即今之用字，並強調平常蓄積豐富的語彙，那麼思想靈感一來，握筆作文即可表達清楚、迅速及穩妥，他說：「用字有二點應當注意：即，（一）如何可以使我們的意思清楚。（二）如何可以避免我們所代表思想的字，使他人讀之，無模糊不清之感。」[20]據此，尤墨君主張應選擇有用的、常用的、通用的、名家用的字，用字才能得當。他在另一篇〈怎樣積儲我們的語彙〉表示，作文先得會造句，然造句又必須先識字，識字量多的話，才能不費力地表情達意，而積蓄語彙正是用字造句的前提，故其拈出十二項增進字詞語彙的原則：

（1）心靈眼靈，增進你對於識字的興趣和經驗。

（2）細心注意名人學者的講論和其文章。你如認為這字是有用的，快把它錄入小冊中，免得它溜走之後，找尋為難。

（3）除在書本上見到或在口頭上聽到之外，再廣搜例句，以收舉一反三之效。

（4）自造例句模仿，以求多作多熟，這字可成我永久的資產。

（5）上國文課時，注意教師造句示範，這是教師告訴你們的經驗，千萬不可忽過。

（6）文卷發下，注意你誤用的字和教師所增改的字。

20　尤墨君：〈論用字〉，《中學生》第12號（1931年2月），頁3。

（7）把從未用過的字常用之於口語或筆述中。

（8）用字勿杜撰，求適當。如有不明，多問為是。

（9）無事時常檢檢字典或辭典，擇我所以為最有用者錄之。所謂「開卷有益」。

（10）多閱良好的補充讀物，這可於不知不覺中多儲你胸中的語彙。

（11）養成至少每日能精通一新字用法的習慣。

（12）識字當識有用的字。[21]

其中，第二、十二項的原則，恰呼應〈論用字〉裡的主要論點：不用廢字（現今用）、參考佳句（名家用）。尤墨君花了不少篇幅，闡釋為何現今有用的字、名家之句有益於寫作。首先，他說「識字當識有用的字。古寫的，冷僻的，陳舊的，無用的，都可不必識」，並舉了以下數例：

> 「罪」古作「辠」，罪字人盡識，「辠」字未必人盡識，現時代人當用現時代字，故古寫字也可緩識。冷僻的，如稱山頂為「厓屬」，春為「青陽」等，陳舊的如不說秋風而說「商風」或「金風」，不言大地而言「坤輿」或「禹甸」等，無用的如《爾雅・釋詁》開始云：「初，哉，首，基，祖，元，胎，俶，落，權，輿，始也」。這十二字，古雖俱可作「始」解，但細按之，則「初」，「首」，「基」，「肇」，「祖」，「元」，「胎」，現在還保存始的本義，「權輿」二字連用作始解，亦還可意想得出，如

21　尤墨君：〈怎樣積儲我們的語彙〉，《新學生》第2卷第5期（1947年3月），頁46-47。

《大戴禮記》云：「孟春百草權輿」是，然終嫌稍僻，至于像「哉」，「俶」「落」三字，則現在已早不把它們當做開始解釋了，還有像古文中紀年，往往不明說干支，而要用無用的字代，如歲在甲寅稱做「歲在閼逢（甲）攝提格（寅）」，此徒故弄玄虛，使人費解！還有好多代表事物的字，在古人文中還可用，今已變成廢字，也不勝舉，我之所以不憚一述再述者，因有感於去年有一位同學曾經問過我丙戌年好用何字代。我知道他喜古，只好笑對他說「民國三十五年」最清楚！[22]

又：

孔子讚美〈關雎〉之「亂」，洋洋盈耳。這「亂」字已成廢字。倘使現在我們作文，要硬把這「亂」字代替「樂之卒章」，用入文中，不將使讀者費卻思考的時間嗎？又如近人對駐軍移防，歌功頌德的電文中，常有「軍民安堵『匕鬯』不驚」的刻板語句。「匕」和「鬯」是宗廟祭器。現在國體已更，還有什麼宗廟？《詩經》裏稱「雞鳴」做「喈喈」。可是現今「喔喔」已用慣了，我們又何必去用不是現今人人皆用的字——喈喈——呢？[23]

以上，尤墨君從中國之古、今字例去發揮，如：古寫的「辠」（罪），冷僻的「屖廙」（山巔高峻）及「青陽」（春天），陳舊的「商風、金風」（秋風），無用的「哉、俶、落、權、輿」（開

---

[22] 以上所引，均見尤墨君：〈怎樣積儲我們的語彙〉，《新學生》第2卷第5期（1947年3月），頁47。

[23] 尤墨君：〈論用字〉，《中學生》第12號（1931年2月），頁4。

始）、閼逢（太歲在甲）、攝提（星辰名）、「亂」（樂之卒章）、「比邑」（宗廟祭器）、啳啳（喔喔）。尤墨君以實用的、生活化的角度看待用字[24]，他提倡使用現在人慣用的、通用的字，而非故弄玄虛，使用一些古字而徒讓讀者費思考。若刻意求古，喜用冷僻的字，易淪為劉勰所指：「一字詭異，則群句震驚；三人弗識，則將成字妖矣。」[25]「詭異」的字就是不常用的字，很多人「弗識」的字等同廢字，若一卷在手，遇到新字或難字，他也建議再請一位導師──字典──來指導[26]。

此外，尤墨君游學預備科的外語背景及跨文化教育的洗禮，也讓他不忽略域外之例，云：「一部字典中，已經死去的（obsolete）或行將死去的（obsolescent）字，不知多少。所以外國的良好字典中，編者把那些所謂廢字（obsolete words）印成斜體字，使用者易於辨認。」尤墨君從正面說明，西洋字典特別區隔出已不用或逐漸少用的字，這樣的編排設計，讀者可容易辨認是否該擇用。當然，有些並非古字卻未必為今人所皆用的字，尤墨君說這類大致有兩種：一、術語；二、譯音。這兩類較為特殊、別有所指，如：

> 商業上的「俏」、「疲」、「跌風」、「堅挺」等，別有意

---

24 尤墨君說過：「文字是實用的，不是粉飾太平或無聊消遣用的，還是以適合生活需要作為本位。」見其〈怎樣研究中學國文教材問題〉，《江蘇教育》第5卷第1期（1942年10月），頁14。

25 劉勰著，周振甫注：〈練字〉，《文心雕龍注釋》（臺北市：里仁書局，1984年），頁722。

26 尤墨君另撰〈我們的導師──字典〉，強調字典的重要：「字典像老師一樣，是處於待問的地位。你有問，他無不答，所謂像撞鐘一樣，大叩大鳴，小叩小鳴；換言之，即有問必答，無所不答。字典之可寶貴者即在此。」他指出查字典有下列好處：了解字的寫法、音的讀法、辨識字義、字的用法等。詳見其〈我們的導師──字典〉，《新學生》第2卷第2期（1946年12月），頁34-36。

> 義，非專家所能領會，此外工藝上，科學上的諸術語亦然，
> 譯音如，Democracy譯作「德謨克拉西」。Science譯作「賽
> 恩思」。Energy譯作「愛涅兒幾」。Inspiration譯作「煙士
> 披里純」。[27]

他舉商業術語及科學工業上的音譯字為例，如：「跌風」是指物價
要下跌的情況或趨勢；「堅挺」指貨幣穩定、信譽好；「俏」，即
走俏，指貨物的銷路好，價格上漲；「疲」，交易疲軟。前述詞彙
通行於股市金融商業界，非專於此領域者，較難領會。至於西洋譯
音，亦非人人皆知，《中學生》第8號就曾有讀者來信發問：「愛涅
兒幾」、「煙士披里純」作何解釋？[28]以上，術語及譯音在使用上，
易引發誤解或疑惑。此外，一九三〇年代的中學生寫白話文喜用時式
（新式）名詞、歐化句式，也讓尤墨君不以為然，認為距離大眾用語
過遠了，他表示：

> 近幾年，常在各中學擔任國文教科；去年同今年又曾評閱過
> 浙江全省中學畢業會考國文試卷；我覺得我們當國文教師的
> 對於中學生的寫作，實在再不能忽視了。說起中學生寫作，
> 自然不外文言同白話二種。但無論其是文言或白話，大多數
> 已變成非驢非馬的樣子，離開大眾很遠了。[29]

以寫白話文為例，他提醒中學生勿「食新不化」，作文避免通篇拗口
的歐化語句或嵌滿非日常生活所必需的時式名詞，所謂的時式名詞，

27　以上所引，均見尤墨君：〈論用字〉，《中學生》第12號（1931年2月），頁3、
　　4。

28　見「中學生答問欄」第一三三及一四一個提問，提問者是中華職業學校董貽義，
　　詳《中學生》第8號（1930年9月），頁5、9。

29　尤墨君：〈從中學生寫作談到大眾語〉，《申報》「自由談」1934年7月5日。

就是時髦字眼，尤墨君有豐富的語文教學及閱卷經驗，手頭累積很多
實例，還曾特地整理出一些中學生文卷裡常出現的時髦字眼，如：

| 二字合成的 | 共鳴 心絃 內心 對象 氣壓 溫度 結晶 澈底 衝動 趨勢 狂潮 理智 現實 探討 展望 鳥瞰等 |

二字合成的　　共鳴 心絃 內心 對象 氣壓 溫度 結晶 澈底 衝動
　　　　　　　趨勢 狂潮 理智 現實 探討 展望 鳥瞰等

三字合成的　　下意識 相對性 絕對性 內伏性 縱剖面 橫剖面
　　　　　　　死亡率 一元論 多元論 不景氣 現代化等

四字合成的　　心理作用 非常手段 下層工作 社會進化 最低限
　　　　　　　度 物質享受 經濟崩潰 意志薄弱 維持現狀等

五字以上合成的　十一號汽車（指男子步行說） 解決民生
　　　　　　　問題（意即吃飯或吃點心充飢） 全身水
　　　　　　　分蒸發（指乘涼後身上不出汗說） 一切
　　　　　　　的一切 不久的將來等

又：

擬人的　　月姊 雲哥 風先生 雨將軍 柳姑娘 松伯伯 蝴蝶妹妹
　　　　　綠衣將軍（青蛙）等

中西合璧的　　X村 Y中學 B君 密斯K 密斯脫W等[30]

「進展」、「展望」、「探討」、「下意識」等詞彙，尤墨君以為在
中學階段作文時應先禁用或少用，應待其理路清晰且理解力豐富之
後，能辨別箇中意義，再來決定是否援用。否則，往往不明就裡亂用
一通，語句常常變成費解而不通。他曾舉浙江中學畢業會考國文試
卷中的一段文字當作負面教材，這份案例的題目是〈我所最敬佩的友

---

30 尤墨君：〈怎樣使中學生練習大眾語〉，《新語林》第3期（1934年8月），頁12-
　　13。

朋〉，為便說解，摘錄如下：

> 古云：「君子之交淡如水，小人之交甜如蜜。」斯可見古人
> 之於交友也有如此深的探討，也許對於擇友這件事是極值重
> 視。故然，現在是什麼時代，不應該以十八世紀的套語來阻
> 止這科學昌明的新宇宙間進展，而催謝了許多意志不決的
> 中層階級。可是我們細憶一慮，就覺得古人的話，似乎不一
> 定是絕對性的，也許有許多的見鑑是在我們之上，是適合於
> 近時化，並觸落社會進化的和諧，而不愧為世界偉人的孫總
> 理，也能打破世人的一切昏迷，注一而不三折的心理。他是
> 承認的，因此他特以恢復古有道德古有智識來醒覺人們。這
> 都是先知先覺者可能，而一般皆以「陳舊老廢物」，老是將
> 棄諸耳後。

姑且不論標點符號使用不善、斷句不當以及別字叢生的問題，尢墨君
對堆砌「新宇宙」、「中層階級」、「絕對性」、「近時化」、「社
會進化」等時式名詞的白話文，下了結論：「弄得全段文字像天書一
樣的難解難讀，而寫作亦失其效用。這種白話，可以說是囫圇吞棗式
的白話，也可以說是食新不化的白話。食古不化，固然不能接近大
眾；那麼食新不化，又怎能接近呢！」[31]很清楚地，在他觀念裡，極
古、極新之字句，均非中學生寫作上該取擇的對象。

　　當時，魯迅看了尢墨君的〈怎樣使中學生練習大眾語〉，即在
《中華日報‧動向》發表質疑的看法，他以〈奇怪〉為題，認為尢墨
君所指出的那些字眼，不算時髦、也不應禁用，理由是：若干科學名

---

31 以上所引，均見尢墨君：〈從中學生寫作談到大眾語〉，《申報》「自由談」
　　1934年7月5日。

詞已見於其他教科書，其義若經教師指點及學生自己思索，理應不當誤用，即使真不懂含義，那麼就趕緊教他定義、換淺近的名詞解釋，讓他增加語彙，開拓新知。[32]何以魯迅與尤墨君對中學生使用時式名詞的狀況，有認知上的差異？最主要是因魯迅對文化、語文的立場在當時即比較激進，如主張中文的歐化，魯迅的作品就常出現歐化文字[33]，以中文詞尾「性」字為例，例如：

> 因為文字是特權者的東西，所以它就有了尊嚴性，並且有了

---

32 魯迅說：「那些字眼，幾乎算不得『時髦字眼』了。如『對象』、『現實』等，只要看看書報的人，就時常遇見，一常見，就會比較而得其意義，恰如孩子懂話，並不依靠文法教科書一樣；何況在學校中，還有教員的指點。至於『溫度』、『結晶』、『縱剖面』、『橫剖面』等，也是科學上的名詞，中學的物理學礦物學植物學教科書裏就有，和用於國文上的意義並無不同。現在竟『最誤用』，莫非自己既不思索，教師也未給指點，而且連別的科學也一樣的模糊嗎？……大眾的需要中學生，是因為他教育程度比較的高，能夠給大家開拓知識，增加語彙，能解明的就解明，該新添的就新添；他對於『對象』等等的界說，就先要弄明白，當必要時，有方言可以替代，就譯換，倘沒有，便教給這新名詞，並且說明這意義。如果大眾語既是半路出家，新名詞也還不很明白，這『落伍』可真是『徹底』了。我想，為大眾而練習大眾語，倒是不該禁用那些『時髦字眼』的，最要緊的是教給他定義，教師對於中學生，和將來中學生的對於大眾一樣。譬如『縱斷面』和『橫斷面』，解作『直切面』和『橫切面』，就容易懂；倘說就是『橫鋸面』和『直鋸面』，那麼，連木匠學徒也明白了，無須識字。禁，是不好的，他們中有些人將永遠模糊。」見其〈奇怪（二）〉，《花邊文學》，頁196-197。

33 誠如老志鈞所言：「既見於詞彙，又見於詞法、句法；既活躍於文學創作，更縱橫於翻譯作品」。見其〈魯迅歐化文字探析〉，《語文與教學》（臺北市：師大書苑有限公司，2006年），頁113。老志鈞從直接與間接的角度，分析魯迅筆下多歐化文字的原因：「間接原因是：魯迅青少年時代，閱讀大量歐西文學、哲學等著作的中譯本；成長以後，處身於五四這個棄舊求新的大時代，交往於崇尚歐化的文壇、薰染於瀰漫歐風美雨的社會。直接原因是：魯迅要吸收印歐語言有益的東西——精密嚴謹——，以補救他認為的中國語言文字的簡拙疏陋，從而在文字上有意歐化。」（前揭書，頁112-113）

　　神秘性。中國的字，到現在還很尊嚴，我們在牆壁上，就常
　　常看見掛着寫上「敬惜字紙」的簍子；至於符的驅邪治病，
　　那就靠了它的神秘性的。文字既然含着尊嚴性，那麼，知道
　　文字，這人也就連帶的尊嚴起來了。[34]

魯迅這一小段文字，就兩度用了「尊嚴性」、「神秘性」字眼；其刻
意模仿歐化之例，不勝枚舉，又如「『積極性』的問題」（《關於翻
譯》）、「『神經性』的激情」（《死魂靈》）等。至於音譯詞（有
時借用日譯本而間接翻譯），魯迅為了保存原作丰姿，往往硬譯，即
使文句翻得不順，他也覺得無妨。反觀尤墨君，則是站在國文教師的
立場，他著眼於中學生的基礎詞彙要紮實，不要空泛、一味趕時髦。
不過，尤墨君所舉之例，於今幾乎皆已成為日常用語，語文是約定俗
成的、不斷改變的，在尤的時代，這些新詞剛剛登場，「約」尚未確
定、「俗」還沒成形，所以尤氏對大量使用這些新詞頗有顧慮，若依
「事後之明」，則他未免過於保守了。

　　字句是文章的關鍵組織，用字妥不妥當，攸關文章是否流暢，如
何句斟字酌、文從字順，在寫作上亟需費心，因此，很多作文指南或
修辭學書籍，總會以相當篇幅講述用字之道。尤墨君有一妙喻，說：

　　我們可以把「文」譬喻作「軀幹」，「句」作「器官」，
　　「字」作「神經」。神經全部失其常，則全部軀幹和器官僅
　　成一空架兒。一部神經失其常，則這一部的軀幹或器官亦將
　　有運用不靈之虞，文亦如是。好好的一篇文章，偶因一二字
　　用得不妥或不靈，便足以引起一節或全篇的不安。[35]

34　魯迅：《門外文談》（北京市：人民出版社，1974年），頁27。
35　尤墨君：〈論用字〉，《中學生》第12號（1931年2月），頁1。

他把寫作用字造句與人體構造相比，文（軀幹）、句（器官）、字（神經），而神經是人體的感應組織，它分布於全身，主管知覺、運動及聯絡各個器官相互之間的關係，是人體的重要組織，字的地位就如同神經。因此，他分別從反、正面的角度，申說怎樣增進用字的知識及留意忌諱。首先，他認為誤用或杜撰的字是作文的忌諱，說：

> 作文用字，最忌誤用，曾經有位同學問過我形容文章不易了解，可否用「深沈」二字。不知這二字雖係慣語，然只上一字可形容文章，下一字則與文章無關，何不索性說「深奧」來得現成呢！作文用字，又最忌杜撰，曾有一位同學形容教室用「宏闊」二字，這二字不相連，是杜撰的，改用「寬闊」或「闊大」，則無毛病了，又一位同學文卷中有「材料弱薄」之語。不用現成的「薄弱」，而用「弱薄」，已是杜撰：何況材料搭漿，亦不能用這二句形容呢！[36]

其次，他強調多讀名家文章、體會其用字，他以為名家是軍官，字是士兵，軍官調遣得當，往往容易出奇制勝。他舉了中國作家劉鶚、李叔同用字不苟的例子為證：

> 清劉鶚《老殘游記》裏說，老殘在山東齊河縣晚上閑步，「對著雲月交輝的景緻，想起謝靈運的詩『明月照積雪；北風勁且哀』兩句，若非經閱北方寒象，那裏知道『北風勁且哀』的『哀』字呢？」李叔同先生〈春游曲〉「萬花飛舞春人下」句，豐子愷〈文學中的遠近法〉（一九三〇年《中學生》九月號）裏說「……用普通的常識想來，應該說萬花飛

---

36 尤墨君：〈怎樣積儲我們的語彙〉，《新學生》第2卷第5期（1947年3月），頁44。

舞春人『旁』，就殺風景。」這都是名家用字不苟，故能博得讀者的細細體會，一唱三歎。

他亦引證美國牧師羅伯特・高力爾（Robert Collyer，1823-1912）的讀書經驗，說：

> 美國Rev. Robert Collyer曾將由讀書體會到名家用字的經過，告人說，他在當學生時，自朝至暮，讀過Bunyan, Crusoe和Goldsmith著作，和《聖經》中及Shakespeare中的故事。他喜這些作品，和喜牛乳無二。後來他把一個一個字，都融會到他的本能裏去。一八三九年，他在客中度聖誕節。正在無聊之際，有位老農給他一本Irving著的Sketch Book他就沉浸在這書中了。Collyer讀名作的方法，我們大可奉為南鍼。[37]

羅伯特・高力爾從讀名作吸收了用字的精華，包括：約翰・班揚（John Bunyan，1628-1688，英國基督教作家暨佈道家，名著是基督教寓言作品《天路歷程》〔The Pilgrim's Progress〕）、愛爾蘭作家戈德・史密斯（Oliver Goldsmith，1728-1774，名著為《威克斐牧師傳》〔The Vicar of Wakefield〕）、英國劇作家威廉・莎士比亞（William Shakespeare，1564-1616）、美國作家華盛頓・歐文（Washington Irving，1783-1859，名著《素描簿》〔The Sketch Book〕）等。最後羅伯特・高力爾也撰成《奧古斯科南特，伊利諾伊州先鋒和佈道者》（Augustus Conant, Illinois Pioneer and Preacher）等作。

　　除靜態地閱讀名作，尤墨君亦鼓勵動態地多聆聽名家的演說，

37　以上所引，均見尤墨君：〈論用字〉，《中學生》第12號（1931年2月），頁4-5。按：原引文之標點符號，書名及篇名號為波浪號，為便閱讀及統一體例，逕改標新式〈〉及《》。

因名演說家「常能使聽者兩眼清醒，精神煥發。這全是用字的關係。」[38]其他，如俗字、方言及俚語是否入文的問題，尤墨君認為這些字只能通行於地方一隅，如浙江台州一帶俗字「殳」（穀）、「朿」（出），非全國通用，故不宜採用，以免異地人不明瞭。當然，以今日多元的文學創作角度，俗語俚語入文，或許視為一種鄉土文學的活潑表現，尤墨君當年也認知到這樣的視角：「方言和俚諺用入文中，有時可增加語句的『活潑』。這話固然是對的。然而文章的『莊重』，卻因此而喪失了。」[39]他覺得文章應保持莊重，不宜將不雅馴的方言俚語用入文中[40]，若將兩者比較，他寧可保存文章的莊重。在他的文學觀念中，雖不否認方言俚語入文或可使語句靈活生動，但為文仍須雅正為宗。對照胡適不避方言、俗語的主張[41]，尤的主張又顯得傳統、保守了。

（二）怎樣造句：以「主從法」為例

　　學生曾抱怨：「文氣難以連接，句子不易構造，虛字尤不易用！」、「記事頭緒苦於五花八門！」[42]尤墨君在〈論造句〉一文中分別回應，針對前者寫作的挫折，他認為學生所困擾的虛字即連續詞、前置詞及副詞等，若不善用虛字，自然影響了文氣的連接；對於

38　尤墨君：〈論用字〉，《中學生》第12號（1931年2月），頁5。

39　尤墨君：〈論用字〉，《中學生》第12號（1931年2月），頁3。

40　尤墨君規劃的寫作公約，其中第四項，即：「你胸中的字彙要純潔。勿用土語，俚諺及鄙俗的字。」見其〈寫作公約〉，《中學生》第17號（1931年9月），頁1。

41　胡適提出八個文學革命的條件，其中一條就是：「不避俗字俗語」。詳其〈文學改良芻議〉，《新青年》第2卷第5號（1917年1月）。

42　尤墨君：〈中學生自述的「作文難」〉，《中學生》第6號（1930年7月），頁3-8。

後者下筆卻頭緒紛繁的苦惱，尤墨君指出問題就在不能分別主從，主從不分，頭緒勢必不清，復以虛字駕馭不易，致所造之句缺乏靈動。為此，尤墨君提示了六種造句方法，即：主從、並列、語勢、錯綜、簡潔、明瞭。限於篇幅，本研究僅著眼「主從法」，分析尤墨君怎樣指導造句。

首先，什麼叫做「句」？尤墨君認為句是思想表達的方式、也是思想的單位，他這麼理解：

> 我們有了思想或感覺，我們必需有連串的字，把這思想或感覺無變更地傳達於讀者之前。明言之，即這些表達思想或感覺的字，必須適與所表達者恰合，是即所謂「辭達」。故作者在思想湧現之際，能趕緊把牠（筆者按：它。下同。）捉住，直至連串的字，脫口而出，至成句為止，則他——作者——的責任已盡。本此，我們可得句的定義如下：句是思想的單位。[43]

他以「削足適履」為喻，強調內在的思想（足）要用適當的語句（履）表示，然造句不可削足適履，而應使句子（履）與思想（足）相合，且盡可能無分寸之差。但對初學的中學生，尤墨君倒不特別強調「琢句」或「鍊句」，因鑑於程度學力，「琢磨」及「鍛鍊」字句，反覆斟酌，學生不免有壓力。

尤墨君主張句子應先分出主、從，然後再擇配適宜的字重組為長句，這樣可令句子生動不呆板。他說：

> 我們的思想陸續不斷地來的。倘使我們把這一個一個的思想，造成一句一句的單句；那末，句子即使造得如何準確，

43　尤墨君：〈論造句〉，《中學生》第11號（1931年1月），頁1。

讀者讀了，將感到如何的單調而味同嚼蠟！要想避去這呆拙的句法，我們只有把相連的種種思想，設法組合起來，使牠們活潑潑地表達於讀者之前，不似一堆堆的死句赫然紙上，才合！所以在這些相連的思想中間，我們先當辯（筆者按：辨）明何者是「主」，何者是「從」；然後再把牠們用合乎邏輯的方法排列起來，造成句子。經此思考，這句可以保定絕不呆板，且可以保定絕無語病，而可以與讀者相見了。[44]

具體的作法，他引袁枚〈祭妹文〉的四句當例——「雖命之所存，天實為之；然而累汝至此者，未嘗非予之過也。」，並析出其主、從：

「天為之」是「主」，「命之所存」是「從」；「予之過也」是「主」，「累汝至此」是「從」。假使我們不明白主從的組合法，我們只好把這四個思想各各獨立，成為單句，即：

（1）命之所存。（2）天為之。（3）累汝至此。（4）予之過也。

若照這樣造句，豈非死氣滿幅！而袁枚卻能把主從分得清清楚楚：於「天為之」間，安一「實」字；於「命之所存」首，冠一「雖」字；如此，「雖」和「實」相應，把兩個思想混成一子句了。他又於「予之過也」首，冠「未嘗非」三字；「累汝至此」末，加一「者」字；如此，兩個相連的思想又混成一子句了，他再在這二子句間，加了「然而」二字；如此，四個思想合成一整句，而讀者讀之，但覺主從分

---

44 尤墨君：〈論造句〉，《中學生》第11號（1931年1月），頁2。

　　明於字裏行間了。[45]

尤墨君看重「虛字」對造句所產生錯綜變化的作用，先辨出主、從思想，再教導認識運用虛字以創造更生動遒勁的句式，這樣清楚地解析每句構造以及句中各部分的關係，讓原本枯坐冥想、不知如何入手的學生，易懂詞語連接的關鍵，進而掌握造句的竅門。

（三）句子正誤舉隅

　　尤墨君認為造句須簡潔、明瞭，他設定了三個檢驗標準：「一句造成，我們自問自答下面的三問題：（一）這能博得讀者的共解嗎？（二）這對於讀者將發生何種結果？（三）這要使讀者誤會嗎？」[46]

　　所蒐集來的中學生原句，尤墨君不是加圈加點或籠統浮泛地總批，而是明確指出文意、結構或文法修辭上的缺點；若思想不清晰或無條理，一般教師很難給參考意見，而尤墨君除建議形式上宜改的文法、用字、修辭、段落或標點等，也不迴避討論那些思想不明的內容，指其晦澀、曖昧或模稜之處，說出所以然的道理，辨清學生所欲傳達的意思。

　　如何寫出簡潔之句，下列簡表即尤墨君與學生的互動案例：

45　尤墨君：〈論造句〉，《中學生》第11號（1931年1月），頁3。
46　尤墨君：〈論造句〉，《中學生》第11號（1931年1月），頁13。

學生原句	尢墨君指點意見
十月十日是國慶日，就是民國十九年前的今天，革命軍武昌起義，產生了一個中華民國。	「十月十日是國慶日」，人人都知道的，何必多說！故這句應當改為「民國十九年前的今天，革命軍在武昌起義成功，產生了一個中華民國。」
下午，我到小學部去參觀他們提燈會的預備，又到尚德小學參觀。	同一參觀，不必分述。不如說，「下午我到小學部及尚德小學參觀他們提燈會的預備」，較為簡潔。
我跑到紙店中，買了數張紅紙，預備做一盞國旗燈。	「跑到紙店中」五字可省。
蓋當秋天之際。	「之際」二字可省，又如「在夜裏的時候」，「的時候」三字亦可省。
絲絲的細雨，微微的和風，弄得我心神沈醉。	「絲絲的」和「微的和」均可省。
從前有二個兄弟：一個叫做老大，一個叫做老二；老大是哥，老二是弟。	這句可改為「從前有兄弟二人：哥叫老大，弟叫老二。」
那天晚上，我和弟妹們喫過了晚飯後，各搬着凳子，坐在那院子裏等着那月兒上來。	「喫晚飯」和「搬凳子」二事何必多說！
那時我們的心裏，非常的高興，立刻將方桌搬下院中。	「的心裏」三字可以省。「非常的高興」中的「的」字亦可省。「立刻」不如改做「忙」。

附註：整理自尢墨君：〈論造句〉，《中學生》第11號（1931年1月），頁10-11。

　　至於要造出明瞭之句，尤墨君認為並不難，他提供具體意見如下：

學生原句	尤墨君指點意見
於是孫先生起來推翻滿清，要求中國振興。	「要求」二字，用得「模棱（筆者按：稜）」！作「要想求」可以說，二字合解亦可說。
不料近年雨水不勻，因此沒有地方可以解決生計的問題。	這句意思，曖昧極了！「地方」怎會解決「生計問題」！「生計問題」的不能「解決」，豈僅在「雨水不勻」！「地方」改作「人民」，「雨水不勻」下加「米麥歉收」，全句的意思覺得明瞭些。
今年伊雖未來，卻前幾年已成了過去。	前幾年的什麼東西已經過去，沒有說明，句便晦澀！倘使在「前幾年」下加了「的事情」三字，句意便都明瞭了。
至東嶽廟，人已到齊了，內有各團體各學校。	誰至東嶽廟？大概是「我」或「我們」吧。少用了一二字，句便不醒！「團體」和「學校」怎會到東嶽廟？少用了「代表」，句又不醒！
附近水中蘆葦浮坵旁，有一隻漁船，半隱半現於蘆葦叢中，船頭一漁翁手持竹竿垂釣，再也不能望遠了。	「再也不能望遠了」的語氣和上文完全不接！

學生原句	尤墨君指點意見
今晨絕早，我還沒有起牀，只聽得幾隻清脆的鳥兒，語聲很是慈愛的叫着，髣髴也歡迎我們的國慶紀念日。	「清脆」所以形容「鳥鳴」，不當置於「鳥兒」之前，變成形容「鳥兒」。「慈愛」亦是形容「鳥鳴」，「清脆」何不與「慈愛」並列？這就是「詞的位置不安」？
落下的葉子鋪在地上，似被褥一樣置着，將樹打得只賸幾根枯枝和幾片的殘葉。	什麼東西將樹打？是「人」呢，還是「秋風」呢？少了一二字，句意曖昧，而且上下文也不接！
光陰如箭，日月如梭，真是流水般過去，四季皆輪流，然光陰一去不復反，而人生於斯世，不覺老矣！	這句造得多少呆拙！既說了「光陰如箭，日月如梭」，還要說「真如流水般過去」，好像疊床架屋！「四季皆輪流」意多曖昧！

附註：整理自尤墨君：〈論造句〉，《中學生》第11號（1931年1月），頁12-13。

以上，尤墨君揭示學生遣詞造句上的各類問題，不厭其煩地在詞句上斟酌推敲。

（四）作文的精審題意

在作文題目方面，尤墨君的學生反應：作文害怕難題、題目不適合個性、教師不先說明題目之大意、常做到題外去、不要拘定題目、不要規定時間等。（以上見〈中學生自述的「作文難」〉）其中，「常做到題外去」這點，尤墨君認為是中學生的通病，故特闢專章探

討如何切題。

尤墨君在〈怎樣切題〉一文中，首先以築馬路比況寫文章，他
說：

> 寫一篇文章可比築一條馬路，第一要點是工程師應當準確地
> 知道這路從那里開始，并且通到何處。牠的闊度，牠的直徑
> 以及沿路的種種觀察，亦都是很重要的。作文亦是這樣。題
> 目，我們可把牠當作一個待解決的問題看。先在牠的四周搜
> 尋種種要點，再由這些要點決定那中心或題旨所在。倘使我
> 們覺得沒路可達某點，我們便當別想他法；但進攻的陣線已
> 經畫定後，我們便當很堅毅地毫無瞻顧地達到我們所看準的
> 一點。

築路施工前，工程師一定得確知道路之首尾起迄、路面寬度以及勘查
過沿路的狀況，尤墨君認為作文切題也應如此。他說題目到手之後，
先得認清「什麼就是什麼」（精警切題）；「要跳入題中去」、「不
要徬徨題外，大兜圈子」（浮泛不切題），其解釋：

> 築一條馬路要認清界線。同樣，寫一篇文章也當決定了達題
> 的範圍。這非有真知灼見不可。初學作文，總朦朧於迷霧之
> 中，方向莫辨；以致所作之文，常引起讀者的惶惑與驚奇。
> 便是最易思考的題目，他們也不會「中的」。更談不到題目
> 愈難，愈有興味。這是不能確知什麼即是什麼之故。[47]

他主張認題須有限制，初學者常「小題大作」，把極小的題目擴得太
大而無可收拾，因此如何審題、找到題旨便成關鍵，他建議「要將題

---

[47] 以上所引，均見尤墨君：〈怎樣切題〉，《中學生》第21號（1932年1月），頁1。

目一分再分，然而最後汰蕪存精，所作的文字必能環拱著一個中心，即題旨。」[48]他以〈網球〉題目為例，強調若中學生大談網球的發展歷史、球拍如何使用或擊球各式方法，其實很難在有限的篇幅容納這麼多焦點，故下筆發揮之前，應先明白題目的字面含義，更須認清其範圍、體裁，乃至確立撰寫者所持之立場。尤墨君直言中學生常犯的通病在：不說「什麼即是什麼」，他摘錄兩篇以〈秋令衛生〉為題而失焦的作品，並附上指點意見，為便掌握其說解大要，製作簡表如後：

學生原文	尢墨君指點意見	
	初評	總評
衛生者，所以防患災害，保持人體之健全者也；其於人生之關係，何其大哉！尤於秋令之氣候，寒熱不測。時而颶風發作，或則密雲陰雨。是時也，皆為疾病之先兆。苟再不講求衛生，任己所欲，但求一時之舒適，而不求永久的健全；如此果不致病，吾不信也。 夫人無不惡疾病而樂安逸。故衛生之道，須先求一己之衛生，漸而至於一鄉一邑而及全國。務望吾儕同胞須知衛生能使人體健全。不衛生反而能使人體不健全，危害社會之幸福。吾同胞其勉之哉。	開始，好像把衛生下了一個不大完全的定義。秋令氣候，後雖說及一些；然怎樣講求衛生，一字未曾提及。次段呢，不知說到何處去了。	望文生義，秋令應當如何衛生，決不同於春令、夏令或冬令，故秋令衛生即是秋令衛生，萬不能與其他各令相混。秋令氣候怎樣？人們為什麼容易生病？秋令有什麼病症發現？蚊蠅之類有何影響於我們的健康？我們的衣食住應當怎樣謹慎？凡此種種，一經思考，俱是題中應有之義，也就是秋令衛生即是秋令衛生。所以我們得到一個題目，要把牠作整個看，還要把牠分作部分看。整個固大於部分，然部分不能離卻整個。這就是什麼即是什麼。這就是切題之鑰。
人之通性，喜春秋而惡冬夏，何也？蓋夏苦熱，冬苦冷，不適人之起居飲食也。然春秋之時，天時數變，百病均乘機侵入，故宜慎之。今麤分數則於下： 甲、衣 　一、日必換衣，使之潔淨。 　二、摺疊有條，使之整齊。	首段將「春」和「秋」並列，不符題意。後雖述及種種衛生方法，然亦不僅限於秋令。末段說的是「衛生可以救國」，與題何涉！	

學生原文	尢墨君指點意見	
	初評	總評
三、若潮溼，則宜速換，以免傷風。 乙、食 　一、不食生食。 　二、日限以三餐，禁食雜食。 　三、不食煙酒等害人之物。 丙、住 　一、房屋打掃潔淨。 　二、牆色灰白。 　三、方向須東南。 丁、睡眠八小時。 戊、日必運動，沐浴。 己、不隨地吐痰，或亂拋果殼紙屑。 夫衞生之意，乃由個人推廣之而及於團體。若人人均健，則國家亦不至衰弱。故衞生一可避蚊蠅蚤蝨之侵入，二可恃之以救國。何人不樂而為之乎！		

附註：整理自尢墨君：〈怎樣切題〉，《中學生》第21號（1932年1月），頁2-4。

尢墨君不諱言這兩名中學生，徒於題外「東奔西突」、「不得其門而入」，儘管也會為題目下定義，卻往往輕重不分、本末倒置，他說：

> 談到抗日宣傳，某地旅行或球類運動等，他們常先把「宣
> 傳」，「旅行」或「運動」等的意義說了許許多多，反把最
> 重要的「抗日」、「某地」或「球類」等都忘卻了。[49]

一旦去題，不免浪費筆墨及氣力，終究是文不對題。尤墨君強調切題
的最安全方法就是：「認清什麼即是什麼」、「不可以為有什麼就可
以說什麼」。雖然作文沒有材料易空洞、材料少則易嫌枯貧，但若無
法精審題意，即使取材豐富仍易散漫而失焦。

五 作文的構段成篇

（一）構段成篇的要素：「主句」及「始、中、終」

　　一篇文章是否完整而有機的統合，段落的組織安排就得有一些基
本的要求，尤墨君就強調分段的前提是：先確立一個中心思想。由此
造出的語句如同球隊裡的一名隊長，尤墨君稱為「主句」，而主句即
該段中之主腦，然後自此或前或後，生出隸屬隊長之下的無數語句，
各盡其推闡發揮的職分。他把「段」比喻球隊，語句即隊員，主句即
隊長，一篇文章要分好段落，好比一支球隊「整頓全神，注定目標，
前後聯絡，互有關係，缺一不可」。[50]那麼，具體的構段成篇該如何
操作？首先，一篇要用多少段及每段的主句設計，必須先想清楚，然
後，每段再循主句而演進發揮，這樣才能避免主題分散。這也想說、
那也想寫，頭緒容易紛雜而首尾不接。尤墨君以梁啟超〈最苦與最
樂〉為例：

49　尤墨君：〈怎樣切題〉，《中學生》第21號（1932年1月），頁4。
50　尤墨君：〈論構段〉，《中學生》第15號（1931年5月），頁2。

> 人生甚麼事最苦呢？貧嗎？不是。失意嗎？不是。老嗎？死
> 嗎？都不是。我說人生最苦的事莫苦於身上背著一種未來的
> 責任。人若能知足，雖貧不苦；若能安分（不多作分外希
> 望），雖失意不苦；老，病，死乃人生難免的事，達觀的人
> 看得很平常，也不算甚麼苦。獨是凡人生在世間一天，便有
> 一天應該做的事，該做的事沒有做完，便像有幾千斤重擔子
> 壓在肩頭，再苦是沒有的了。為甚麼呢？因為受那良心責備
> 不過，要逃躲也沒處逃躲呀。

他點出梁文該段的主句是——「我說人生最苦的事莫苦於身上背著
一種未來的責任。」其前後的語句多由此句而生。主句在寫作分段上
的優點是：一、對作者言，「思想不致游移無定，他自不會說到別處
去。」；二、對讀者言，「能明白地示給他以段中的要旨，使他不致
誤會作者的用意。」[51]尤墨君贊同主句在段中的重要性，但他也承認
非絕對必要，端看文章屬性而定，如在敘述文、描寫文，不一定必備
主句，但若是解釋或論辨的文章，大多用得著主句的，唯主句在段中
的位置，或前或後，並無定式。置段前，可為緒言；置段末，可作結
論，當然亦可安在段中，成為轉詞。

　　討論文章如何成篇，尤墨君特別強調事先規劃，通常可規劃出三
大段落的進程，包括：始（緒言，事實發生的動機）、中（轉詞，事
實發生的情狀）、終（結論，事實發生的結果）。當然這只是個劃分
段落的基本模式，若以事實的先後區分亦可，尤墨君也認為架構應據
實際情況而定，不能一律對待或程式化，但三段論仍可參考；又比
方，描寫或敘述文則可依材料分為普通、精密及印象三部分觀察；若
是解釋文，除了始、中、終三段論，也不妨先確定：定義、源流、種

51　以上所引，均見尤墨君：〈論構段〉，《中學生》第15號（1931年5月），頁3。

類、功用及效果等各項綱要，然後再下筆。

（二）構段六法：以「對照法」為例

段是句或句群組成的，而段又組成篇，組織段與篇不能任意、雜亂無章。尤墨君主張構段應循邏輯而演進，並且應考究分段的技巧：

> 「段」不是一羣雜亂無序的語句湊合起來所能形成的。牠的構造，是要定基在一個中心思想上的。牠的區分，是要隨着思想的演進而畫分的。「段」分得好，能令讀者得知作者的命意所在，讀之非常醒豁而毫不覺得費腦。否則他將惝怳迷離，莫知作者的用意了。故「分段」的技術是各種寫作上所必需研究的。[52]

如何構成段落？其提示了六種演進法：一、申述法；二、例證法；三、設喻法；四、因果法；五、比較法；六、對照法。以「對照法」為例，所謂對照法，按尤墨君的說法是「所引的事物須與所討論者適完全相反」[53]。尤墨君舉梁啟超〈少年中國說〉與蔡元培〈文明與奢侈〉兩文作對照法之範例[54]。他舉梁文一段如下：

52　尤墨君：〈論構段〉，《中學生》第15號（1931年5月），頁2。

53　尤墨君：〈論構段〉，《中學生》第15號（1931年5月），頁7。按：「對照法」與「比較法」均屬互為比較型，但彼此還有差異，尤墨君說比較法所引起的事物與所討論者要有類似之點，而對照則是兩種相互對立或相反的事物放在一起，使其產生對比的效果。尤墨君在寫作上的構段手法，其概念與修辭學相融合，名稱相同如「對照」（或「映襯」），相近者如「設喻」之於「比喻」，有關修辭方式及分類，可參看黎運漢、張維耿編著：《現代漢語修辭學》（臺北市：書林出版有限公司，1991年）。

54　《中學生》所載尤文所引，分別植為〈少年中國〉與〈文明者奢侈〉，然檢視梁文、蔡文原作，應以〈少年中國說〉、〈文明與奢侈〉題名為確。

　　老年人常思既往，少年人常思將來；惟思既往也，故生留戀
心；惟思將來也，故生希望心。惟留戀也，故保守；惟希望
也，故進取，惟保守也，故永舊；惟進取也，故日新。惟思
既往也，事事皆其所已經者，故惟照例；惟思將來也，事事
皆其所未經者，故常敢破格。

〈少年中國說〉是梁啟超在遭遇戊戌變法之難、流亡日本時，發表在
《清議報》上的一篇政論。其撰文動機，一方面受到義大利建國英
雄──吉賽佩‧馬志尼（Giuseppe Mazzini，1805-1872）創立「少年
義大利」啟發，另方面係為反擊日本人嘲笑中國是「老大帝國」之
辱，他把人的老少和國家發展相比，並用大量的排比句及映襯手法，
突顯少年對於國家強盛的重要。尤墨君所舉的這一段，是種種相反之
點所構成的：「少年人」／「老年人」，「將來」／「既往」，「希
望」／「留戀」，「進取」／「保守」，「日新」／「永舊」，「未
經」／「已經」，「破格」／「照例」。這樣的對照式書寫技巧，有
助段落主要思想的演進。

　　尤墨君在指點構段成篇時所舉的範例，往往是坊間中學國文教材
共同收錄的篇章，如梁啟超的〈最苦與最樂〉、〈少年中國說〉，不
論是世界書局、北新書局，抑或國定教本版都列入[55]，亦即學生已在

---

[55] 關於中學國文教材的選編，尤墨君不諱言是「一樁極艱難而又極複雜的工作」，
教材往往又是國文習作的示範對象，閱讀課文是吸收，而寫作是發表，故若教
材選取不適當，學生無法從中得到語句或思想上的幫助，寫作就會「非牛頭不
對馬嘴，即支離散漫，蕪雜繁瑣衡以邏輯，無一是處，徒令改者搖頭，或迫令
重作。」因此，他主張教材選編要顧及學生身心發展的程序、符合邏輯與實際
化。然彼時中學國文教材選擇的標準卻漫無定向，以梁啟超的文章為例，尤墨君
就注意到各版指示的學習先後次序，存在不小的差異：「梁任公先生『最苦與最
樂』，世界列入初中國文第二冊，國定教本則列入第四冊。又梁任公『少年中
國』，世界編入初中國文第一冊，翻開北新書局活葉文選目錄，則一跳跳入高中

課內教科書接觸而不陌生，而尤墨君利用《中學生》這份課外讀物的
學習平臺，所選示的材料也出自課文[56]，這便加深了學習者的印象，
達到更好的效果。

（三）構段的「三大定律」：統一、聯絡、語勢

初學作文，可先設計規劃每段的大綱，在此基礎上再擴充、力
寫，尤墨君強調事先擬綱分段，以得到段落的統一、聯絡及語勢。

關於統一，尤墨君解釋：

> 一段之中，表達的意思能密切地關聯着，而可以完成一中心
> 思想，總括成一要旨者，則這段可謂已得到「統一」了。換
> 言之，統一的原則是一段之中，要有一個清晰的意思，統治
> 着一切的附屬思想；而後這一切的附屬思想可分掌著「說
> 明」，「力寫」或「擴充」之職。

至於如何求得段落的統一？尤接著說：

國文教材內！」（以上所引，詳尤墨君：〈怎樣研究中學國文教材問題〉，《江
蘇教育》第5卷第1期，1942年10月，頁13、14。）初中、高中教材多不忽略梁
文，唯應授的年級及合宜的學習進程，各版安排互異，於此亦可窺悉一九三〇年
代中學國文教材混亂的現象。

56　尤墨君主張讀了課文，要會引用變化，「否則書自書，我自我，胸中的語彙既不
豐富，用字造句又何能空靈呢！」但他也反對作品充滿陳言，提出避去寫作陳言
的處方——「四要不得」，即：「近今文章不貴古，古無用，封建陳舊論調要不
得。辭必己出，是練習寫作的最要守則，堆砌了好多老生常談亦要不得。喜歡作
描寫文，滿紙風雲月露，只寫些浮表面，使讀者看不出作者心情所寄，則都成濫
調，亦要不得。古今有名作品，讀而不會用，是消化不良，亦要不得。」以上，
詳尤墨君：〈怎樣去「陳言」〉，《新學生》第3卷第1期（1947年5月），頁48、
49。

（1）把你的意思列成一綱要，本此步驟，循序進展。（2）先作成一主句。牠在段中，雖然你不要用着；但牠可以助你保存主要思想和附屬思想的適當關係。（3）自始至終，觀點當確定。若有不可避免的變更，你須明晰地說明。

他提示三點正面的作法，同時也提醒三點不能破壞段落統一的注意事項：

（1）在一段中，勿寫得句句都是要句；基於主句的次要句子，應和主句相團結。（2）勿以無甚密切關係的意思作成句子，屬入段中。（3）勿將主旨游離向外，而討論着外來的意思；因為這些意思卽使與主旨或有遙遠的關係，然不能直接故。[57]

尤墨君以正、反方式告訴學生：應該如何、避免如何，他在申說「聯絡」以及「語勢」大意時，均採同樣的敘述模式。關於「聯絡」，就是段中的語句無硬湊不接的狀況，其原則為：「逐句須一氣貫注，自然地相連而下，前句引後句，後句跟前句，互相照顧，互相呼應，這整段纔不致有『斧鑿之痕』。」然須留意兩點：

（1）思想演進的次序當合乎邏輯。（2）虛字——連接詞及副詞——要用得適當。「雖則」、「然而」、「已經」、「本來」、「但是」、「所以」、「則」、「亦」、「而」、「惟」等字都是指明思想方向的「路標」，一個也不能錯用，一個也不能漏用，我們能善用之，思想的轉移便

---

57 以上所引，均見尤墨君：〈論構段〉，《中學生》第15號（1931年5月），頁8-9。筆者按：尤墨君把統一、聯絡、語勢這三項構段的原則，特稱為「三大規律」或「三大定律」，見前揭文，頁8、10。

有條不紊，而可收「聯絡」之效。

他也指明不能違反的兩條禁律：

> （1）你的地位和你的立言，你勿以為讀者已經明瞭得與你
> 相等；你須設身處地替讀者著想。（2）附於你的主旨上的
> 一切敘述，你勿以為讀者讀之，已毫無疑義；這是你自己心
> 中之秘，旁人無從懸測。[58]

最後的「語勢」，是指組合語句要適當勻稱，最重要的意思應置於最
顯眼的段首或段末，段末尤具力道。怎樣使段得到語勢？他建議：

> （1）把你所要敘述的，用「累昇法」進展；卽思想的進展
> 須一步緊一步，一步重要一步。最重要的意思應置在最後，
> 可以引人入勝。（2）末句應作結論，或把最要的意思加以
> 力寫。

相反地，亦要避免三項：

> （1）開頭勿用浮泛而散漫的敘述。（2）結束勿用無謂的語
> 句，或刻板的濫調。（3）勿只顧進展附屬意思而把主旨忘
> 卻；勿把主旨輕易地放過，以三言兩語了之。

總結尤墨君的觀點：「主句」乃構成「段」之「目標」；而「統
一」、「聯絡」及「語勢」三定律則是構成「段」之「規約」；至
若申述、例證、設喻、因果、比較、對照之六種演進法，就是構成
「段」的「實施計畫」；此外，從段的職分去看，又可分出三種，

58　以上所引，均見尤墨君：〈論構段〉，《中學生》第15號（1931年5月），頁
　　9-10。

即：緒言、轉詞及結論[59]。尤墨君把原本寫作既分階段又交叉進行的一連串複雜過程，一一拆解，如何寫出主題明確、條理清楚、層次分明的文章，怎樣有機地連接句子及緊密地連接段落，這套謀篇佈局、遣詞造句規律及修辭手法，目標是培養中學生作文的基本功，不單是讓他們知其然，更使他們明其底蘊，連帶也訓練了邏輯思維的能力。

六　制訂謄寫作文的規約

　　一九二〇年代前後，討論作文教學，關心過作文規約的人，根據語文教育家阮真（1896-1972）的說法，有兩位：劉半農（1891-1934）、孟憲承（1894-1967）。他表示：

> 劉先生大約定了十條左右，他的文章登在《新青年》雜誌上，我不很記憶得清楚了。不過我記得他於內容形式兩方面都有些注意。例如：他中間有一條是不寫僻字，不用僻典；一條是不作言之無物的；空文（筆者按：應作「不作言之無物的空文」）這些都是注意到內容上的。孟先生在〈初中作文教學法之研究〉篇中，曾定了六條「機械的習慣」，便是：『（1）用規定的作文格紙；（2）用中國筆墨；（3）題目和作者的姓名，寫在一定的地位；（4）每段開始空一格；（5）用規定的標點符號；（6）寫字要正確明瞭，勿潦草。』這完全從形式上着想的了。[60]

59　以上所引，均見尤墨君：〈論構段〉，《中學生》第15號（1931年5月），頁10-11。

60　阮真：《中學作文教學研究》（上海市：民智書局，1929年），頁133-134。按：阮真所指劉半農文章，即〈應用文之教授──商榷於教育界諸君及文學革命諸同志〉，發表於《新青年》第4卷第1期（1918年1月）；孟憲承的〈初中作文教學法

阮真特別強調「只有」劉半農與孟憲承認真看待作文謄寫問題——不論是內容或形式上的，何以寫作的格式要求不被重視？阮真闡述：

> 自從新文學家的教師對於作文教學主張自由放任，不拘形式以後，學生視作文為一件很隨便的事！自從提倡新文學以後，學生想模倣些新的寫式，新的標點，新的文法上用字和句式，又苦沒有確定不易的標準，只好任意亂寫亂用；所以中學生的作文，無論在用具上，標點上，內容上，形式上，各方面都呈現極紊亂而不齊一的狀態；還有許多學生在寫作上養成很多不守規則的惡習慣。有些教師以為這些形式問題，習慣問題，在教學上是不必重視的。在科舉時代，不中式的文章就不取；在專制時代，不中式的公文就不批，甚至下官也可駁覆上官；所以大家都在此斤斤較量，小心謹慎，現在是科學時代，共和時代了，我們何必注意這些形式和習慣，束縛學生的自由？

原本初聽這些說法，阮真以為有理，但深思細想後，覺得還是要在教作文之前，提醒學生留意相關的規矩：

> 我們固然不要學生寫朝考式的卷子，用心那些招頭避諱的規矩，但是有些寫作的格式是必須遵守的；我們固然不要學生寫洪武正楷，但至少要寫在卷格子內，令人看得清楚；現在社會的應用文字，無論寫信，著書，作公文，作報告，都有一定的格式，學生的練習作文，難道可以不注意嗎？[61]

之研究〉，則發表於《教育雜誌》第17卷第6期（1925年6月），該期是「中等教育專號」。

61　以上所引，均見阮真：《中學作文教學研究》，頁131-132、132-133。

認同劉、孟關心作文的格式，阮真於一九二九年也在兩人的基礎上，制訂了四大項二十五條作文規約。時隔十二年，一九四一年尤墨君接棒續談作文謄寫事宜，在《江蘇教育》上發表〈中學國文教材和作文謄寫的討論〉，以專文提醒中學生注意這些形式問題。此前，尤墨君在《中學生》上撰寫〈論構段〉的末尾，即略略提及寫法的問題，他說：「關於寫法的：每段起處，為醒目起見，須較別行低二字。此似不必多說，然初學謄文，最易忘却，故在本篇末附帶地提醒一句。」[62]因限於篇幅，彼時不能暢談，僅於文末附帶寥寥數語。

尤墨君看重謄寫，他解釋說：

> 關於中學生工作值得討論的問題很多，我所以單獨提出謄寫問題，因為這是不容忽視的；歐美各國作文法教科書常首編 The Manuscriqt（筆者按：應為Manuscript）一章。這卽是指導讀者關於手寫上的種種要點；例如，文題應如何寫法；作者姓名當寫何處；文章每段首行首字應稍偏右，且應偏多少亦有相當規定的。此外，如標點用法和寫書信法，亦別有專章或甚至專書詳為指示。這無非要使初學於不知不覺中養成「謄寫合式」的習慣。繕寫能合式了，將來他們離校就業，也便利得多；故這種習慣，當於學生時代養成，尤當於中學生時代養成。

又云：

> 我國向來對謄寫亦極注重。文章雖不分段，然《史記》於紀傳之後，「太史公曰」卽自另一行起後世文家因之，遂成為相沿的成法了。塾師點書，亦大多句讀分明。文題例低二格

---

62 尤墨君：〈論構段〉，《中學生》第15號（1931年5月），頁11。

寫，如題字超出一行，為醒目計，次行再低一格寫。其他像
從前科舉時代，還有什麼避諱，擡頭等：塾師以是教生徒，
國家以是頒定為「科場程式。」這亦無非要使大家遵守，能
謄寫合式而已。科舉廢後，學校代興。作文謄寫似一切俱從
舊例，並沒有什麼改變，除掉到了民國廢止避諱而外。後來
胡適之輩從事白話運動，於是採用新標點，採用分段法，以
及其他種種謄寫法，當時各報副刊以及各刊物亦常有人提出
討論；然而各校師生似鮮有人注意到此，故學生作文如何謄
寫，仍各自為政，未能統一。

當時報章雜誌雖論及此事，但尤墨君覺得一般師生還是忽略了，再加
上他個人的教學及閱卷經驗——「近十年來，筆者常在浙省師範及高
中濫竽充任國文講席，每見學生文卷謄寫有不合處，常面加指示或於
卷後批示。後又襄閱中學國文會考試卷數次，覺得謄寫乖謬的，竟有
出人意想之外。」[63]故草擬了「作文謄寫規約」，突顯多年來這方面
的基本訓練不足，並期學生養成習慣。

　　尤墨君列出二十條寫作規約，與阮真的二十五條相比，其旨趣大
同小異[64]，都觸及了寫作用具、形式、內容與習慣等項目，茲將尤墨
君的意見表列如下：

63　以上所引，均見尤墨君：〈中學國文教材和作文謄寫的討論〉，《江蘇教育》第2
　　卷第2期（1941年3月），頁44、44-45、45。

64　阮真及尤墨君的觀點細部比較，將另文探討，此不贅言。

作文謄寫規約	
規約	尤墨君按語
1 須用學校規定作文簿	此本不必約定，因為各校例有定印的作文簿；然間有因省錢而仍用自備作文簿的，尤以較高年級學生為甚：此殊失整齊之觀。欲防此弊，最好於開學時由學校分發。
2 作文簿勿忘帶	作文簿亦課業用書之一，然常有忘帶者，此殊粗忽。
3 作文簿封面須寫明級別，組別及姓名；謄寫概用毛筆，須寫正楷	此條似亦不必約定。然儘有寫了級別而漏寫了組別的，也有寫了組別而忘寫了級別的，甚有用鉛筆或各色墨水書寫的，亦有字寫得潦草不堪的：此亦粗忽。
4 作文簿封面前後及裏外勿東塗西抹	此出之初中學生為多。或畫上一人物，或塗上了許多字。
5 謄寫概用毛筆，須寫正楷	學生謄寫潦草，幾成通病；甚有忘帶毛筆，不得已改用鉛筆謄寫，冀圖塞責的。待到教師發覺，令其重謄，已徒耗時間了。
6 作文須按時繳卷	這為養成初學思攷和寫作敏捷計，不得不按時繳卷；這為防流弊計，不能不約定按時繳卷。
7 留出空葉，自編目錄	這可以統計一學期作文共作了幾次。

作文謄寫規約	
規約	尤墨君按語
8	勿漏寫或誤寫題字	題字漏寫或誤寫亦常有之事。前者如文題是「秋夜」，只寫了「秋」字；後者如文題是「暑中瑣記」，「瑣」字右旁誤作「肖」等。
9	文題首字低四格寫	理由參看下條。
10	每段首行首字低二格寫，次行起頂格寫	文題低四格，每段首行首字低二格，使改者或讀者可以一目了然。
11	須自分段	近來無論報章及刊物所載論文已無不分段，卽公文中亦已採用分段法；然初學作文，往往仍有一篇通寫到底的。
12	勿忘斷句，自加標點；句末概用標點，勿自加圈	忘記斷句，乃初學文卷中常見之事，徒令改者或讀者閱之費時。標點採用已久，最近公文中亦已用此。勿自加圈者，因粗忽學生常把圈號圈得不整齊或特別大，觸目之至。
13	勿添註塗改	學生作文，往往不先起稿，信筆直書，添註塗改遂百出。改者不易刪改猶其次，而草率之病則不可不戒。
14	勿寫俗字	俗字連篇，已成通病，寫慣了搖筆卽來，不可不戒。
15	勿用外國字母代替人名或地名	Ｘ君或Ｓ埠等字，學生作文常喜用之，終覺不倫不類；且又何必用西文字母，儘可用「某」，「甲」，「乙」等字代之。

作文謄寫規約		
	規約	尤墨君按語
16	篇末勿寫「完」字	學生常有於篇末特加一「完」字,甚有把這「完」字寫得特別大;此最無謂。
17	每篇另葉謄寫	此因接謄不易醒目。
18	勿誤寫隔葉	此出之粗忽學生為多。
19	訛字標出後,須自改正;如有疑義,問明師友再改	文卷訛字自不能免,然與其由教師為之改正,不如由教師標出,令學生自行改正來得容易收效。惟儘有學生偶忘改正或漠然置之的,故教師不可不覆閱。
20	改就之文及教師批示勿撕去或塗去	文多疵病,教師為盡責計,自應詳加刪改,或加眉批,或附尾批。這無非用筆代口,庶作者見之,可以知所改正;然學生常有因一時起了心理作用,而把改就之文撕去,或將批語塗去或挖去者,此不可不戒。
附註:以上整理自〈中學國文教材和作文謄寫的討論〉,《江蘇教育》第2卷第2期(1941年3月),頁45-46。		

這份謄寫規約,依條例數量來看,尤墨君著眼寫作的形式及習慣最多,雖然提示的方向與前人相去不遠,不過,他的按語式解說是很具體的提醒。

七　結論

　　尤墨君教導中學生作文，首重培養他們在基本語文表達能力，在教學過程中，擬定綱要、按表操課，或設定一個中心思想再構思敘寫，這些定程建議，僅是手段而非終極目標。一位署名「印人傳」的尤墨君學生，在《十日談》「文壇畫虎錄」專欄講述得益尤師指點作文的過往經驗，說：

> 只要是《中學生》雜誌的讀者，總知道這人。他寫了許多次的「作文講話」，無論造句用字，或修辭。永遠用批評的眼光，去解剖每篇文章的結構和內容，極力主張排除套語濫調；許多寫慣了「子曰詩云」文章的同學都嘗遍「紅棍」的味道。（註：「紅棍」是紅墨水在作文簿上打的「棍」）這在我看來是好的，像《中學生》文章病院的醫生一樣，他時常會將學生們有病態的文章寫在紙上，摘下一段，細細地解剖，用良好的小心態度，去醫治它的病狀。這種事，對於學生，真是受益匪淺的了！[65]

這段文字的幾個關鍵詞：「解剖」、「文章病院」、「醫生」、「醫治」，很可突顯尤墨君的作文教學特色——像醫師般地診治文病，不放過任何救治的機會。無論課內教學，抑或校外閱卷，他時刻留心中學生的各種寫作病症，很務實地進行分析，即便關心大環境的語文教育，也是就事論事，較少與他人針鋒相對，例如一九三四年許多文

---

[65] 印人傳：〈三人印象記〉，《十日談》第36期（1934年7月30日），頁461。按：尤墨君有些觀點也略顯保守，如禁用新詞、方言、俗諺等入文，故也有學生評其「腦袋也頗冬烘」、「是很被學生不歡迎的一個」。以上見阿發：〈記四作家〉，《十日談》第34期（1934年6月20日），頁380。

人都加入文、白、大眾語的論戰，如葉聖陶、陳望道、徐懋庸、樂嗣炳、夏丏尊、陳子展、曹聚仁等在《申報》「自由談」討論大眾語，尤墨君也關心此議題，但從所寫的〈從中學生寫作談到大眾語〉、〈怎樣使中學生練習大眾語〉、〈論講授文言〉看來，他是以中學國文教師的身分發言，重點也放在耙梳學生寫作上的遣字用語、章法佈局等。以文、白之爭為例，尤墨君表明不捲涉──「文言白話之爭，現在似乎又有人把它當做一個了不得的問題在大開其筆戰了。實則這個問題，我們不必再枉費筆墨去討論它。」[66]他不作空言之辯、意氣之爭，而是從學生寫作的實際優劣表現、從學術討究的視野，持平地提出對語文的看法，他不排斥文言，也不認為文言本身像洪水猛獸般那樣可怕；至於中學生所寫文言文，出現所謂的闈墨式爛調，如前引〈說整潔〉那篇中學會考國文試卷，尤墨君認為該寫法近似明清科考制度規範的八股程式之「後比」[67]，第一段比是「整」，第二段比是「潔」，最後再加一個「總收」，尤墨君說：「沒想到青年學子還懂得這種秘訣。」這名中學生使用了八股外形的排比、對偶技法，用此闈墨式濫調的關鍵，尤墨君認為應與講授文言的教師脫不了關係，他說：

> 中學生的文言弄成這種病態，講授者總不得辭其咎。青年學子懂得什麼八股！又懂得什麼闈墨式的爛調！現在有些中學裏的講授文言者，我曉得初中三年級的教材，竟選什麼〈學記〉，《荀子·天論》，〈滕王閣序〉，〈阿房宮賦〉，

---

66 尤墨君：〈論講授文言〉，《新語林》第6期（1934年10月），頁24。

67 所謂的「後比」，係指八股文的獨特形式之一，應試文章在格式上規定：破題、承題、起講、提比、虛比、中比、後比、大結八部分。其中，除文章開端的破題、承題外，自提比至後比部分，皆是排成對偶的文字。有關八股文的結構及作法，可參王凱符：《八股文概說》（北京市：中國和平出版社，1991年）。

〈討武氏檄〉，〈吊（筆者按：弔）古戰場文〉，〈原道〉
等等。他們不管聽講者的頭腦要受害與否，只知賣弄本領，
像雞販把整握的礱糠塞在雞肚裏一般，拼命向學生肚中填
塞，結果：可憐那些「小雞」，只好撒「薄屎」了！現在中
學裏的國文是文言白話並授。報紙上的時評，新聞，廣告，
又大多是文言。所以我要勸勸講授文言者：你們要講授文
言，固不能阻止你：但首要注意聽講者頭腦的健康。這便是
無量功德。要聽得如果青年的頭腦中了毒，就是服「米太
通」，「補力多」等補品，亦已經來不及！[68]

國文教材與教法對學生的影響很大，尤墨君指出教材深奧及遠離日常
生活過遠——「把〈弔古戰場文〉、〈阿房宮賦〉等一類妙文，當做
法寶，在中學生面前變把戲。結果，中學生的寫作：好一些的讀起來
只覺叮叮噹噹，儼然『盛世元音』；壞的則如在叮叮噹噹之中，時聞
幾聲亂鑼，怪難聽的。」[69]他為《中學生》「作文講座」專欄寫一系
列如何寫作及培養語文基本功的文章，就是要避免文章讀起來只是叮
叮噹噹的聲響或難聽的敲鑼打鼓聲，更反對只在題字上敷衍成文，或
模仿沒有內容的八股章法。

　　事實上，他個人嫻熟語體及文言，善作古詩[70]、也愛寫散文小

---

68 以上所引，均見尤墨君：〈論講授文言〉，《新語林》第6期（1934年10月），頁
　25。按：原引文之標點符號，書名及篇名號為引號，為便閱讀及統一體例，逕改
　標新式〈〉及《》。下同。

69 尤墨君：〈從中學生寫作談到大眾語〉，《申報》「自由談」1934年7月5日。

70 例如楊大年、馬肇礎都對尤師之詩才印象深刻，楊大年說：「尤老師活躍於詩
　壇，課間常抄示其新作，記得有一首七絕，是中秋節抱恙而作：如斯佳節病中
　過，強起推窗佇月波。吩咐浮雲且莫妒，容伊永夜照嵯峨。柳亞子等創南社於蘇
　州，尤老師為社中同間。有一個時期，講課中接觸到對聯，他應一些同學的請
　求，課後為他們撰『嵌名聯』，使大家興趣盎然。有位同學名『龍寶』，聯曰：

品，尤墨君有古典文學的素養、紮實的國學根底，但從他正式的學歷看，與葉聖陶一樣，只是中學畢業生，卻在當時文壇、杏壇有一席之地，主要還是來自他勤勤懇懇的長期耕耘，正如其弟子所言：「說的話，和做的文章；都沒有道學氣！他的學問和地位，是自己努力奮鬥出來的。」[71]而其讀者亦稱「作文講話」專欄：「能注意到實用，例證舉得很多，使讀者得有澈底的認識，這一點是可以推薦的，因為這是作者精力的代價。」[72]他們都不約而同地突顯尤墨君治學甚勤而不迂腐，從經驗中理出諸多務實見解。他不講深奧學理，而是儘量以淺顯的比喻或實例去解析。

尤墨君對中學生作文的具體指引固然在形式上多所著墨，但作文的工夫，不全在定格式、分幾段，更非要求遣詞造句合乎所有常規法度，或只能容許一定的程式思考或機械式地操練；反之，文學的想像或創造力，也不盡然是天馬行空或無可捉摸的靈感，仍有賴日經月累的讀書窮理、觀摩體會。誠如他在〈你們能寫出些什麼〉一文的最後總結云：「『寫得好』是學力上技巧上的事，然而亦必從『寫得出』始。故我們能寫出些什麼，實在應該自己問問自己的，不管是寫詩歌

『龍豈池中伏，實須書上求』。名叫『惠榮』的，聯曰：『處世且休行小惠，文身何必求名榮』。我也曾蒙撰贈一聯，曰：『大海有容人之量，年壽以寡欲為先』。當時所撰很多，大都含有砥礪品學之意。……我與四、五同學還請尤老師在課餘教我們古體詩的欣賞和作法。」（見其〈尤師瑣憶〉）而馬肇礎也回憶：「尤先生常教學生吟詩，也常用自己寫的詩來教育學生。……我的思想，我的愛好，尤先生曾起過啟蒙作用。」（見其〈頭像〉）又，筆者二〇一三年至蘇州諸訪尤大權先生，其亦出示一冊祖父晚年所寫的詩集《尤墨君先生詩稿》。

71 印人傳：〈三人印象記〉，《十日談》第36期（1934年7月30日），頁461。

72 徐激厲：〈「中學生」和中學生──站在中學生立場的批判〉，《中學生》第21號（1932年1月），頁8。讀者徐激厲投書肯定尤墨君的文章價值，認為這些文章是作者付出精力所得的成果，值得推薦。（筆者按：作者付出精力，就必然值得推薦嗎？），認同尤墨君從實用、實例的角度出發，此有助於精進寫作的知識及技巧。

小說，或寫抒情文和議論文。」[73]一語道破了學生寫作上的迷思，他區別「寫得出」、「寫得好」的輕重及前後關係，強調寫好文章，問題不在會寫哪些文體、寫語體或文言，而是寫出哪些言之有物的內容。

　　「作文講話」按彼時中學生程度立論，尤墨君以例示法，以其經驗所得列舉諸多中學作文教學的實際問題及解決方法，既然是方法，就須可行，就得找出程式或步驟供學生練習，但這不意味寫作只是技術磨練，多數中學生說作文太難，不知如何入門，所以初期階段的程式化、反覆操練，便成為必要的程序。不過，尤墨君也坦言方法或規約在實際運用上仍賴教師去取得宜，至於挽救「文運」的大目標，還得多數中學國文教師共同努力，他希望一己的「拋磚」可引起更多人關注基礎寫作的問題。當然，尤墨君所處的時代，時空已迥異於今日，寫作的形式已多元化，但其所拈出的中學生寫作病態，依然常見，因此，尤墨君的指引，對中學的作文教學仍有相當的參考價值。

73　以上所引，俱見尤墨君：〈你們能寫出些什麼〉，《中學生》第49號（1934年11月），頁3、4、6。

貳

「粉筆屑」中的嘗試：曹聚仁與現代國語文教學

一 前言

　　曹聚仁（1900-1972），浙江浦江人，讀過舊式的私塾，啟蒙於四書五經，是國學大師章太炎的入室弟子，其後畢業於浙江省立第一師範學校，師事單不庵、夏丏尊、陳望道、朱自清諸先生；可謂既具舊學根柢，又接受了新式教育的洗禮。他廣泛接觸文壇、政壇及新聞界的人物，嫻熟近現代的政治、歷史、新聞、文學領域。二〇年代起，他從事現代國語文教學，先後執教中學、大學，並熱愛寫作，亦執編《濤聲》、《芒種》等報刊雜誌。抗戰之際，更擔任中央通訊社戰地特派記者，曾採訪淞滬戰役、台兒莊戰役等多場著名戰役。

　　世人對曹聚仁的印象主要是新聞記者及嫻熟近代人物掌故的史家，然其講學的經驗亦有可觀，其妻鄧珂雲說過：「我的丈夫是教書和寫文章的。」[1]寫文章這點，大家熟知，但對他站臺講課的過往則相對陌生，以他為研究對象的也多未及此。中學國文教學的資歷，曹聚

*　此係一〇二學年度科技部專題計畫（MOST 102-2410-H-562-002-MY2）之部分研究成果；曾發表於韓國高麗大學主辦「第五屆漢字與漢字教育國際研討會」（2014年7月）。

1　鄧珂雲：〈我的丈夫與書本〉，收入上海市政協文史資料委員會、上海魯迅紀念館合編：《曹聚仁先生紀念集》（上海市：上海市政協文史資料編輯部，2000年，「上海文史資料選輯第九十六輯」），頁301。

仁甚至認為是「一生中最成功的時期」，他一邊教學，一邊寫教案，並把教書心得發表在開明書店的著名青年刊物《中學生》專欄——「粉筆屑」，他回憶說：

> 我的教課，也有我自己的方式；我們在杭州一師，也是研究教授方案的，積累了十多年經驗，對於語文教學頗有些心得。開頭那一星期，總是把語文常識這方面觀點批判了一番，也就是我的教學概論。從她們的聽課神情，我知道她們都能領會的。在國文教學上，那一年，也可說是一生中最成功的時期。那時，我正在開明《中學生》月刊上寫《粉筆屑》，就是談語文教學的法門。我個人編了一個約略的教案，教學的進度和預定的教案，大致相吻合。……那一年的教課，對她們的影響如何，我不敢說，只有一點我可以自負，她們都承認我是她們的老師，讓她們懂得不少的。有一回，我和她們講到中國文學史的小說部門，說到明代的講史小說和人情小說，當然要說到《金瓶梅》的了。一位務本的同事，他大不以為然；他認為這一部小說的邪惡是不可接觸的；我卻老老實實把產生這類小說的時代背景及政治環境說出來，同學們一點不覺得有什麼誨淫的意味的。那位老夫子，也就啞口無言了。[2]

曹聚仁曾執教杭州一師、務本女中、愛國及民國中學，他對上海中學生的語文程度深具信心，提到所教過的幾位中學生的國語文程度甚至勝於大學的二年級生。他對中學生充滿期待，在抗日之際，《中學

2　曹聚仁：《我與我的世界：曹聚仁回憶錄（修訂版）·浮過了生命海》（北京市：生活·讀書·新知三聯書店，2011年），上冊，頁418-419。

生》主編請他給中學生一些鼓勵的話，曹聚仁謙說沒有中聽的話可說，反倒批評了成人自律甚寬而嚴於對待中學生的現象，他說整個社會「你騙我，我騙你」，不努力做基礎的工作：「我反省我和我們這一輩，究竟缺少些工作？我覺得大家都不曾努力做基礎的工作；沒有一個成名的作家努力於修辭措句的細事，沒有一個成名的學者努力於專家專科的研究，沒有一個社會運動者真的到民間去，沒有一個政治家真的解剖社會問題，大家浮光掠影。」[3]這話說得很重，連續幾個「沒有……」的絕對句式，意味他渴望更多的有心人投入實地考察的工作，就國語文教育言，現況不是沒有名家投入，而是他期許更多的人多關心基礎的語文紮根工作。事實上，曹聚仁在《中學生》寫「粉筆屑」系列文章，正是在做語文奠基的工作。

　　本論文即聚焦其「粉筆屑」系列文章，從「文化」、「文學」與「語文」三個角度探討曹聚仁的教學觀念和方法，藉以瞭解國語文教師在時代轉型之初的種種具體嘗試，尤其著重他對文言與白話在新時

圖一　曹聚仁像（六〇年代末攝於寓中）
　　　（《書林又話》，書前附圖）

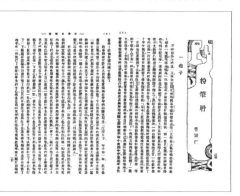

圖二　曹聚仁所寫「粉筆屑」系列文章之首篇
　　　〈楔子〉　局部書影

3　以上所引見曹聚仁：〈貢獻給今日的青年〉，《中學生》第21號（1932年1月），
　　頁22。

代定位所抱持的基本態度、對小說教學的關懷以及對當時國語文教學的批評。

二 「粉筆屑」篇目及說解特色

曹聚仁與開明書店的關係密切,其淵源可溯及五四運動前後就讀浙江一師的經歷,原任該校國文課的教師,如:夏丏尊、朱自清、俞平伯等,不僅教過曹聚仁,後來也為開明書店編輯《國文月刊》,亦均在《中學生》發表語文教學的心得。曹聚仁即謂:

> 以語文史地教學教本著稱的開明書店,那幾位編者,夏丏尊、葉聖陶、朱自清、呂叔湘、傅彬然、宋雲彬、豐子愷諸先生,都是我的師友,交誼本來不錯。那時《中學生》也可說是全國性的青年讀物。他們約我寫《粉筆屑》——中學語文教學法;連載了一年多。

開明書局諸先生,與曹聚仁非師即友,在師友的邀約之下,為《中學生》開闢了「粉筆屑」專欄,專講中學語文教學法。文章撰寫了一年多後,曹聚仁因支援「八一三」之戰,中斷了專欄。雖因戰事而擱筆,但曾看過曹文的讀者卻念念不忘,曹聚仁回憶說:「我旅行各地,時常會有文史教師向我談及《粉筆屑》的事。」[4]常被問及「粉筆屑」,一方面或可略窺《中學生》受歡迎的程度,再方面也透露了「粉筆屑」提點的內容,對教師的實際教學應有助益。

從一九三五年八月起至一九三六年七月,曹聚仁在《中學生》上

4　以上所引均見曹聚仁:《我與我的世界:曹聚仁回憶錄(修訂版).浮過了生命海》,下冊,頁493。

發表「粉筆屑」系列文章，計有十五篇（詳表一）。

表一　曹聚仁「粉筆屑」系列文章之篇目暨刊載號次統計表

篇目	《中學生》刊載號次（年月）	備註
一〈楔子〉	第56號（1935年8月）	
二〈幾封往來的信件〉		
三〈秋季開學了〉	第57號（1935年9月）	
四〈第一課〉		
五〈懷疑是學問的起點〉	第58號（1935年10月）	
六〈明代文人是最固陋的〉		
七〈國文學科會議〉	第59號（1935年11月）	
八〈高中語文略讀書目〉		
九〈廬山草堂記〉	第60號（1935年12月）	課文另見開明活葉文選 NO.102
十〈工具書的推薦〉	第61號（1936年1月）	
十一〈在語文圖書室（上）〉	第62號（1936年2月）	
十一〈在語文圖書室（下）〉	第63號（1936年3月）	
十二〈槳聲燈影裏的秦淮河〉	第64號（1936年4月）	課文另見開明活葉文選 NO.39

篇目	《中學生》刊載號次（年月）	備註
十三〈燈臺守〉	第65號（1936年5月）	課文另見開明活葉文選NO.67
十四〈讀書與作文〉	第66號（1936年6月）	
十五〈拜曾祖母李太夫人墓〉	第67號（1936年9月）	課文另見開明活葉文選NO.138

　　「粉筆屑」是曹聚仁切身教學經驗以及研究觀點之所得，誠如他在第一篇〈楔子〉所言：

> 我正式做國文教師，始於二十二歲。先後在滄笙公學、民國女中、上海大學、上海藝術師範大學、暨南大學、愛國女中、中國公學、持志學院、復旦大學、務本女中這些學校任過課，其間也曾設計過整套的國文教材，也曾編選過國語文的補充教材；前年，在暨南大學擔任「中學國文教學法」，也曾談過我自己的理想教學方案。……以下所述，本不專指一處的情形而言，大抵依據我自己的理想，再加上一點事實穿插起來，請大家不必尋根問原。[5]

　　「不必尋根問原」即其以故事體呈現[6]，曹聚仁以自身的背景為底本，虛構了一位高中國文教師「李澤成」，在李老師與學生們的教學互動

5　曹聚仁：〈楔子〉，《中學生》第56號（1935年8月），頁5。
6　夏丏尊及葉聖陶執筆的《文心》，也是用小說故事體裁敘述學習國文的知識和技能。

中，很自然地融入了國語文的相關知識和方法，故事裡的李老師教學認真、態度和藹，與學生親切互動。以現今眼光去看，利用故事把語文的讀法及作法打成一片，深入淺出地指點，這仍是很特別的書寫形式，因為它是方法取向的文章，用故事襯托卻避免了論述過程的枯燥、瑣碎，能吸引更多人的目光，達到傳播的最大功效。此外，曹聚仁所選析的文章與《開明活葉文選》呼應[7]，例如：〈廬山草堂記〉、〈槳聲燈影裏的秦淮河〉、〈燈臺守〉、〈拜曾祖母李太夫人墓〉，都收進開明書店發行的活葉文選，而他也負責編選部分活葉文選[8]。《中學生》在教材選析之外，還適時搭配豐子愷的漫畫，例如《中學生》第57號發表曹聚仁的〈秋季開學了〉、〈第一課〉，曹文的配圖即豐氏描繪某學生在開學首日欲賴床的漫畫（參圖四），圖文輝映，增加閱讀的樂趣。

---

7 《開明活葉文選》的供應對象及編印特點是：「專供中學以上各校學生國語文科講習或自修之用」、「廣收古代及現代著譯之散文律語各體，編印先後，不立一定程序，任教師或學者自由選用」、「為教授者選用時便利起見，特審度內容難易及文體性質，就中學六學年，分本文選為甲乙丙丁四種等級」、「依新式標點法標點句讀，劃分段落，以便誦習。」（以上，引自《開明活葉文選總目》之〈編印凡例〉，上海市：開明書店，1931年，頁1。）此外，文選另有詳細註解本，註明生僻之字、推究疑難典故，為教授及自修者節省精力時間。曹聚仁所選講的〈廬山草堂記〉、〈槳聲燈影裏的秦淮河〉、〈拜曾祖母李太夫人墓〉，列為乙種教材，而〈燈臺守〉列為丙種教材。乙種適用於初中二、三年級，丙種則適用於高中一、二年級。

8 曹聚仁說：「開明書局那一小圈子中人，和我非師即友，而且關係十分密切。……替他們選過一些活葉國文文選。」見其《我與我的世界：曹聚仁回憶錄（修訂版）‧浮過了生命海》，下冊，頁493。

圖四　搭配曹聚仁文章的豐子愷插圖（《中學生》第57號）

三　國語文的啓蒙

　　曹聚仁的國語文啟蒙，主要來自：幼年受父親指導、少年跟從朱芷春學習、青年時期受業浙江一師單不庵、夏丏尊、朱自清、陳望道等語文教師，並接受五四運動洗禮，亦跟吳懷琛研究先秦諸子，後來更成為章太炎的入室弟子。

　　其中受三位前輩影響尤深，他說：「從三位父師的教誨，完成了我的語文教學。」第一位是曹聚仁之父，曹父夢岐公是清末啟蒙運動的維新志士，畢生心力投注辦理新學，在家鄉創辦「育才學園」，從晚清到一九五〇年，培育的子弟逾約三千人。曹聚仁直言：「我自己爸爸的教法，對我的影響最深。」父親因了解幼年摸索讀書之苦，所以教兒子讀書總是一字一句，仔細解釋。曹聚仁回憶父親提點的意

見：「不明白一章一節的意義，就不能明白一句的意義，不明白一句的意義，就不能明白一字的意義。」[9]曹父不贊成以前塾師圈解單字的辦法，這使讀者不懂融會書本上的意義，不會貫通自己的意見。父親不割裂文意的教法，這點曹聚仁深受啟發。

　　第二位受曹父聘任到育才學園執教的朱芷春，他教曹聚仁歷史，曹聚仁說朱師來育才學園教文史，住在育才六、七年的時間，深深影響他後來講授文史課的歷史觀點，甚至表示「對我個人來說，乃是一生中，最重要的關鍵。」[10]關於朱師教書的特色，曹聚仁說：

> 我從朱芷春師所指導的王船山《讀通鑑論》得了一套史論義法；對於古今史事，要發揮自己的觀點，卻不是故意立異。王船山所說：「流俗之所譏而大美存焉，事迹之所暗而天良存焉，故春秋之作，而豈灌灌淳淳，取匹夫匹婦已有定論之褒貶，曼衍長言以求快俗流之耳目哉。」也正是我的指針。[11]

又：

> 十歲時，我跟着朱芷春先生學歷史，他從王船山《讀通鑑論》學得一套史論，對於每件史事都有批評的意見；他大概歡喜從字裏行間找出意義來，很多是翻案文章。他那部夾敍

9　以上所引，同前註，下冊，頁494。

10　同前註，上冊，頁39。

11　同前註，下冊，頁494。按：曹聚仁所引王船山之語，有錯漏之處，應為：「流俗之所非，而大美存焉；事迹之所闇，而天良在焉；非秉日月之明以顯之，則善不加勸。故《春秋》之作，游、夏不能贊一辭，而豈灌灌諄諄，取匹夫匹婦已有定論之褒貶，曼衍長言，以求快俗流之心目哉！」見王夫之：〈敍論二〉，《讀通鑑論》，收入船山全書編輯委員會編校：《船山全書》（長沙市：岳麓書社，1988年），第10冊，頁1176-1177。

夾議的歷史講義，我們同學之間，每人有一個抄本。[12]

十來歲的曹聚仁在朱師的歷史課中，知道了著名歷史學家王船山的名字，並引領入其歷史哲學視野，打下史學學問的基礎。

第三位是曹聚仁的陳姓姑丈（筆者按：陳茂林[13]），他很會編說故事，這對曹聚仁擅長故事體的寫法有啟迪。曹聚仁說：

> 善於掇拾傳聞，編成一套完整故事的陳姓姑丈。他的舌鋒所及，有聲有色，引人入勝。里巷親友，雖笑他瞞天過海，愛車大炮，卻給我以很深的啟發。[14]

「粉筆屑」是故事體，而曹聚仁在五十年代連載於香港文藝刊物的〈阿濤叔父——一個教書匠的童年故事〉，講述童年往事的自傳亦是故事體。

另有一位業師——單不庵，對曹聚仁文史學問也大有影響，自從跟隨朱芷春習得史學知識、生根之後，曹聚仁續隨通儒單不庵，單師不僅為他接引治史、清代樸學之路，在古文素養方面，單不庵所授桐城派古文也啟迪了曹聚仁，他說：「單師教我研治桐城派古文，熟讀歸有光的小品文字，也正是我一生運用文字技術上的基礎。」[15]

綜上所述，從諸師友的教法而得到一些經驗，以及體驗過新舊教

---

12 曹聚仁：〈楔子〉，《中學生》第56號（1935年8月），頁3。

13 按曹聚仁的說法：「白沙陳的姑丈陳茂林，……他另有一套頂大的本領，就是『車大炮』，什麼事一到他嘴變成了山海經，說得頭頭是道。」、「我那以車大炮著名的姑父陳茂林」（《我與我的世界：曹聚仁回憶錄（修訂版）·浮過了生命海》，上冊，頁76、79。）、「白沙陳茂林姑丈家」（《書林又話》，上海市：上海書店，1999年，頁580。）。可知「陳姓姑丈」應為陳茂林。

14 曹聚仁：《我與我的世界：曹聚仁回憶錄（修訂版）·浮過了生命海》，下冊，頁494。

15 同前註，上冊，頁109。

育（私塾教育、新式師範教育），曹聚仁拿起粉筆登臺教國文時，教材教法多元，「有時咬文嚼字，從用字修辭佈局上，詳細解釋；有時發揮議論，提出種種意見；有時離開了課文，把故事重新組織過，加油加醋，調成一味新鮮的菜來。」[16]

四　時代轉型初期的教學嘗試

從一九〇四年學制大變革到中華民國成立，整個時代劇烈地變動，人民的觀念或自願或被迫地改變，不只是人，制度面的建立及革新亦前所未有，近代語文教育及出版編輯家夏丏尊（1886-1946）的波折求學經歷恰是見證者。他在一九三一年回憶中學生活，說：

> 那時正是由科舉過渡到學校的當兒，學校未興，私塾是唯一的學校。我自幼也從塾師讀經書，學八股，考秀才，後來且考舉人。及科舉全廢的前兩三年，然後改進學校。……十六歲那年我考得了秀才，以後不久，八股卽廢，改「以策論取士」。[17]

夏丏尊經歷了私塾逐漸變新式學校的過程，這位經歷清末民初巨變的學生在一九二〇年代搖身成為浙江一師的教師、舍監，也教過曹聚仁。曹聚仁則經歷民國學制的新舊銜接：「民國一來，我這個現現成成快要到手的『秀才』，也跟著不見了。——清末學制，小學畢業相當於舊制的秀才。育才小學第一班，剛好辛亥那年畢業，而我則是第二班。那時，大中小學都是春季始業，跟後來的秋季始業，也不相

16　同前註，下冊，頁494。
17　丏尊（按：夏丏尊）：〈我的中學生時代〉，《中學生》第16號（1931年6月），頁15、16。

同。」無論是夏丏尊還是曹聚仁，他們都歷經時代的巨變，特別是轉型之際的諸多革新，面對各式教材及教法，他們怎樣適應？這是值得探究的議題。

　　夏丏尊與曹聚仁的師生關係源於浙江一師，他不只是曹聚仁的老師，兩人也曾於暨南大學共事。起初彼此關係並不密切，夏丏尊當舍監時還沒收過曹聚仁的《水滸傳》，曹對夏師因而留下負面印象，又所講授的《中等國文典》也不被學生看重，曹聚仁幾度回憶：

> 在二年級時，他曾每週教我們兩小時《中等國文典》（章行嚴先生的文法讀本）。「國文典」既是枯燥無味，而他又是舍監；其乾枯的程度更是進一層。我們彷彿小鬼見了閻王。

又：

> 夏丏尊師是我們的舍監，也是我的「死對頭」，在他背後，我們也叫他「夏木瓜」。我花了一年工夫，積了一點錢，買了一部《水滸傳》，就在晚間自修時間看看，還給他沒收了去。……可是，到了五四運動，彼此交往密切了，倒成為很知心的師友了。他是翻譯《愛的教育》（從日文轉譯的）的人，也是開明書店的臺柱；後來，我和他又在暨南大學同過事，倒是一個很篤實的人。一個提倡白話文的導師，會從我的手中沒收我的《水滸傳》，幾乎是不可信的。我曾經和他提及這件事，他說他是舍監，總得像個舍監才是。[18]

基於住宿管理的立場，舍監夏丏尊沒收了曹聚仁的小說，然其實夏丏

18　以上所引，均見曹聚仁：《我與我的世界：曹聚仁回憶錄（修訂版）‧浮過了生命海》，上冊，頁29、146、132-133。

尊在現代國語文教育的立場上並不忽略小說。五四那一年，曹聚仁才對夏師改觀，一方面夏丏尊自己的社會觀變了，而舍監制度和操行計分也被新思潮沖掉，更因夏丏尊後來與章錫琛開辦開明書店的名山事業，影響了一九三〇年代包括曹聚仁在內的諸多師生之閱讀及寫作，這拉近了原本關係疏遠的師生。

曹聚仁曾評開明書店有「篤實」之風[19]，並高度肯定書店所出版的語文教科書品質[20]。章錫琛、夏丏尊、葉聖陶、朱自清、呂叔湘、朱文叔等開明人，正是這支編輯隊伍的重要成員，各個傾力編寫語文教本或編輯語文刊物。曹聚仁說朱文叔「篤實治學，數十年鍥而不捨的」、「一生就獻身在語文編注工夫上」[21]，論朱自清是「開明型的思想家（忠於自己，而有所不為，這句考語，可以包括夏丏尊、葉聖陶、章錫琛諸先生在內）」[22]，這群「開明人」，為了指導語文一系列問題，除開辦《中學生》月刊，還編了語文專刊《國文月刊》，其他曹聚仁的先後同學，如服務於中華書局的朱文叔、宋文翰，也成為編纂國文教科書的專家。曹聚仁「粉筆屑」也在開明成員的支持下連載《中學生》。

---

19 曹聚仁說：「在30年（代）的上海，代表新文化運動的三家書店：北新、開明、生活，各其特殊風格，而開明最為篤實。」見其〈有懷夏丏尊師〉，《天一閣人物譚》（北京市：生活・讀書・新知三聯書店，2007年），頁228。

20 曹聚仁說：「就語文史地教本來說，『開明』第一，『中華』次之，『世界』則好壞不一定，『商務』總是那麼老大。」見其〈悼念朱文叔兄〉，《天一閣人物譚》，頁270。

21 同前註，頁270。

22 曹聚仁：〈哭朱自清先生——其作品、風格與性格〉，《聽濤室人物譚》（北京市：生活・讀書・新知三聯書店，2007年），頁223。

（一）教法嘗試及反思：注入式、道爾頓制、啓發式

　　曹聚仁就讀中學、一師以及師範生實習教學階段，恰是外來教學法風靡中國的時候，如一九一四、一九一五年以後的自學輔導主義輸入，一九一七、一九一八年以後美國的設計教學法引進，到了一九二一、一九二二年美國道爾頓制也在國內出現。晚清迄於五四以前，中小學的教法多以教師演講式的注入法為主，期間外國的自學輔導、設計教學、道爾頓制等新式教法陸續傳來，並為部分國內中小學採用試行。

　　率先介紹道爾頓制教育，應是一九二一年八月（第13卷第8期）發刊的《教育雜誌》，其在「歐美教育新潮」專欄登了題為「道爾頓制案」的短訊。未久，《中華教育界》在第十二卷第一期也登了余家菊所寫之〈道爾頓制之實況〉。商務印書館的《教育雜誌》以及中華書局的《中華教育界》兩大刊物，不約而同地介紹道爾頓制的實驗方法及原理特點[23]，憑藉兩刊銷行廣遠，相關文章刊出後，即引起教育界的高度興趣。

　　當時首先試行道爾頓制的是上海中國公學（即今上海市吳淞中學），該校在一九二二年十月第一個成立道爾頓制實驗班，於國文科及常識科試行道爾頓制，而一九二三年國民政府在全國教育會聯合會第九次年會中，更決議要求新制中學及師範學校試行道爾頓制，一九二〇年代道爾頓制遂受到更多國人關注。曹聚仁恭逢其盛，國文科試

23　《教育雜誌》即有：沈仲九〈國文科試行道爾頓制的說明〉（14卷11號）、朱光潛〈在道爾頓制中怎樣應用設計教學法〉（14卷12號）等。《中華教育界》亦有：馬客談〈小學國語科實施道爾頓制的批評〉、舒新城〈今後的中國道爾頓制〉、穆濟波〈中學國文科實施道爾頓研究〉等（以上皆刊於《中華教育界》15卷5期，「道爾頓批評號」）。按：《教育雜誌》及《中華教育界》不只刊登道爾頓制相關文章，還發行專刊專號。

行道爾頓制的情況，他回憶道：

> 我記得當時，就像回復到書院時代的教書方法去了。國文教
> 師只是我們的導師，做我們的顧問；每一教室都變成了研究
> 室，各人自由閱讀，在共同論題上，可以提出討論，教師成
> 為討論會上的臨時主席。開頭那半年，國文課幾乎變成了社
> 會問題討論會；後來，上海某書局出版的社會問題討論集，
> 也就是用我們課室中的國文教材做底本的。這樣的教學，也
> 只維持了半年，大家都覺得「大而無當」；常識固然增加了
> 不少，對於語文本身很少切實的益處。道爾頓制的語文教
> 學，究竟應該怎麼推行？大家都沒有把握，連語文學習進度
> 表都編不起來。[24]

這教學法試驗的結果，顯然在曹聚仁身上並沒有得到具體的成效。
道爾頓制的操作原則，據當年參與試驗的舒新城說法：「原則為自
由、合作，即不用舊日的班級制及鐘點制，而使學生按照自己的能力
與同學共同研究、自由學習。」[25]而實現這原則的方法有三項：作業
室、指定功課、成績記錄。首先把各級教室重新規劃為各科作業室，
且作業室要兼具教室、自修室、圖書館以及實驗室的功用，由教師擔
任指導員。教師接著把應該學習的教材，包括：參考書目、筆記、講
述、實驗以及練習等項目，按月或週分配給學生，令學生自行學習，
待學生完成進度、登錄紀錄表後，再由教師考驗以確認是否達到合格

---

24 曹聚仁：《到新文藝之路》（香港：現代書局，1952年，再版），頁4。筆者按：
 本文所據引曹聚仁《到新文藝之路》，已絕版，臺灣各大圖書館也無庋藏，二〇
 一三年承香港大學吳鴻偉老師協助，利用香港大學圖書館資源蒐得影本，特為致
 謝。

25 舒新城著、文明國編：《舒新城自述》（合肥市：安徽文藝出版社，2013年），
 頁191。

程度，若合格則再另習新的課程。[26]教師在道爾頓制的作用，大概處於指導、監督的位置。雖然立意良好，但實際施行時，限於教師的能力、設備不完善以及學生自治力弱等因素，成效未盡理想。曹聚仁表示：

> 以一師的往事來說，成績並不怎麼好；以朱自清這樣了不得的文藝師，對著我們也只好皺眉。老實說，「道爾頓制」的語文教學，究竟應該怎麼來推行，大家都沒有把握。1920年春天，輪到我們自己去實習小學的語文教學，只是用啟發式代替注入式，把「道爾頓制」擱在一邊了。從實習所獲得的經驗，語文教材在精不在多，每週七小時國文，至多只能教兩課。精而熟，教學同受其益；而且語文的技術訓練，有時非反覆練習不可。才明白「注入式」的教學也未可厚非的。[27]

儘管道爾頓制有其優點，但現實的操作卻有無法解決的困境，曹聚仁後來從實習教學的經驗中，體悟注入式及啟發式均值得借鏡。他自己在小學階段接受的是注入式的教育，父親仔細為其解說字句文意、朱芷春則講演歷史知識，此法大致以教師示範為主體，學生居旁觀角色；而在一師求學時，則體驗「大而無當」的道爾頓制；一師畢業前

---

26 有關爾頓制的由來、原則、實施、實例等，可詳參柏克赫司特（Helen Parkhurst）著，曾作忠，趙廷為翻譯：《道爾頓制教育》（*Education on the Dalton Plan*）（上海市：商務印書館，1924年）；另可參熊明安、周洪宇主編：《中國近現代教育實驗史》（濟南市：山東教育出版社，2001年），第六章〈道爾頓制實驗〉。按：柏克赫司特係道爾頓制創始人，道爾頓是美國麻塞諸賽州一所中學，該校因採用柏克赫司特的作業室教學計畫而試驗成功。

27 曹聚仁：《我與我的世界：曹聚仁回憶錄（修訂版）·浮過了生命海》，下冊，頁494-495。

夕，他到小學擔任實習教師，則改以啟發式教學。就國文科而言，啟發式教學即「參用新文學作品或翻譯作品，側重人生問題或社會問題的討論而忽略文字或技巧方面的研究」[28]這種啟發式教法，較偏向學習者的立場，而把教師定位於輔助層次，不過，曹聚仁雖重啟發但並不偏廢研究文字的技巧。曹聚仁兼重文化、語文的作法，其實涉及了他怎樣認知「國文」課的內涵？對國文教學沒有正確認識，課程、教材以及教法不免發生很多的問題。他透過李澤成的話，傳達國文是各級學校裡的重要基本科目、也是聯繫各科的樞紐：

> 國文和歷史、地理諸課程，沒有不發生密切關係，物理、化學以及自然科學，所謂理科諸課程，也和國文有較疏遠的連繫，不懂物理、化學，就看不懂新興小說。要合作，各各課程都該合作，當作有機體的一個課程看待才對。

又：

> 替國文課增闢三間較大的教室；一間是書報陳列室，一間是寫作室，一間是閱讀室。我以為要提高學生閱讀寫作的興趣，就得替他們設計比較完善的語文環境。孤獨時候沒有意見，沒有興趣；一群人來討論來研究就產生很好的意見，激起濃厚的興趣了。我所以主張學生不應該獨學無友，無論閱讀，無論寫作，都合到一群中去。各個國文教員之間，倒有分工的必要；語文知識太廣大了，學生一走到研究室去，那些偶發的問題既不能事前作充分的準備，便非分頭研究不能

---

[28] 見周予同：《中國現代教育史》（上海市：良友圖書公司，1934年）。此轉引陳學恂主編：《中國近代教育史教學參考資料》（北京市：人民教育出版社，2000年），中冊，頁449。

解答他們的問題。五位教員中，應該有人專任修辭文法部
分，有人專任訓詁音韻部分，有人專任西洋文學部分，有人
專任中國文學部分，又該有人專任寫作部分；惟分功方能合
作，亦惟合作方能做到真正的分功。學生心目中，五個教員
就是一個教員，三個教室就是一個教室，「三個臭皮匠」變
成「一個諸葛亮」，真是多麼有趣的事。

再云：

「把時間浪費於問題討論主義研究上頭」，這話頗有商榷
餘地，文章的形式與內容，並不是截然可分為二，叫國文
教師單單教些技術上的事，也是徒勞無功。一個善於寫作的
學生，一定是常識豐富思想正確的學生，討論問題研究主義
便是充實常識正確思想的最好辦法。我們不能限制青年不
去看不去想，任便他們討論得怎樣熱烈，正是思想健康的徵
象。[29]

曹聚仁點出語文知識太廣大了，須有「分工合作」的概念，他主張軟
硬體要兼顧，課室設施要完備、師資要各有所專。關於空間的規劃，
可謂為道爾頓制的改良版，原本一間作業室要兼具閱讀、寫作及圖書
室功能，曹聚仁則認為應分開闢室，他在「粉筆屑」第十一篇〈在語
文圖書室（上、下）〉花不少篇幅描寫三間大房子——閱讀室、圖書
陳列室與寫作室的擺設，以及引領學生如何善用這些資源。至於道爾
頓制集中討論問題的模式，他雖不主張但也不反對，只是強調不能偏
廢修辭文法以及寫作的價值。五十年代，曹聚仁在香港出版的《到新
文藝之路》裡又增補了意見，關於問題討論主義是否浪費時間、買櫝

---

[29] 以上所引均見曹聚仁：〈楔子〉，《中學生》第56號（1935年8月），頁8、9。

還珠而忽略語文本身的研究，曹聚仁補充說：「我的私見則以為文章的形式與內容，如鳥之兩翼，相輔而行；只讓我們教些技術上的事，忽畧了內容的充實，也是徒勞無功的。一個懂得寫作的學生，一定是常識豐富思想正確的，平日多討論問題研究主義，正是充實常識正確思想的最好辦法，我希望年青的人，養成健全的思想，先要『有所見』，再把『所見』的適如其分地說出來。」至於先後次序，曹聚仁傾向先有思想內容（「有什麼話，說什麼話」），再做到合宜地表達（「要怎麼說，就怎麼說」）。[30] 依現代國文的內涵，除了文化思想之外，還牽涉語文及文學兩個向度，尤其語文——閱讀及寫作，更為核心。但這些閱讀及寫作上的常識，不管是開列書目、閱讀技巧或文法修辭，仍須仰賴教師專業指點以及學生的配合操作，中學階段是要奠定語文基本功，語文教師若淪為臨時會的主持，卻沒有實質傳授應有的語文表達及書寫技能，語文教學只是紙上談兵的話，學生的基礎訓練就明顯不足。

（二）對國文教材選編的看法

對於國文教材編列混亂的情形，曹聚仁曾以「無政府狀態」一語形容，他說：「有一時期，語文教學研究會搜集了所有的國語文教本，重新編排比較，發見教材排列之『無政府狀態』，出乎意想之外。同一課文，見之初中國文，也見之高中國文，同時也選在大學國文之中，一見不一見。商務本國語教科書，第五、六冊，係顧頡剛所編選；（初中三年級用）其中十分之七，後來都選入大學必修國文中去的。還有中華本的高中國文第三冊，也和正中本大學國文大體相

30　曹聚仁：〈語文學習新話〉，《到新文藝之路》，頁86。

同。」[31]曹聚仁指出市面的多數中學國文教本，獨厚文言文的情況嚴重，高中以古文居多、初中大半也是古文，甚至部分初中與高中國文的選文也互見。鑑於固定教材艱深，有一時期開明書店還發行「活葉文選」以使教師可以靈活運用，而曹聚仁也一度參與編輯活葉文選的工作。

教材怎麼編選以及文言的配置比例，曹聚仁說這些是「爭論無休難得結論的，既老而新的課題」，雖可依循教育部頒布的課程標準，但各校國文教師的偏好不一，仍衍生各自編選的混亂現象，曹聚仁指出：

> 如汪靜之專剔文言，汪懋祖呢，專剔白話，清一色場面也是常見的。真正注意青年學習心理，如夏丏尊、葉聖陶、朱自清諸先生，他們認為「離之則雙美，合之則兩傷」，乃有開明的「文言讀本」、「語體讀本」的編刊。[32]

怎樣編出適合中學生程度的教本？首先無可規避的是：國文的內涵究竟何指？基本概念模糊，也就難知如何面對。曾站在第一線授課的國文教師葉聖陶、朱自清、呂叔湘、覃必陶等人，從實踐經驗意識到課程、教材及教法上存在很多問題，也覺得混合式不利於國文教學，文白應分開教、教材亦不宜混編，復以社會輿論對國定本黨化教育的反彈，不少讀者致函開明書店，盼望葉聖陶等語文專家編出合宜的教本。據參加編輯的覃必陶回憶：

> 在社會上一片反對「國定」國文教本的聲浪中，有不少讀者

---

31 曹聚仁：〈語文教學新論〉，同前註，頁5。
32 曹聚仁：《我與我的世界：曹聚仁回憶錄（修訂版）‧浮過了生命海》，下冊，頁497。

寫信給開明編輯部和《中學生》雜誌社，希望開明書店出面
編輯出版新的國文課本，以突破教育部對教本的封鎖。他們
提出這樣的希望，是有其想法的。當時開明編輯部門有好
幾位語文專家，特別是編輯部的主持人葉聖陶，更是公認的
語文大師。所以他們認為國文教本由開明來編，最為適合，
影響也大。……。抗戰勝利以後，開明編輯部曾經考慮為了
順應時代的潮流，擬編一套新的國文讀本，並且初步制定了
一個編輯計劃。這時，在社會輿論的推動下，這種想法和計
劃就越來越具體化了。編輯部經過幾度商議，確定了編輯這
套讀物（筆者按：即《開明新編國文讀本》）的幾個要點：
（一）為了矯正「國定」教本提倡讀古文的流弊，決定將白
話和文言分開來編。一部專編白話，一部專編文言。當前最
緊要是編出一部以現代白話為主的教本，培養學生充分運用
現代白話閱讀和寫作的能力。其次，為使學生熟悉和接受祖
國文化遺產，了解祖國語文的源流和發展，編一部文言國文
課本供他們學習，也是必要的。但是選文需要照顧初學者的
閱讀和理解能力，多選平易流暢、樸質自然的作品，絕對不
要像「國定」教本那樣，選些古拙深奧或雕琢堆砌的詩文，
讓讀者去死背硬記。[33]

從覃必陶的文字，很能反映當時出版界艱困的時代背景，以及「開明
編輯人員的膽識」（覃必陶語），開明書店一九四〇年代中期以後，
站在國定本的另一面而編寫的系列新穎、擺脫意識型態干擾的課本，
以當時的政治氛圍，開明編輯群無疑冒了很大的政治風險，從這點而

---

33 覃必陶：〈《開明新編國文讀本》出版追憶〉，收入中國出版工作者協會編：
　《我與開明》（北京市：中國青年出版社，1985年），頁203-204。

論，確實有過人的膽識。他們分別編了適合中學（初中、高中）使用的兩套專選白話讀本——《開明新編國文讀本（甲種）》（六冊，葉聖陶、周予同、郭紹虞、覃必陶編合編）[34]、《開明新編高級國文讀本》（二冊，葉聖陶、朱自清、呂叔湘、李廣田合編）[35]；以及兩套文言讀本——專選文言文的《開明新編國文讀本（乙種）》（三冊，葉聖陶、徐調孚、郭紹虞、覃必陶合編）、《開明文言讀本》（三冊，葉聖陶、朱自清、呂叔湘合編）[36]。

「粉筆屑」第七篇〈國文學科會議〉，曹聚仁在文中安排一場國文教學會議，由李澤成負責召集，與會人士有教高中、初中七位國文教師及一位教務主任。會議即討論國文科用書的問題，文章以教務主任的一段話開篇：

34　《開明新編國文讀本》有甲、乙兩種之分，兩種各有注釋本及白文本（無注釋）。甲種出六冊，乙種出三冊。乙種專選文言，以敘述文為主。

35　《開明新編高級國文讀本》是《開明新編國文讀本（甲種）》的進階版，依〈編輯例言〉：「我們繼續《開明新編國文讀本》來編這部讀本。這部讀本叫做《開明新編高級國文讀本》，『高級』是就文章裏思想情感的性質和表現說的。這部讀本裏的文篇一般的要比頭一部裏的複雜些，在了解和欣賞上需要的經驗和修養多些。如果頭一部的對象是初中的青年，這一部的對象就是高中的青年。但是這兩部讀本是銜接着的。這部讀本還是預備給自修國文的人用（筆者按：「用」，應為「應用」）。如果教師認為可採，作學生的補充讀物，或者徑（筆者按：「徑」，應為「逕」）作講讀的材料，都（筆者按：「都」，應為「也」）可以。」轉見《葉聖陶集》（南京市：江蘇教育出版社，2004年），第16卷，頁101。按：《開明新編高級國文讀本》原規劃出六冊，但實際上只出二冊。又按：原引《葉聖陶集》所收〈編輯例言〉，然後來覓得原書影本，比對兩文，集子所收例言，有若干錯漏，今據原書而訂正之。

36　《開明新編國文讀本（乙種）》與《開明文言讀本》，兩種文言選本，彼此收錄的篇章很少重複，兩邊皆收的文章，僅林嗣環〈口技〉。按：關於《開明文言讀本》的編纂特色，可參劉怡伶〈後出如何轉精：《開明文言讀本》對臺灣當代文言文教本的借鑑意義〉，發表於香港大學中文教育研究中心承辦「第四屆漢字與漢字教育國際研討會」（香港：香港大學，2013年8月）。

　　從前國文科有用教科書的，有選用活葉文選的，有編選講義
　　的，各人照各人的意思做去；教材排列沒有一定的程序，學
　　生學習起來就有許多困難。今天希望大家能夠定一張國文教
　　材的進度表，以後就依照這進度表來講授。[37]

這場匯集教學第一線教師商討國文教材的會議，會中多方檢討坊間出
版的初、高中的國文教科書，例如：初中用書有：朱文叔編《國語與
國文》（中華本）、王伯祥編《開明國文讀本》（開明本）、張文治
與喻守真編《初中國文讀本》（中華本）、趙景深編《初中國文》
（北新本）、陳望道與傅東華編《基本初中國文》（商務本）、潘尊
行編《初中精讀國文教程》（商務本）、夏丏尊與葉聖陶編《國文
百八課》（開明本）。高中用書則有：朱劍芝編《高中國文》（世界
本）、江恆源編《高級中學國文讀本》（商務本）。與會教師先訂出
五項審查教本的標準：甲、教材選擇須與青年身心相適應；乙、教材
排列須適合各年級學生語文程度；丙、文體分配須與青年學習心理相
適應；丁、教材分量須與講授實際相適應；戊、註解不問詳略，以正
確為主。然後依前述五標準，選剔合適的國文教本。在審議過程中，
多位教師發表意見，例如：

　　針對顧頡剛所編《初級中學國語教科書》（商務本），某老師指
出這套教科書以前被選為國文用書，但前二冊及後四冊並不銜接，且
最後兩冊選了很多艱深的學術論文，幾乎可作為大學的國文教材了，
故不適合初中生閱讀。

　　針對朱劍芝編《高中國文》（世界本），有老師批評此書「笑話
百出」，因為多處註解謬誤——「『竟陵』據說是地名，『公安』
又說未詳，『艾炙眉頭瓜噴鼻』說是『香氣噴入鼻中』」朱書註解欠

當而被批，另一老師緩頰說「註解的錯誤，應該怪書店老闆太急於出版，不讓編者有從容查考的時間。好在有些註解，開明的活葉文選註解已經彙集得比較完備，用教本自己花點功夫就可以改正過來了。」[38]

以上所引事例，雖僅是諸多評選意見的局部聲音，卻也顯示了曹聚仁看重「教書匠」的經驗。他說過：「真正要談語文教書法，倒要請教這些螞蟻般劬勤的教書匠的，也只有『教書匠』，才勝任國文課的教師的。」[39]最後，經出席的國文教師反覆討論，同意選出開明書店的《國文百八課》為該校用書。

曹聚仁在「粉筆屑」裡沒有細講的《國文百八課》選編特色，筆者回檢原書，其特色大致為：分文話、文選、文法或修辭、習問，計收一四四篇選文，其中語體八十六篇，文言五十八篇，語體與文言之配置約三比二[40]。相較當時盛行的其他國文教本偏重文言，《國文百八課》的語體文不是點綴而是主軸，這樣的編輯思維是走在時代前沿。據呂叔湘的說法，這部初中語文課本編者用力最多的部分是「文話」，也是它最大的特色，顯然夏丏尊、葉聖陶很注重教學的方法，文話是客觀具體地講述一般的文章理法、鑑賞方法，而文法修辭則是重文句格式、寫作技術，且選文以應用文及記敘說明文居多。

須再一提的是，關於散文類的教材去取，曹聚仁在「粉筆屑」第十二篇〈槳聲燈影裏的秦淮河〉裡比較俞平伯及朱自清的同題記遊小品文，其中兩人都描寫給歌女糾擾而來的混亂心境以及遊後的惆悵情緒，朱自清這麼寫：

---

38 以上所引，同前註，頁3。

39 曹聚仁：〈語文教學新論〉，《到新文藝之路》，頁6。

40 可詳參夏丏尊、葉聖陶合編：《國文百八課》（北京市：生活·讀書·新知三聯書店，2008年）。

◎我說我受了道德律的壓迫，拒絕了她們；心裏似乎很抱歉的。……我這時被四面的歌聲誘惑了，降服了；但是遠遠的，遠遠的歌聲總彷彿隔着重衣搔癢似的，越搔越搔不着癢處。我於是憧憬着貼耳的妙音了。在歌舫划來時，我的憧憬，變為盼望；我固執的盼望着，有如飢渴。……在眾目睽睽之下，這兩種思想在我心裏最為旺盛。牠們暫時壓倒了我的聽歌的盼望，這便成就了我的灰色的拒絕。那時的心裏實在在異常狀態中，覺得頗是昏亂歌舫去了，暫時寧靖之後，我的思緒又如潮湧了。

◎黑暗重復落在我們面前，我們看見傍岸的空船上一星兩星的，枯燥無力又搖搖不定的燈光。我們的夢醒了，我們知道就要上岸了；我們心裏充滿了幻滅的情思。

俞平伯則是：

◎兩船挨着，燈光愈皎，見佩弦的臉又紅起來了。那時的我是否也這樣？這當轉問他。……第一問，今兒是算怎樣一回事？我們齊聲說，慾的胎動無可疑的，正如水見波痕輕婉已極，與未波時究不相類。微波和巨浪，以富於常識的眼光看；誠不得謂為無有差別；但差別即使存在，也離不開數量。微醉的我們，洪醉的我們，深淺雖不同，卻同為一醉。接着來了第二問，既自認有慾的微炎，為什麼艇子來時又羞澀地躲了呢？在這兒答語方參差着，誰都有一個Censor，這是同的；但不同的是牠的臉。佩弦說他是一種暗味的道德意味，我說是一種似較深坑的春愛。

◎我們的船就縛在枯柳樁邊待月。其時河心裏晃蕩着的，河岸頭歇泊着各式燈船，望去，少說點也十廿來隻。惟不覺

> 繁喧，只添我們以幽甜，雖同是秦淮，雖同是我們；卻是
> 燈影淡了，河水靜靜，我們倦了，況且月兒將上了。[41]

雖兩人在心理描寫方面，都有說理、解釋的成分，曹聚仁認為俞平伯的寫法更用力，不免矯揉造作，又多玄妙哲理，教師講解俞文時便較易穿鑿附會，學生不容易學習、興味索然；而朱自清有別俞平伯的抒情傾向，選擇記敘文方式描寫，雖然曹聚仁視朱自清為「視覺型的作者」，長於描寫形色，但不意味他不留心聽覺，以這篇散文為例，他在音調上即多用複疊連綿詞，聲音與色彩調和相稱，全文自然通達、貼近生活。因此，基於教材是為學習者而編的立場，曹聚仁認為俞平伯的散文就不宜選入教本，而朱自清散文即便較適宜青年閱讀，不過要當成三小時的教材，曹聚仁認為應該還要把這篇約七千多字「刪章削句」，刪掉三分之一的分量，讓教材整飭一些才更適當，於是他在「粉筆屑」裡也展示一段刪削過的朱文，以明教材文字宜簡單通達的道理。

（三）嘗試編寫教案：以〈廬山草堂記〉為例

曹聚仁為白居易的〈廬山草堂記〉製作教案，他表示這份教學方案，乃其「教國文的大體方式」[42]。為方便討論，先列其〈廬山草堂記〉教案如下：

---

41 以上所引朱文、俞文，見曹聚仁：〈槳聲燈影裏的秦淮河〉，《中學生》第64號（1936年4月），頁10-11。

42 曹聚仁：〈語文教學新論〉，《到新文藝之路》，頁4。

時數：四小時	教師：李澤成	週別	高中一年級
		年級	第一學期第三週
準備	**第一小時** 預習指導	一、檢查白居易生平及其著述。 　（甲）已讀〈琵琶行〉者另查舊筆記。（乙） 　就文藝辭典續編檢查。（丙）就普通文學史檢 　查。（丁）詳傳見《舊唐書》一六六卷，《新 　唐書》一九九卷。 二、檢查廬山所在及風物大概。 　（甲）就中國地理教本中檢查。（乙）就〈徐 　霞客遊記〉檢查。（丙）就地名大辭典檢查。 三、抄錄生字難辭及狀物辭句子筆記。 四、指示陶潛、李白題詠廬山詩歌。（如陶淵明 　〈飲酒詩〉、李白〈望廬山〉諸詩、白居易 　〈登香爐峯詩〉。）
	講前準備	一、節錄白居易生平（出生地點時期，貶居江州經 　過，及其愛好自然性。） 二、節錄白居易著作名稱及作風。（舉《白氏長慶 　集》選〈琵琶行〉、〈新豐折臂翁〉、〈長恨 　歌〉等名篇。說明白氏作風，用白氏〈與元九 　書〉） 三、節鈔廬山地誌。（匡廬名稱來由，《太平寰宇 　記》記載香爐峯故實。）（備廬山略圖及風景 　片，可用《中國旅行社月刊》）

時數：四小時	教師：李澤成	週別	高中一年級
		年級	第一學期第三週

講授	**第二小時**		
	甲、生字	A.令低等生在黑板寫出，令高材生按字分讀，注意其讀音，正其誤讀。	10分
		B.令中等生統讀一遍。	
		C.令低等生統讀一遍。	
		D.補舉生字。（如殺字應讀去聲，稱字應讀去聲，……學生多未注意。）	20分
	乙、朗誦	A.令高材生按句誦讀（三人接讀）	
		B.令中材生誦讀一遍（二人接讀）	
		C.教師範讀。	
		D.低等生誦讀。（二人接讀）	
	丙、難詞	A.令中等生在黑板寫出，令高等生按辭分講，令低生等複講。（其不能讀立解釋者，保留至連貫講解細講。）	15分
		B.教師範講。	
		C.補舉難句。	
	丁、略講	A.解題。	5分
		B.作者生平。	
		C.廬山風物。	
		D.全文大意。	
	第三小時		
	甲、講解	A.令高材生分段細講，教師隨時連貫語氣，及指正錯誤。	30分
		B.難句由教師範講。（如樂天既來為主以下十二句）	
		C.令低等生串講全文。	
	乙、質疑	A.教師將難句令中材生講解。	10分
		B.教師令低等生提出疑問再加細講。	

時數：四小時		教師：李澤成	週別	高中一年級
			年級	第一學期第三週
整理	第四小時			
	甲、欣賞	A.將文中描寫風景文句特提諷誦。		10分
		B.長句連貫吟味。（如夾澗有古松老柏下八句）		
		C.複叠詞吟味（如纍纍、霏微、滴瀝飄飄等詞）		
	乙、分析	A.形式：		20分
		1.文法（介詞用法，複句圖解）		
		2.修辭（詞性活用法，明喻構成法）		
		3.布局（設問用法，景物分寫法）		
		4.體制（記敘文特性）		
		B.實質：		
		1.取材（詳略粗細）		
		2.作者思想（隱士主張）		
	丙、習作	A.仿造（試作狀物語句，短篇記敘文）		15分
		B.讀後感		
備註	1.本表整理自曹聚仁「粉筆屑」第九篇〈廬山草堂記〉所附教案，新式標點則為筆者後加。			
	2.最右欄是講授時間預估，曹聚仁在第二小時階段估50分鐘、第三小時估40分鐘、第四小時估45分鐘。			

　　一千多字的〈廬山草堂記〉，曹聚仁規劃了四小時課程的教案，這四小時區為三階段：準備、講授、整理。第一階段準備一小時，以學生預習為主（先查工具書、製作預習筆記），教師則就所預習的各項予以指導，包括：作者背景、提示題解、生字難詞的指正及補充相關教材。第二階段是兩小時的課文講述，前一小時有四項工作，分別

是：認讀生字、朗讀全文、難詞分講與略講大意；後一小時則是分段細講、串講全文以及補講疑難的地方。最後花一小時總整理，屬於綜合教學，這階段著重欣賞、分析與習作三項，並要求學生熟讀全文，於複習時再分段背誦。

這份教案尤重精讀、吟誦，強調學生「讀」、「統讀」、「誦讀」、「接讀」以及教師「範讀」。「粉筆屑」系列文章有多處顯示重讀的傾向，如國文教師李澤成向學生舉例——「我給你錢」，這句隨著重讀的位置不同，其意義也會有別。曹聚仁讓李澤成仔細說明「給」句型之四種不同點讀及其意義：

一、我給你錢：聲音重在我，是說我給你錢，別人不給你錢。

二、我給你錢：聲音重讀在給，是說我把錢給你，並不希望你來還。

三、我給你錢：聲音重讀在你，是說我只給你，並不給別人。

四、我給你錢：聲音重讀在錢，是說我給你錢，並不是給別的東西。[43]

曹聚仁筆下的李澤成老師，對於誦讀教學非常用心，不僅備課積極，還努力想為學生提升誦讀的能力，親自示範怎樣重讀特別主眼的文句、也適時說明前後字詞的彼此關聯照應，親切地與學生直接互動。在表情達意的作用上，曹聚仁認為「語言無法保留下來；文字可以傳之久遠，所以大家覺得文字比語言有用些。其實語言是文字的老師，離開語言，單講文字，文字就失去牠的靈魂。換句話講，在活的口語

---

43 以上整理自曹聚仁：〈第一課〉，《中學生》第57號（1935年9月），頁12。

以外，要做死的文言，那也是沒有靈魂的東西，決不能存在的。」[44]
扼言之，曹聚仁把動態的「聲音」（語言）視為更易理解文句意義的
有效憑藉，「語言」比靜態的「文字」更能充分表情達意。

以下再舉李澤成與學生之間的兩處對話：

一、

> 「現在有許多注意語言文字的人，在那而提倡『詞類連
> 書』，將來排印課本，一定要把詞兒分別排開。」
>
> 「是不是『匡廬——奇秀——甲——天下——山』這樣
> 唸下去呢？」
>
> 「是的。中國文字，很多二個字合一氣逗的。『奇』、
> 『秀』雖是二個詞，不妨唸在一氣。下文『其境』一氣逗，
> 『勝絕』一氣逗，就是這個道理。」
>
> 那唸課文的學生姓馬，生長在北平，平話說得純熟，他很仔
> 細地一句一句唸下去。
>
> 「這個『夢』字樣兒的唸什麼音？」
>
> 「這個『薨』字和『萌』字的音相同。（ㄇㄥ）」
>
> 「『嗒』字唸入聲嗎？」
>
> 「入聲和榻字的音相同。」
>
> 「『幝』什麼音？」
>
> 「幝字的音和闡字相同，（ㄔㄢ）上聲。」
>
> 「『殫』字呢？」
>
> 「殫音單（ㄉㄢ）平聲。」
>
> 「『覼』字怎麼讀？」
>
> 「這個是覼字的簡寫，音羅。（ㄌㄨㄛ）平聲。」

---

44 同前註。

「『簀』『簧』二字,怎樣讀法?」

「這一類形聲字,所依照聲音部分讀,上一字音責,下一字音潰。」

在教室的東角上,有一學生站起來問道:

「剛才姓馬的同學,讀『冪』作『幕』音,也不算錯了?」

「那個字,應該讀若『覓』,不過『幕』『覓』一聲之轉,不能算錯。中國習慣上的別字,有的形近而別,有的音近而別。有的古人已經讀別了,沿別作正;讀正字,有人卻以為別了。文字的形聲,約定俗成,就是標準,不可拘一而論。」

「李先生,我已全篇讀完,也還有讀錯的沒有?」

「『稱』字應該讀去聲。『殺』字應該讀去聲,讀若曬。」

「字音字形這樣繁複,夠麻煩了。」

「語言文字這一部分工具,靠強記的多。現在簡筆字的頒行,就要使字形簡化,字邊加刊注音符號,就要使字音確定。將來也許有實行拼音字的一天,那就簡單得多了。」

澤成隨即把幾個難於辨別記憶的生字寫在黑板上,他自己讀過一遍,又叫幾個學生唸過一遍;有唸錯的,替他們改正過來。他又自己全文範讀一遍,順著文意分別抑揚疾徐,使聽者能夠瞭解文意。

全文字音語氣段落,經過三兩遍誦讀以後,學生們大體已經明瞭。[45]

---

45 見曹聚仁:〈廬山草堂記〉,《中學生》第60號(1935年12月),頁4-5。筆者

二、

「你教白話文，也和教文言文一樣，叫學生逐句逐字唸下去講下去嗎？」

「文句的意義，要靠聲音來幫助，你是知道的。用口語寫的文章，詞氣更為緊要。許多學生，從來只把白話文拿來看，看的總不能十分領會文意；有的像和尚唸經一樣，一字一氣逗，割裂文意，失掉了『讀』的意氣。我教這類白話文，也還是叫學生分段唸一遍，唸的時候，要叫他們留心詞語的連綴；要順著意義的輕重，來決定語氣的抑揚。例如：『於是槳聲汩──汩，我們開始領略那晃蕩着薔薇色的歷史的秦准河的滋味了。』這一句，我唸成十二個氣逗，那幾個『的』、『了』字讀得非常短促，讓牠們一下溜過，如左式：

『於是──槳聲──汩汩，（稍停）我們──開始──領略（稍重）──那──晃蕩着──薔薇色的──歷史的──秦准河的──滋味的──』學生若能分別語意的輕重，他大致領會得差不多了。」[46]

學生經由實踐體會語體、文言之不同「讀」法，此從做中學的方式，增進了解誦讀的重要性。曹聚仁認同朱自清、葉聖陶所主張的「吟誦」[47]，唯有「讀」才達心、眼、口、耳並用，收到較佳的學習效

按：原引為簡體，為方便閱讀及求體例統一，凡徵引《中學生》原刊簡體者，筆者改為繁體。

46 曹聚仁：〈槳聲燈影裏的秦淮河〉，《中學生》第64號（1936年4月），頁11-12。

47 朱自清認為在語文教學及文藝宣傳上，朗讀是很重要的。其〈論朗讀〉一文（載《國文雜誌》第1卷第3期，1942年11月，桂林版），即區別「讀」與「誦」的簡

果，他說：

> 朱（自清）葉（聖陶）在精讀指導舉隅中特別提到「吟誦」
> 之必要。他們說：「在自修的時候，尤其應該吟誦。原來國
> 文和英文一樣，是語文學科，不該只用心與眼來學習；須在
> 心與眼之外，加用口與耳才好。吟誦就是心，眼，口，耳
> 並用的一種學習文法。」這段經驗，成為我後來教國文的藍
> 本。[48]

受朱、葉的影響，所設計的〈廬山草堂記〉教案中，「讀」的份量不
輕，其不諱言：「既是列入教材，就必須精讀，吟誦乃是必不可少的
一步工夫呢！」[49]此分配在四小時內教完的〈廬山草堂記〉教案，乃
其教授國文的大體方式，他認為選入教本的教材須精讀，而吟誦則是
必不可少的學習法門。曹聚仁的國文教學，與從前舊式私塾多偏限吟
誦的作法有別，他不忘內容及理法的討究，然彼時學生忽略吟誦，

中差異，且認為多數學生不能欣賞古文舊詩、詞，又不能寫作文言，其主因之一
即「不會吟也不屑吟」，朱自清說雖不主張學生寫文言，但按部定的課程標準，
學生若不會或不屑吟，這是教學上的損失。又按：學生不屑吟的現象，朱自清指
出這是五四以來的偏見，因為當時人們喜歡用「搖頭擺尾」形容那些迷戀古人的
人，而「搖頭擺尾正是吟文的醜態」。這種偏見導致師生在教室裡不敢吟頌古
文，怕被貼上落伍的標籤。他說民國二十幾年時，清華大學曾舉行誦讀會，安排
了吟唱古文的節目，當時學生還批評此節目無意義且不感興趣，後來學校也廢了
吟唱。朱自清主張學校裡應恢復從前的範讀辦法，吟、讀、說並用。他就非常讚
賞夏丏尊與葉聖陶合寫的《文心》裡所提議的一些吟古文之方式。

48 曹聚仁：〈語文教學新論〉，《到新文藝之路》，頁4。按：曹聚仁所引《精讀
指導舉隅》的內容，與原著文字略有出入，茲引原作以備參：「自修的時候，尤
其應該吟誦；只要聲音低一點，不妨礙他人的自修。原來國文和英文一樣，是語
文學科，不該只用心與眼來學習；須在心與眼之外，加用口與耳才好。吟誦就是
心、眼、口、耳並用的一種學習方法。」見《葉聖陶集》，第14卷，頁99-100。

49 曹聚仁：〈語文教學新論〉，《到新文藝之路》，頁5。

流於看看居多，故強調學習語文不能丟開讀。在「粉筆屑」裡，李澤成教導學生吟誦，不但求其合於規律，也求其通體純熟，這樣的教法對於學生是受用的，誠如朱、葉前輩所言：「對於討究所得的不僅理智地了解，而且親切地體會，不知不覺之間，內容與理法化而為讀者自己的東西了，這是最可貴的一種境界。學習語文學科，必須達到這種境界才會終身受用不盡。」[50]五十年代，曹聚仁應香港語文教育研究會之請，談語文教學問題，當時還找了朱、葉合編《精讀指導舉隅》、《略讀指導舉隅》，將其中的《略讀指導舉隅》重訂再版。

　　另外，特別一提，曹聚仁寫「粉筆屑」文章的時候，社會正流行「簡筆字」（手頭字、簡體字），而《中學生》也搭上這波簡筆風潮，前引《中學生》第六十號的曹文，可明顯看出有許多簡筆字摻雜。《中學生》以簡筆字刊行，某種程度上是反映了編者的用字思想[51]，至於曹聚仁對簡字之見，除了李澤成的那段話，可略窺簡筆字在當時的流行狀況——「語言文字這一部分工具，靠強記的多。現在簡筆字的頒行，就要使字形簡化，字邊加刊注音符號，就要使字音確定。將來也許有實行拼音字的一天，那就簡單得多了。」，筆者求證

50　葉聖陶：《葉聖陶集》，第14卷，頁100。

51　第61號《中學生》以簡體字排印，根據主編葉聖陶的說法，他認為簡體字（手頭字）有其優點，故將之實踐在刊物上，但限於鑄字及排字作業尚未熟悉，故施行的前幾期，選擇性的使用簡體。葉聖陶云：「數月前本誌對讀者諸君宣布將採用一種『手頭字』；後來在鑄字的當兒，教育部又發表了一種『簡體字』；兩者在目的和性質上是相同的，所選的字也有大半相同，現在我們就把兩者同選到的一百數十字先用起來。但在實行的初期，因為排字的手續上的困難，不能採用得很完全，要請諸君原諒。」〈編輯後記〉，《中學生》第58號（1935年10月），轉引自《葉聖陶集》，第18卷，頁88-89。筆者目前所蒐集的零星《中學生》複印本，其中第60號、第61號確實均以簡體字發行，曹聚仁「粉筆屑」系列文章所發表的第56、57、58、59號以及63、64、65、66、67號，仍以繁體刊行，唯第60、61、62號三期則是以簡體字刊行。受限原刊掌握不足，故不知葉聖陶以簡體字排版的編輯思維是否從第58號起一直維持到終刊？待考。

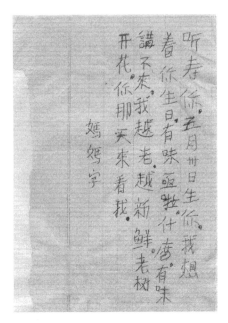

圖五　曹聚仁母親寫給兒子的信
（感謝曹雷女士提供信函的掃瞄檔）

過曹聚仁之女曹雷女士，其認為父親是支持簡筆字的，理由之一是：
原本識字無多的祖母，後來所學的簡筆字，即出自兒子曹聚仁的指點
（參圖五）。

五　語文輔助教學之建議

（一）善用語文工具書：以修辭、文法類爲例

　　曹聚仁重視學生的預習活動，他筆下的李澤成老師透過與學生書
信往來的方式，開列有關工具書的表單，並且把書單交由圖書館備齊
陳列，以便學生可隨時翻查。書單包括：辭書、字書、類書以及加強

修辭文法方面的書籍。其中，修辭、文法類，特別推薦陳望道《修辭學發凡》、黎錦熙《國語文法》，並一一提點如何有效利用。以陳書為例，因其份量較多，故建議中學生參考常見辭格即可：

> 一看見那麼厚一大本，或者怕太麻煩，太費時了。你不妨單看原書百三十三頁至三百九十五頁，關于積極修辭的部分；那三十八格，也不一定完全記牢，只要看熟那幾種常見的辭格就夠了。我們知道修辭的作用不過三種，一種是詞語本義，在某種情形之下，不用牠的本義而用牠的引用義；一種是詞語排列的順序，在某種情形之下，給改換過了；還有一種是加重詞語的分量，使語意顯得更真切些。根據這三種的作用來選擇，三十八種詞格中，我們單看熟「譬喻」、「借代」、「映襯」、「雙關」、「比擬」、「示現」、「呼告」、「鋪張」、「倒反」、「省略」、「周折」、「轉品」這十二格，大概可以應用了。

另：

> 看文法修辭這類工具書，千萬不要呆記那些定義界說，也不必呆記例語；你只要看明白書上所引用的例語，離開了那些例語，再自己去找些例語，三番五次，便可頭頭是道。因為書上所用的例語，並不必一定是最好的例語，而我們自己所遇到的實例，有時比原例更切貼。一句實例，用原有辭格解釋不了，或者含有中間性，非重新解釋不可，也是常有的。我們親手解釋過，才可以說是真切的了解。[52]

---

52 以上所引，均見曹聚仁：〈工具書的推薦〉，《中學生》第61號（1936年1月），頁12。

為強調懂得修辭的重要，還以〈孔雀東南飛〉詩句為例：「兒已薄祿相，幸復得此婦，結髮同枕席，黃泉共為友。共事二三年，始爾未為久。女行無偏斜，何意致不厚」、「新婦初來時，小姑始扶床；今日被驅遣，小姑如我長，勤心養公姥，好自相扶將。」突顯不明修辭而曲解之謬，說道：

> 有人因為上文有「共事三二年，始爾未為久。」竟得前後有些矛盾，便來了許多歪曲的註解。有的說三年加二年是五年，有的說三乘二等于六是六年，有的說「再共事三二年」，有的簡直刪去了「小姑始扶床；今日被驅遣」二句。其實「三二年」明明是修辭的作用，只是說相處時間很短，「三加三得五」（筆者按：誤植，應為「三加二得五」），「三乘二得六」是笨祘（筆者按：祘即算），刪去二句好詩更是笨筆，何必這樣多事呢？[53]

陳望道是曹聚仁赴笈浙江一師時的國文教師，曹聚仁回憶陳師：

> 「五四」那年，他剛從日本回來；他在東京早稻田大學研究法律，得法學士學位，並非文學家，卻來擔任我們的國文教師。舊勢力集團一開頭就把他當做攻擊的目標，與經師並稱。——說是「離經叛道」，「望道而未之見」……因為1919年秋天，一開頭，就繼續著愛國運動，接著又是組織學生自治會，做種種學生運動，那半年中鬧哄哄沒好好讀過書。究竟陳師研究什麼？語文教學法如何？我們毫無所知。只有一回，他到上海去，找了吳稚老，給稚老拖到西門黃家

---

53 同前註，頁12-13。按：「共事二三年」，《四部叢刊》本《玉臺新詠》作「共事三二年」。

關路一家小茶館中去，邊喝邊教，把注音字母及拼音法門教
了給他。他一回到了杭州，就教我們讀注音字母，學拼音
法。我們原是要教小學生學國語的，這倒替我們開了路，我
們要寫白話文，雖沒提倡拼音文法，研究國語，也是一種途
徑。[54]

陳望道出身法學，卻以語文學研究終其身，曹聚仁受業門下、並長期
追隨[55]。陳望道從一九二三年開始研究修辭學，但《修辭學發凡》出
版時已是一九三二年了，他琢磨近十年才磨一劍，曹聚仁說陳師往往
為了處理一種辭格、鎮日苦搜例證，其以樸學家精神做「披沙採金」
的工作，曹聚仁認為陳望道為中國學術界「完成一件語文上的大工
作」[56]。

修辭學，曹聚仁認為其目的有二：為創作而學修辭、為閱讀而了
解修辭。「粉筆屑」推薦修辭學工具書的用意，即屬後者。修辭有助
領會文意、增進語文常識，但研究修辭與寫作良窳是否相關？曹聚仁
表示：

學生問我：「陳望道先生這樣辛辛苦苦編了一部《修辭學發
凡》，對於他自己寫作上究竟有什麼好處呢？」我就把斯賓
塞的一番話說給他聽。在施戴恩（Sterne）的小說中，說到
有一個人，他從來不懂什麼邏輯和修辭，可是舌辯很利，所
向無前。施戴恩說：「熟知推論原理的，未必是一個善於推

54　曹聚仁：《我與我的世界：曹聚仁回憶錄（修訂版）‧浮過了生命海》，上冊，
　　頁133。

55　曹聚仁說：「我到了上海以後，無論《民國日報》、上海大學、上海藝術大學、
　　復旦大學以及《太白》半月刊（生活書店刊物），我都沾了一些邊兒，一直追隨
　　著他。」同前註，上冊，頁280。

56　同前註，上冊，頁283。

論的人；而善於推論的人，也未必豐富屬於推論原理之知識
的。」斯賓塞說修辭學幫助我們了解文體原理，以為校勘評
閱之助，也不為無功。所以陳師的《修辭學發凡》，對於我
們的寫作，不一定有多大的幫助；對於語文的初步學習，或
是對於講解語文的教師，實在很有用處的。[57]

陳望道是研究文法修辭的專家，其文章是否寫得格外好？曹聚仁說：
「不見得」，理由是：「他寫文章，太注意文法修辭上的工夫了，寫
得非常慢。他的文章，不會有大毛病的，卻也沒有氣魄，很少動人的
文字。」反之，詩文寫得好、動人的作家，在文法、修辭乃至邏輯
上，卻不一定通，但也無礙作品之好。曹聚仁舉例說：

> 我們談別人的文字，每作「通」、「不通」的按語。我們
> 所謂「不通」，仔細考校去，其實有時是指「義理上的不
> 通」，「邏輯上的不通」，「文法上的不通」，「修辭上的
> 不通」；例如：韓退之的〈原道〉，雖是千百年傳誦的文
> 字，義理上卻是不通的，因為他所攻擊的對象是佛教，而他
> 所批評的理論，卻是道教和道家思想，他的拳頭是白打的。
> 又如：林琴南寫給蔡孑民的信中，所用「明燎宵舉，下有聚
> 死之蟲」的譬況是美麗的，但在邏輯上是不通的……李白的
> 「白髮三千丈，緣愁似個長」，「一風三日吹倒山，白浪高
> 於瓦宮閣」，《書．武城》所謂「前徒倒戈，攻于後以北，
> 血流漂杵」，都是事理上所不會有的，但詩人所要形容的意
> 境卻是完整的。[58]

---

57 同前註，上冊，頁282-283。
58 以上所引，見曹聚仁：〈談修辭上的問題——兼答百劍堂主〉，《書林又話》，
　　頁331-332。

至於文法類工具書，曹聚仁力推黎錦熙《國語文法》，云：

> 黎錦熙的研究，以圖解部分用力最多，這和英文法的圖解
> 有密切的關係。他曾解剖過幾篇文學作品，如〈笑〉之圖
> 解（筆者按：黎錦熙以冰心的作品〈笑〉為例，圖解國語文
> 法，此見其《國語文法例題詳解》）等等，那樣大規模的分
> 析工作，從前做文法研究者所不曾做過的。你目前也不必全
> 看《國語文法》，只要把中華書局出版的《國語文法要略》
> 看一看，再把〈笑〉之圖解對照着看，也夠應用了。

「粉筆屑」推薦修辭文法工具書，其意在介紹語文技巧及常識而非專
門研究，他是從入門工具的使用角度切入，而非專門學理的研究立
場。曹聚仁說：「文法一類的書，當作專門學問來研究是一件事，當
作入門工具又是一件事。『專門研究』要精密，不要放過細小處；
『入門工具』要概括，不要忘記大體。」[59]因此，他衡量中學生的程
度及需求，側重文法修辭的運用層面，而不鑽於細部學問。

（二）推薦適合中學生略讀的書目

　　一九二三年胡適與梁啟超都曾開列國學書目，胡適應清華學生之
請，開出「一個最低限度的國學書目」，約一百九十種圖書，後因
《清華週刊》記者認為胡適所收國學範圍太窄、書目範圍不廣，且專
於思想及文學史，故向他提出意見，胡適就又根據原先的書目修訂成
精簡版——「實在的最低限度書目」。同年，梁啟超也應《清華週

59　以上所引，均見曹聚仁：〈工具書的推薦〉，《中學生》第61號（1936年1月），
　　頁10。

刊》記者之請，擬了一份收約一百六十種書的「國學入門書要目及其讀法」，後又精簡此書目為「最低限度之必讀書目」。胡適、梁啟超開的菜單是給清華大學學生吃的，梁啟超的「最低限度之必讀書目」甚至也被當時國語文專家何仲英推薦成中學生的必讀叢書。

曹聚仁在「粉筆屑」第八篇〈高中語文略讀書目〉中，也分別提到胡適及梁啟超推薦的書目，並在文中安排數名國文教師反覆磋商，在討論過程中，國文教師普遍認為胡適、梁啟超大學者所開的是誇耀鴻博之「理想書目」，並不適合中學生閱讀，應就中學生的時間及能力，研擬出合適的略讀書目。其中某位教師說道：

> 我們所定的書目，應該撇除國文教師自己的成見，不要把自己所擔負的舊的債務，都叫青年們去擔負。朱經農先生說得好：「在初級中學裏面，國文與國故，不能完全混為一談……整理國故是高等專門以上學校的責任。這一副千斤重擔，初級中學的學生是萬萬挑不起的。」我們選擇古書，更要留意一下，不要再選那些《五經》、《四書》、《四史》、《三通》之類了！[60]

「不選古書」這點，成了該次會議的共識。教師們各言其書，且集中於近代作品，尤其是翻譯之作。李澤成與同仁磋商許久所編選出的初中、高中生略讀的書目，茲整理如表二、表三：

---

60 曹聚仁：〈高中語文略讀書目〉，《中學生》第59號（1935年11月），頁10。

表二　初中生的略讀書目表

	上學期	下學期
一年級	《愛的教育》（開明本）夏丏尊譯 《上下古今談》（文明本）吳稚暉著	《錶》（生活本）魯迅譯 《文心》（開明本）夏丏尊、葉聖陶著
二年級	《茵夢湖》（創造本）郭沫若譯 《人生鑑》（世界本）傅東華譯	《小約翰》（北新本）魯迅譯
三年級	《朝華夕拾》（北新本）魯迅著 《澤瀉集》（北新本）周作人著 《快樂的心理》（商務本）于熙儉譯	《徐霞客遊記》（普通本）徐霞客著 《倪煥之》（開明本）葉聖陶著 《天演論》（商務本）劉復*譯
備註	*原文誤，劉復應為嚴復。	

表三　高中生的略讀書目表

	上學期	下學期
一年級	《拊掌錄》（商務本）林紓譯 《談龍果》（開明本）周作人著	《俠隱記》（商務本）伍光建譯 《思想山水人物》（北新本）魯迅譯

	上學期	下學期
二年級	《詞選》（商務本）胡適編 《梁啟超文選》（講義）梁啟超著	《唐宋傳奇集》（北新本）魯迅編 《胡適文選》（亞東本）胡適著
三年級	《父與子》（商務本）陳西瀅譯 （附）《屠格涅夫》（商務本）吳且岡譯 《文心雕龍》（通行本）劉勰著	《罪與罰》（開明本）韋叢蕪譯 《羣學肄言》（商務本）嚴復譯

以上所開列的書目，顯示曹聚仁偏好翻譯西方小說、純文藝及學術著作。初、高中六年，各要讀七種翻譯作品，計有十四種書。純文藝之作，則是每學期一種，初高中六年即可讀十二種。至於學術思想作品，每年一種，初高中六年可讀六種。其他所選的是增進語文常識的書籍。這份書單特重小說，但不分語體及文言，文言亦非深奧的先秦學術議論文，而是雅潔的桐城派文言譯文。

六 對文、白的看法

撰寫「粉筆屑」之前一年——一九三四年，各界熱烈討論文、白、大眾語議題，曹聚仁以及《中學生》編輯群也加入討論。《中學生》在該年七月（第47號）適時推出南山的〈這一次文言和白話的論戰〉，提綱式介紹當時學術界關於文言、白話和大眾語的討論，作者文章一開頭就說：「這一次文言和白話的論戰，從汪懋祖先生五月初在《時代公論》上發難以來，已經連續了三個多月。論戰的範圍，

從教育擴大到文學，電影。場所，從各個日報的附刊擴大到週刊，月刊。場面的廣闊，論戰的熱烈，發展的快速，參加論戰的人數的眾多，都是『五四』時代那次論戰以後的第一次。」[61]這次的大眾語運動被南山形容為「五四時代那次論戰以後的第一次」，並分析當時的情勢發展及三個陣營（大眾語、文言文、白話文）各自的主張。主編葉聖陶更在十一月出刊的《中學生》編輯後記裡特別強調：

> 最近數月來，關於語文問題的討論，很是熱鬧。有人迷戀枯骨，重來提倡文言，於是激起了各方面強烈的反響。結果，大家不但把語文復古論者駁斥得沒有話說，而且以自我批判的精神，主張改進現在的白話文，使它能成為大眾合用的語文。因此又引起了文字改革的問題。諸君大概已聽到過一些改革的提議，如廢去方塊字，改用拼音，拉丁化，簡筆字，等等。這些主張都有意義，雖然實行的步驟如何，還須討論。[62]

葉聖陶所言「還須討論」云云，意味著他對語文相關討論持開放態度，而他本身在這場論戰中也沒有缺席，在《申報》與《中學生》之間，都可見到他關切的文字，在《申報》「自由談」（1934年6月25日）撰〈雜談讀書作文與大眾語文字〉：「必須根源於現實生活，文章才真能寫通，寫出來才有意義」、「大眾語文字須由大眾的努力，才得建立起來，教育家、語言學家、文學家等等尤其要特別努力。」葉聖陶不只坐而言，更以刊物編輯的角色努力推展，一九三四、一九三五年的《中學生》談論提升中學生國文程度的篇幅就較以往增加

61　南山：〈這一次文言和白話的論戰〉，《中學生》第47號（1934年9月），頁1。
62　葉聖陶：〈編輯後記〉，《中學生》第49號（1934年11月），未繫頁碼。

了，曹聚仁為《中學生》所寫「粉筆屑」談中學的國文教學系列文章即於一九三五年八月見刊。

在大眾語論戰中，曹聚仁以《申報》「自由談」為討論平臺，與葉聖陶、陳望道、徐懋庸、樂嗣炳、夏丏尊、陳子展在《申報》「自由談」討論大眾語。他說：

> 1934年夏天，一個下午，我們（包括陳望道、葉聖陶、陳子展、徐懋庸、樂嗣炳、夏丏尊和我）七個人，在上海福州路印度咖喱飯店，有一小小的討論會。我們討論的課題，針對著當時汪懋祖的「讀經運動」與許夢因的「提倡文言」而來（汪氏曾在《時代公論》發表文言復興論，許氏有「文言復興之自然性與必然性」之論）。我們認為白話文運動還不夠徹底，因為我們所寫的白話文，還只是士大夫階層所能接受，和一般大眾無關，也不是大眾所能接受。同時，我們所寫的，也和大眾口語差了一大截；我們只是大眾的代言人，並不是由大眾自己來動手寫的。因此，大家就提出了大眾語的口號，並決定了幾個要語，先由我們七個人輪流在《申報·自由談》上發表意見，我們的主張，大致是相同的；至於個人如何發揮，彼此都沒受什麼拘束的。事先，由我商得了《自由談》主編張梓生兄的同意，敞開《自由談》地位來刊載這一課題的論文；那幾個月的《自由談》就成為大眾語的講壇。當時，由抽籤得了順序，陳子展兄得了頭籤，筆者第二，以下陳、葉、徐、樂、夏先生這麼接連下去，序幕的實情如此。[63]

---

63 曹聚仁：《我與我的世界：曹聚仁回憶錄（修訂版）·浮過了生命海》，下冊，頁433。

曹聚仁所回顧的這段往事，有助於釐清當時國語文教育與時代外部氛圍、內在理路的關係。《申報》面向一般大眾，而《中學生》則鎖定中學生，中學生的本分固應專注課內，然掌握時事也是培養現代公民之所需，再者，國文教師怎樣教導文言白話或教材文言比例的選擇，其實某程度上也反應了當時社會如何對待兩者的態度。這時期，曹聚仁發表了〈什麼是文言〉、〈兩種錯覺〉等文，〈什麼是文言〉用歷史眼光考察語言文字的變遷，認為沒有絕對的文言，曹聚仁：「將『文言』和『白話』對立，以為兩者絕不相侔；他們自以為霸了那個營壘，豎起帥旗，和白話這營壘對敵起來，這是一應錯誤觀念的根源。語言文字，在社羣中產生，在社羣中應用，永遠在不斷的變遷進程中，要想截取一時一地的語文，名之為文言，名之為古文，那是絕對不可能的。」[64]至於是否讀文言、寫文言，曹聚仁在〈兩種錯覺〉裡，點出關心寫作程度低落的兩種錯覺。首先，他說有人忘記了自己從前的寫作程度，以為現代青年的寫作程度格外低落；有人忘記了文言寫不通的成分，把寫不通順文章的成分推給學了白話文，但曹聚仁以為這得歸咎校長聘用教學品質不佳的國文教師：

> 各地中等學校校長聘請國文教員，偏向於舊的。大都聘請所謂「宿儒」，偏向於新的大都聘請所謂「作家」。以宿儒來講解現代國文教本，他能講些什麼。不但不能講解莫泊桑〈月夜〉那類名著，即赫胥黎天演講（筆者按：《天演論》），亦瞠目不知所解。可是說到古書，又知道得有限，經學但憑朱註，史學惟知《左傳》；修辭學，文章學，更是門外漢。這類私塾冬烘坯子，會指示青年以語文的正確智識

64　曹聚仁：〈什麼是文言〉，收於宣潔平編：《大眾語文論戰》（上海市：啟智書局，1933年），頁23。

與寫作技術嗎？至說吹得肥兒（筆者按：肥皂）泡般美麗的作家，只是聲名洋溢於中國而已，叫他担任國文教程，古的既不會講，今的又無從講；我所知道的有幾位作家教授，在講台上講點軼事，議論點時事，把時間消磨過就算了。這樣能把青年的語文程度提高嗎？國文教學，乃是教書匠的專業，並不是三部講章，八斗天才能應付裕如的。所以青年的語文上如有什麼缺點，卽是中等學校校長，誤聘國文學員（筆者按：教員）之過。

不客氣批評各校中學校長，其實也是暗諷具校長身分的汪懋祖。曹聚仁不認同彼所謂的教育家如汪懋祖等之復古論調，認為外界的批評及呼籲有偏頗，不當師資的教材及教法才是主因。

其次，指出現代青年寫作程度並不低，而是檢測的標準無法客觀反應實際的狀況、許多考題背離青年人的切身生活經驗過遠：

方苞，姚鼐，桐城派人（筆者按：之）大師也，序跋銘誌文字，楚楚可觀；一涉及邦國大政，即疵謬百出，其論邊防事務，簡直是大話柄。我最愛歸有光文，而其大幅文字，卽無足觀者。桐城諸文家，惟曾國藩大幅文字，洋灑可喜。可見議論文字，與閱歷經驗有關，且非中年以後，不能有深切觀察。如以「國難期間青年應有之責任」「讀書不忘愛國，愛國不忘讀書」一類題目考察學生語文程度，除門面話外無可說，當然難得差強人意。其實，以此類題目着令方苞姚鼐限時交卷，也不會有好文字寫出來。歐洲大陸的大學入學國文試題，大都是「朝霞」，「街頭」這類切實可寫題目，決不注重空論。（我前天在某中學看見「禮義廉恥論」的國文試題，這這（筆者按：個）試題用「論」字即不通，應用

「說」或用「義」字。以此試題，請汪先生試作一篇，我敢
說汪先生未必能做出什麼好文章來）現代青年，見聞廣於舊
時；其所學習諸科，皆養成組織能力，故語文程度，比從前
文人的確高明得多。[65]

曹聚仁反思青年人寫作程度低落問題，先問：跟誰比？比什麼？一九
三四年間，各界大規模討論文、白議題，論戰的導火線是因為汪懋祖
把學生國文低落的原因歸咎於學校多教白話，汪主張學生應該要多讀
經才能提升國文程度。對此，曹聚仁聲明第一錯覺是誤認現代青年程
度低落是因學習白話文的緣故，第二錯覺是把國文和英文、算術看得
一樣重。所謂程度低落，問題不在於使用文言或白話、不在於多讀文
言文或多讀經書，曹聚仁認為白話文寫不通（錯別字多寡、字跡優劣
又當別論）比寫文言文更多，反倒是所聘某些宿儒或作家，無法勝任
現代國文的教學工作所致。曹聚仁這點觀察，其實與葉聖陶的觀點接
近，葉聖陶認為文章不通順其實與使用什麼文字（文言文或白話文）
寫的關係不大，乃是思考不周及忽略文法修辭。再者，曹聚仁批評考
察學生語文程度的考題也該檢討，因為無法真正測知能力。至於國、
英、算並重，會排擠學習的時間，曹聚仁主張應與國文並重的是——
「常識」，多些常識、活用思考，語文水準才能強化。

　　曹聚仁在一九三四年所拈出的觀點，一九三五年就置入了「粉筆
屑」，以第四篇〈第一課〉為例，李澤成便與學生討論：寫作、讀古
文、看古書的關係。究竟沒有通讀古書、古文的人，文章是否一定做
不好？曹聚仁透過李澤成的嘴，回應說：

65　以上所引，均見曹聚仁：〈兩種錯覺〉，收於《大眾語文論戰》，頁38-39、39-
　　40。

無論什麼文章，說是和我們的生活沒有關係，好像浮雲飄在
空中那樣的，我從來沒曾看見過。譬如你寫一篇記敘文，那
文章是以某工廠為題材的，其中說到各種機器的轉動，機器
上各種器具的名稱，工人運用機器的手術；你就算讀破《古
文觀止》或《古文辭類纂》都沒有用處，你要從物理學或
工藝學找到正確的知識，寫起來才不會錯誤。又如你要批評
「妓女賣淫」這事件，你把聖賢書中各種道德觀搬出來，把
「失節事大，餓死事小」那些名言引用下去，你所說的還是
廢話。你必得懂一點社會科學，必得懂得現代都市經濟的結
構，必得分析妓女制度的社會背景，你纔能下一個正確的論
斷。說到做文章，除非和腐儒做八股文一樣，專門搬弄字眼
兒，媽媽虎虎（筆者按：馬馬虎虎）可以做起來；否則各部
分的常識，都是需要的。做詩做小說的，要懂得物理化學，
也要懂得圖畫音樂；常識愈豐富，所做的作品便愈充實。單
從國文科來求文章的進步，真所謂緣木求魚，決不會得到魚
兒的！[66]

顯然依曹聚仁的標準，文章做得好不好與讀不讀古文、看不看古書，
沒有絕對的關係，甚至直批「用現代眼光來下批評，古文家的文章，
十有八九可以燒掉。」他以思想淺薄或理論錯誤評價韓愈〈原道〉
（「不懂哲學」、「胡說」）、柳宗元〈捕蛇者說〉（「不懂社會
科學」、「只是極淺薄的人道主義」），曹聚仁以現代眼光衡量古代
人，不免有失厚道，畢竟時空背景迥異於今日，他所批評的文學家及
作品內容，雖有其侷限，但若以文章技巧論，仍有值得借鏡之處，這
點曹聚仁也不否認——「就學他們的技巧」。曹聚仁站在批評的視

---

66 曹聚仁：〈第一課〉，《中學生》第57號（1935年9月），頁13-14。

角，目的要「打破迷信古文古書的觀念」，他在「粉筆屑」第十四篇〈讀書和作文〉，特別設計了一個師生辯論的場景，辯論的主題正是：提高語文程度，要不要讀古書？由國文教師李澤成扮反辯——反對讀古書，而學生站在正辯——贊成讀古書。曹聚仁讓李澤成在辯論求真之前，先幫學生梳理作文與讀古書之間的幾層關係：

> 所謂救濟青年語文程度，必須叫青年重讀古書或重讀《四書》《五經》這命題，應該包含這樣幾個含義：一、要斷定從前科舉出身的士子比現在青年的語文程度高；二、要斷定從前士子能寫作很好的文章（假定他們能夠寫作），都由讀古書或《四書》《五經》而來；三、要斷定科舉出身的人就是文章做得很好的人。

又：

> 所謂「讀古書以提高青年語文程度」這命題，又必須包括這樣幾個含義：一、要斷定古代文家都是博通古書的人；二、要有反面的論證，博通了古書，文章就能自成一家；三、要斷定古代文家所讀的古書只是《四書》《五經》。[67]

李澤成的邏輯、思路清楚，一層一層地董理所要辯論的議題，之後再舉若干事例建立作文不必讀古書的主張，並一一破解讀古書以提高語文程度的錯誤觀念。曹聚仁認為科舉出身的士人，囿於科場程式，致使不能發揮見解及運用創作能力，即便杜甫有「讀書破萬卷，下筆如有神」的創作經驗，但他也是「熟精《文選》理」，其中「破」、

---

[67] 以上所引，見曹聚仁：〈讀書和作文〉，《中學生》第66號（1936年6月），頁2、3。

「精」二字，表示雖藉助萬卷書以及《文選》，但杜甫是有能力消化古書的，進而滋養了創作力。因此，曹聚仁提出不同屬性的文章，對於古書的需求亦有差別，就論議文——「最要緊是要學習蒐集材料的方法，學習整理材料的方法，學習科學的思辯方法；讀古書也只是為的蒐集材料，並不是作文的必要條件。」；就抒情文與記敘文——「抒情文的寫作，最重要還是要先有真實的情感」、「寫一景，記一人，敘一事，要實地去觀察，要自己有經驗。」向壁虛造、間接又間接的材料，寫出的篇章便不深刻動人。曹聚仁舉曾帶女學生參觀紗廠的例子，說明在尚未驅車參訪前，女學生高唱「新女性」，但一走進紗廠實境感受高溫潮濕、吵雜機器的工作環境及見識須長時站立的辛苦，原本初映眼簾的體面建築大樓、精緻的會客廳，印象隨即幻滅。由於是切身觀察所得，因此所寫出的參訪記「有血有肉，有生命。隨你讀破了多少書都寫不得那麼真切的。」最後總結創作練習的建議：若能實地觀察及個人經驗做根底，即使沒有讀古書，亦可養成寫作的能力，「青年，生活經驗不豐富，思想系統還未構成，空洞的論議文就不妨少做幾篇；自己觀察有所得，就寫寫記敘文；自己情感上有所動，就寫寫抒情文。」[68]

七　結論

　　從事中學國語文教學的日子是曹聚仁「一生中最成功的時期」。他在教學與編寫教案之餘，以「粉筆屑」為題，將實際心得連載於開明書店的著名青年刊物《中學生》，其以故事體呈現，有別於論文式

68　以上所引，見曹聚仁：〈讀書和作文〉，《中學生》第66號（1936年6月），頁8、9、11、12。

綱舉目張的說教，穿插了動態的師生辯論會、教師教學研究會以及靜
態的書信交流，深入淺出地指導中學教師如何製作教案（包含教案設
計及教學程序指引）、批改文章、賞析文章，以及怎樣改進教法、如
何講授語體及文言文，也重視教學同好之間的切磋琢磨。對學生，曹
聚仁主張要抱持懷疑的精神，要「實事求是，莫作調人」[69]，培養獨
立思考的能力，並提示應讀書目及推薦語文類的工具書，包含字書、
類書、文法書、修辭書等，同時亦強調圖書室的利用價值，更反思讀
書與作文的關係。這些都是國語文教學上的實用知識。

　　五十年代曹聚仁續寫因戰事而中斷的「粉筆屑」，筆成一冊《到
新文藝之路》[70]，這冊談國文教學的書，分上、下卷，上卷專講閱
讀、欣賞及寫作；下卷則收原來「粉筆屑」十五篇系列文章中的六
篇，並增補意見。曹聚仁語文教學的經驗談，頗近於夏丏尊、葉聖陶
《文心》的風格，當年在其友人眼中，因「粉筆屑」等文有裨於初學
者，還曾建議曹聚仁《到新文藝之路》可取為「新文心」書名[71]。檢
視曹聚仁的部分觀點，確實也有夏、葉二先生的影子，但因有哲學思
辯、文史研究的紮實底子，故講論往往持之有故、言之成理，自成一
家之言。

　　身為教學經驗豐富的第一線語文教師，曹聚仁得出這樣的心得：

69　黃以周語，見曹聚仁〈讀書和作文〉，同前註，頁2。

70　曹聚仁在該書之序文提到：「十三年前，我已經開始寫那本談中學國文教學的小
　　書──「粉筆屑」，曾在中學生（開明書店出版）上連載；其書未寫完，而抗戰
　　軍興，便擱了下來。其後，在贛州曾補寫幾章專談純文藝寫作的，又未寫完而贛
　　州淪陷；今年（筆者按：1954年），整理全稿，重寫到《新文藝之路》，曾在
　　《星洲週刊》連載。」見其《到新文藝之路》，頁1。

71　曹聚仁說：「我曾經寫過一本談語文教學經驗的書，承朋友們看得起，說是有裨
　　於初學，還建議以『新文心』為書名；他們心目中，認為我的閒談，頗近於夏丏
　　尊、葉聖陶二先生的《文心》。」見其《新文心》之「引言」，收於《書林又
　　話》，頁335。

「國文教學，乃是教書匠的專業，並不是三部講章、八斗天才能應付
裕如的。」[72]而學生眼中的曹老師，又是如何？曹聚仁說：

> 我並不想自誇我的國文教學上有什麼了不得的成功，應該
> 說，我幸而免於國文教學上的失敗，我畢竟是受過師範教
> 育的學生。我明白國文教學並非為天才創作家而設；我的教
> 學，只為著一般人的語文修習著想的，那些文學家，不妨列
> 之於門牆之外的。我初在暨南初中二年級時，有一位姓楊的
> 學生（他是臺灣籍的僑生），在第二學期的結尾，寫了一封
> 長信給我，說：「⋯⋯老實說，我是素來不在教室中聽國文
> 課的，自從你來教國文以後，我才覺得讀讀國文，也頗有道
> 理。後來，有一段時期，我又覺得你的思想不夠前進；到了
> 現在，才懂得國文課並不是思想宣傳班，而是語文常識與技
> 術的修習。我承認你是一個教書匠。」[73]

曹聚仁口中那位來自臺灣的楊姓學生，一九二〇年代中期就讀上海暨
南大學附中的時候，沒有現今對教師施行教學評量的機制，教學上的
不滿或課室經營的建議，無法適時回饋給教師，只能透過私下書信表
達他對曹聚仁教學的意見，楊同學後來才懂得「國文課並不是思想宣
傳班，而是語文常識與技術的修習」，儘管是個別學生的意見，但不
也反證了曹聚仁在現代國文教學過程中，特別重視學生的基本書寫能
力，而從「粉筆屑」多次出現的邏輯思辯對話、強調「懷疑是學問的
起點」，更見得曹聚仁要培養學生「批判思考」的用心，換言之，曹
聚仁在引導如何書寫及閱讀的同時，也在處理怎樣思考。總之，研究

---

72 曹聚仁：〈兩種錯覺〉，收於《大眾語文論戰》，頁39。
73 曹聚仁：《我與我的世界：曹聚仁回憶錄（修訂版）‧浮過了生命海》，上冊，
  頁197-198。

曹聚仁的國文教學理念及實踐，既有歷史求真的意義，對現實語文教育亦有著參照的功用。

參

舊刊新義：當代視野下的《國文月刊》與《國文雜誌》

一　前言

　　廣義的語文教育，在中國有悠久的歷史，傳統科考即以「文」取士，步入現代後，西式教育制度傳入，新型態的小學、中學、大學興起，往昔僅少數人能受教育的菁英模式已漸轉為普及路向，不僅是制度，思想觀念層次的變革亦大。五四白話文運動推行以來，怎樣推陳出新，如何走出傳統、建立對國文的新理解，乃至構想新的落實方法，便成為知識界普遍關心的議題，亦即對教育內容與教學方式有了現代專業意義的期待。傳統語境中，語文雖亦屬專業，唯與現代的指涉有異。現代的語文專業，受教對象是普遍的國民而非少數文士，內容也顯有不同，過去強調審美素養，現代國文專業的目標則除此之外，亦著重新知識的傳達與應用。

　　「語文」一詞，在本文的界定，「語」指語言表達，「文」指文字書寫，後者兼含白話文及文言文，這是過去「國語」和「國文」科目的總和概念。距離五四新文學運動的一九一九年，於今已歷九十多年，當時標舉以白話文取代文言文，並以《新青年》為主要論戰的園

---

*　此係一〇〇學年度科技部專題計畫（NSC100-2410-H-562-002）之部分研究成果；曾載於《葉聖陶研究年刊》（2012年12月）。

地，胡適等人也開出了一系列的必讀書目[1]，在新舊衝擊的過程裡，胡適強調的語體文、吳稚暉呼籲把線裝書丟進毛廁、魯迅主張少讀或不讀經書、錢玄同也激烈地拋掉文言，這些人物在論爭過程裡，不免因急於破舊立新而出現激烈的主張[2]，而相對的、保守的聲音亦一直存在。

　　一九二二年，上海出現了國語專修學校，並將相關的學習國語的

---

[1] 高大威說：「胡適曾為即將出洋的清華學生擬了『一個最低限度的國學書目』，開列了近兩百種古書，學生覺得太多、太深、太偏了，不合所謂的『最低限度』，請他重擬。胡適回覆：不妨依個人時間與精力從中取捨，他沒法另擬，只能在原有書目上加圈，加上圈的，則『真是不可少的了』，仍達幾十種，即使今天中文研究所的學生，也罕見自行通讀的。」〈五四前夕憶胡適〉，《文訊》第282期（2009年4月），「懷想五四・定位五四（上）：風潮與典範」，頁86。

[2] 例如：沈從文在自傳中提及受五四運動影響的印刷工人，這位工人告訴他：「白話文最要緊處是『有思想』，若無思想，不成文章。」工人另拿《創造週報》給沈從文看，沈氏回憶說：「看了一會，我記著了幾個人的名字。又知道白話文與文言文不同的地方，其一落腳用也字同焉字，其一落腳卻用呀字同啊字，其一寫一件事情越說得少越好，其一寫一件事越說得多越好。」此是沈從文早年對文言白話的粗淺認識，見其《沈從文自傳》（臺北市：聯合文學出版社有限公司，1998年），頁111。琦君也回憶：「在上海念大學的二堂叔暑假回來了。他帶回好多雜誌和新書。大部份都是橫着排印的，看了好不習慣，內容也不懂，他說那都是他學『政治經濟』的專門書，他送給我一本愛的教育和一本安徒生童話集，我說我早已讀大人的書了，還看童話。他說童話是最好的文學作品之一種，無論大人孩子都應當看。他並且用『官話』唸給我聽。他說官話就是人人能懂的普通話，叫我作文也要用這種普通話寫，才能夠想說什麼就寫什麼，寫得出真心話。老師不贊成他的說法，老師說一定要在十幾歲時把文言文基礎打好，年紀大點再寫白話文，不然以後永不會寫文言文了。我覺得老師的話也有道理，比如我讀林琴南的《茶花女軼事》、《浮生六記》、《玉梨魂》、《黛玉筆記》等，那種句子雖然不像說話，但也很感動人，而且可以搖頭擺尾的唸，唸到眼淚流滿面為止。二叔雖然主張寫白話文，他自己古文根柢卻很好。」琦君：〈三更有夢書當枕──我的讀書回憶〉，《琦君自選集》（臺北市：黎明文化事業股份有限公司，1986年），頁82。按：原引文，未標書名號者，為便閱讀及統一體例，逕加《》。

經驗結集出版一冊小學教員適用的《國語教育》，據主其事的黎錦暉指出：

> 國語專修學校自開辦以來，卒業的已經有四百多人了，大家分散在各處任校長教員。近來校友來信，每說「內地小學教員，對於國語，不甚了解」我們討論許久，決議先將本校校董校友作的幾篇簡明的研究國語的文字，加入蔡先生、竺先生的近作，並附標點符號略例，教育部調令，和全國教育會聯合會議案，編成這一本國語教育。看了這本書，凡是小學教員必需的智識和教學方法，都大概有點門徑了。[3]

當時，黎錦暉等人致力提倡學習及研究國語，但《國語教育》偏於語言之聲音、腔調、語法、字音注母、標點符號的介紹[4]，而同時期中華書局也推出了教科書《國民學校國語課本》、《高等小學國文讀本》等，並創製及銷售便於練習發音的「中華國音留聲機片」（由注音字母傳習所所長王璞讀音）。同年稍後，中華民國國語研究會發行了《國語月刊》，其〈發刊辭〉提到五項編輯大綱：一、收納以科學的精神和方法、從學理或事勢上去研究國語的著述；二、選擇較完備的各種教授國語的方法、講義、課本、筆記，以供初期教學之用。三、刊登建議、記載、國語界消息、調查報告等材料，以備研究者之參

3　黎錦暉：〈序〉，收入國語專修學校編：《國語教育》（上海市：中華書局，1922年），頁1。

4　該書內容有：蔡元培〈國語的應用〉、王璞〈國語教授實施法〉、黎錦熙〈國語的「讀法」教學法〉、馬國英〈國語的「話法」教學法〉、陸衣言〈教學國音字母的注意點〉、陸費逵〈五聲的教法〉、竺清旦〈小學教員研究國語的方法〉、國語統一籌備會〈新式標點符號案〉、〈新教育教科書總案〉、教育部訓令第八號（修正國民學校令施行細則）、全國教育會聯合會推行國語以期言文一致案（業經教育部採用）、〈中華書局出版的《新教育教科書》答問〉。

考。四、協助小學宣傳學習國語，規劃「兒童文學讀物」專欄，專載關於兒童的讀物及邀請兒童發表作品。五、特闢「通俗文藝」欄——「或注音，或單用字，將固有的民間文學或新創作的文藝，分期登載。」[5]檢視《國語月刊》，除首期部分篇章轉載自《國語教育》外，他期內容均廣於《國語教育》，例如：黎錦熙〈中等學校的「國文科」要根本改造〉、王家鰲〈高等小學的國文應該快改國語〉、正厂〈對於改造中等學校國文科底一部分意見〉，雖已包括小學及中學的國文科討論，但國音、漢字主題仍屬大宗，乃至開闢專號討論漢字及字母改革問題[6]。大致而言，《國語教育》與《國語月刊》偏向語言的聽與說。

一九三〇、一九四〇年代的語文教育環境則相對單純，比較沒有五四時期嘗試、實驗的濃厚色彩，語文教材的選編和相關討論已多從理論專業或實務經驗出發，關注面向擴大了。這樣的背景下，如何建立專業的國文教學架構遂有更充分的條件，相關刊物凝聚了對國文教育的基本期待，並積極反思如何方法上落實：怎麼想、怎麼做？怎樣教、教什麼？以文白議題為例，過去胡適自信白話文是不用老師教導的，他說：「白話文是有文法的，但是這文法卻簡單、有理智而合乎邏輯；根本不受一般文法上轉彎抹角的限制；也沒有普通文法上的不規則形式。這種語言可以無師自通。學習白話文就根本不需要什麼進學校拜老師的。」[7]若學習者已有相當語文基礎，胡適的說法也許可以成立，但對初學者而言，則胡適的說法不免過於樂觀。上世紀一

5　本會同人：〈發刊辭〉，《國語月刊》第1卷第1期（1922年2月），頁1-3。

6　例如：第1卷第7期《國語月刊》特刊「漢字改革號」、第2卷第1期特刊「字母討論號」。

7　胡適著，唐德剛譯注：《胡適口述自傳》，《胡適文集》（北京市：北京大學出版社，1998年），第1卷，頁353。

圖一 《國文月刊》創刊號　圖二 成都版《國文雜誌》創　圖三 桂林版《國文雜誌》創
　　　書影　　　　　　　　　　刊號書影　　　　　　　　　刊號書影

九四○年代《國文月刊》、《國文雜誌》（有成都版及桂林版之別，
詳後），正是要教導現代人怎樣寫好白話文，並強調現代人也應貼近
古典文本的美感，其認為白話新體不僅需要專業指點、而讀者也要透
過白話文的典範以有效學習；再者，置身於白話語境，《國文月刊》
（參圖一）、《國文雜誌》（參圖二，成都版）、《國文雜誌》（參圖三，
桂林版）的基調是：即使不會書寫文言，亦要具備對文言的理解能力。

　　《國文月刊》、《國文雜誌》普遍地討論了國語文教學的相關議
題，建立了專業的論壇，大體而言，前者側重專業教學，例如：教
材、教法、目標；後者除了著重教師的實際經驗外，更強調學生如何
學。《國文月刊》與《國文雜誌》最大的特色在於：強調實踐、落實
的面向，至於所刊登的文章，不限於單純的語言形式方面的探討，同
時教導讀者如何看待古典的文本、怎樣去連接從傳統到現代的關係，
並提出種種賞析與批評門徑。這兩份專業的國文刊物對現代語文教育
發展有極大的影響，正是研究現代語文教學的專業建構所不能忽視
的。

二 《國文月刊》、《國文雜誌》創辦緣起及出版經過

（一）《國文月刊》

關於刊物背景，《國文月刊》的發行概況可分兩個階段：一是抗戰期間的前四十期：第一期至第四十期（1940年6月-1945年12月）；一是抗戰勝利後的後四二期：第四一期至第八二期（1946年3月-1949年8月）。前四十期，出版單位係國立西南聯合大學師範學院國文月刊社，開明書店發行，先後擔任主編的有：浦江清、余冠英，而列名編輯委員有：朱自清、羅庸（羅膺中）、魏建功、余冠英、鄭騫、彭仲鐸、羅常培、王力、蕭滌非、張清常、李廣田。停刊的理由是：「國文月刊社本屬於西南聯合大學師範學院，聯大即將結束，國文月刊社自然隨着結束。不過我們還想結合更多的同志，以私人名義繼續辦這個雜誌，這或者是一向愛護本刊的讀者所希望的。但改組需要相當時日，在短期內本刊能否與讀者重見，尚不敢說。」[8]這段暫別之語羼雜了「還想結合更多的同志」、「以私人名義繼續辦」云云，其實已留伏筆，三個月之後[9]，《國文月刊》復刊了，進入後四二期階段，

8　〈編輯後記〉，《國文月刊》第40期（1945年12月），頁64。

9　開明書店原本在第40期的告別啟事中，提到：「在改組尚未成熟以前暫由本店維持，以免中斷，明年一月間，就續出第四十一期。一俟改組成熟，本店願意仍如以前一樣只負出版的責任。」（〈開明書店啟事〉，《國文月刊》第40期〔1945年12月〕，頁64）本預期於來年一月即銜接，但復刊號第41期實際於三月才出版，而且起初稿源好像有問題，根據葉聖陶日記載道：「寫信多封，索《國文月刊》之文稿。紹虞編此志，覺文稿來源甚少，殊難為繼，故為之向友人催詢。看稿若干篇。」1946年3月4日，《葉聖陶集》（南京市：江蘇教育出版社，2004年），第21卷，頁50。

這時期仍由國文月刊社出版，但改由開明書店在上海發行，編輯者有：夏丏尊、葉聖陶、郭紹虞、朱自清、周予同、黎錦熙、呂叔湘。實際編輯工作，由葉聖陶、郭紹虞負責。終刊的理由是：「成本高昂，購買力薄弱，以致發行日益減退，賠損日益增加，迫不得已，決定國文月刊出至八十二期為止」[10]，總計長達九年裡，《國文月刊》共發行了八十二期。

（二）《國文雜誌》

　　葉聖陶日記裡提到開辦兩種《國文雜誌》——成都版、桂林版。兩刊一前一後，雖同名，但創辦人不同（一是馮月樵，另一是傅彬然與宋雲彬）、發行地不一樣（一在成都，一在桂林）、創刊時間有別（1942年1月、1942年8月），亦即屬兩種刊物，但參與的作家卻互有關連，葉聖陶曾執編兩刊，而撰稿群也部分重疊，可惜的是成都版僅出了六期；接續的桂林版則壽命較長，據筆者所掌握的資料，應出至一九四六年二月，計有三卷十八期[11]，總計發行時間逾三年。根據葉聖陶之子葉至善回憶：

> 馮月樵先生真個辦起了一家普益圖書公司，雪舟先生拉了幾位開明的老作者業餘給他當編輯。他請我父親當總編輯，我

10　〈國文月刊社、英文月刊社重要啟事〉，《國文月刊》第82期（1949年8月），頁33。

11　李杏保、顧黃初：《中國現代語文教育史》（成都市：四川教育出版社，2000年）指出，桂林版《國文雜誌》「出版時間延續到抗戰勝利前夕，即1945年9月，共出三卷16期」（頁216），按：筆者手頭還有一份載明民國三十五年二月一日出版、署為「第三卷第五六期合刊」之《國文雜誌》，此一九四六年的合刊本，距離前一期出刊的時間，已間隔四、五月了，脫期原因往往是戰亂干擾。《中國現代語文教育史》所敘一九四五年未符實情，至少在一九四六年仍有出版事實。

父親沒答應，回說在教育廳任了職好像不大方便。他立刻改口說要我母親去幫忙，父親答應讓我母親一個星期去兩個半天，料理些編輯方面的雜務。月樵先生對市面是極熟的，……創辦月刊《國文雜誌》，說現如今的中學生國文程度實在太差，給他們一些必要的輔導是義不容辭的。說中學生的國文特別差，我父親是一向不同意的；數理化生音體，跟國文相比，程度也好不到哪兒去。念了一輩子「子曰」沒念通的人有多少位，兩千多年來不曾做過統計，只孔乙己一個，因魯迅先生給他作了篇外傳，才得以流芳百世。沒念通也不能怪孔乙己程度低，得從教育目的和教學方法等方面去找問題。辦一種月刊談談這些問題，給學生們一些啟發，多少有點兒好處。我父親答應了下來，讓我母親出面當主編。一九四二年一月出創刊號，三十二開土紙本，才兩萬來字。四篇主要文章是父親自己寫的，除了〈略談學習國文〉一篇，其餘都署的筆名；雜誌社的零星通知都不署名，還挑了兩篇我們兄妹三個的習作，這是現成的。父親當時就寄了若干本創刊號給桂林的朋友，約他們寫稿。最先回信的是雲彬先生，他大呼可惜，說他們正在打算出版《國文雜誌》，已由文光書店出面申請登記。十六開本，約五十面；雖然也是土紙，可不像成都的那麼糟。桂林的朋友們都主張不如把普益的停了，集中力量辦好文光的。父親只好找月樵先生商量。月樵先生很大方，說既然這樣，《國文雜誌》就維持到六月號告一段落，向讀者公告移到桂林出版。父親的這一齣獨腳戲，直唱到了四月底邊第六期發稿。文光的《國文雜誌》八月創刊，人稱「桂林版」；普益的就成了「成都

版」。[12]

從這段敘述，可知一九四二年一月一日成都普益圖書公司創辦《國文
雜誌》，署名編輯的是葉至善之母──胡墨林（葉聖陶夫人），但葉
至善不諱言創刊號「才兩萬來字。四篇主要文章是父親自己寫的」，
此意謂實際執編、撰稿工作大部分由葉聖陶負責[13]；至於一九四二年
八月一日由桂林文光書店出刊的《國文雜誌》，主編原繫葉聖陶，發
行人則署名杜鐸，第一卷第二期起主編則改署國文雜誌社，之所以
有此改變，乃因葉聖陶友人章雪山認為不妥，覺得葉聖陶已請辭原先
教育科學館的工作，回到開明書店主持成都編譯所辦事處（事實上，
辦事處設於葉家，工作人員就僅葉聖陶及妻子胡墨林兩位），不宜再
兼編輯人的職務，葉聖陶在一九四二年九月五日的日記裡也提到章雪
山：「於余兼任《國誌》編輯人，意有不滿。余因言此志之發起在余
回歸開明以前，其事於余為興趣，於讀者界為有益之舉。唯兼任名
義，觀瞻上確不好，表示即去書辭去，而實際事務仍須擔任。」[14]儘
管葉聖陶之名隱沒於版權頁，但他仍實際操持編務[15]。

12　葉至善：〈父親長長的一生〉，《葉聖陶集》，第26卷，頁226-228。

13　又證諸好友王伯祥日記即載：「知聖陶近為馮月樵編《國文雜誌》，由墨林出
　　面。」轉見商金林編撰：《葉聖陶年譜長編》（北京市：人民教育出版社，2004
　　年），第2卷，頁197。按：感謝北京大學中文系商金林教授惠贈大作。

14　葉聖陶：《葉聖陶集》，第20卷，頁72。

15　一九四五年七月第三卷第三期起，葉聖陶名字又寫上去了，但又增列一位宋雲彬。

三 研究《國文月刊》、《國文雜誌》的意義

（一）嘗試以專業刊物爲語文問題探討的依據

殷海光、金耀基等先生皆強調：「文化」的三個層次——觀念、器物、制度，以及三者間的互動關係[16]。學界過去對思想觀念層次的把握多強調從思想界的一家一說，著眼於重要知識分子（思想家、學者、文人）及其著述，此固是重要取徑，唯隨著大量資料——尤其是近代報刊——的開放、流通，藉其探知同一時空的文化、社會脈絡，以及其他個體、群體在這方面的認知，則可拼出更完整的樣貌而有輔成之效。討論現代語文教育，常見以一個人、一群人為視角，如個別人物角度，在夏丏尊、朱自清、葉聖陶的相關研究上已累積不少成績；從一群人去論，如白馬湖作家的研究，也有若干學者的投入，並有相當的研究成果。除此之外，也有透過一般報刊的，像研究五四運動前後的文藝雜誌或報紙副刊，此又以《新青年》最受青睞，雖然《新青年》也引入文學話題甚至吸引讀者思考，唯其內容力擎科學、民主大旗，以反對「封建禮教」、介紹馬克思、列寧等思想為主[17]，

---

16 殷海光：〈中國現代化的問題〉，收入彭懷恩、朱雲漢主編：《中國現代化的歷程——知識份子與中國現代化》（臺北市：時報文化出版企業有限公司，1986年），頁35-83。金耀基：〈中國的現代化〉，收入其《從傳統到現代》（臺北市：時報文化出版事業有限公司，1985年），頁183-189。

17 陳平原曾以「提倡而不是實踐」評價《新青年》，他說：「陳獨秀等《新青年》同人，借助於版面語言，凸顯議政、述學與論文，而相對壓低文學創作，此舉可以有以下三種解讀：第一、『文以載道』的傳統思路仍在延續；第二、《新青年》以思想革新為主攻方向；第三、即便『高談闊論』，也可能成為好文章。表面上只是編輯技巧，實則牽涉到《新青年》的文化及文學理想。……一個以政論為中心的思想／文化雜誌，真正引起社會上強烈關注的，卻是其關於文學革命的提倡。當然，若依時論，只從文學角度解讀《新青年》，難免買櫝還珠之譏。五

於文學或語文實績的展示則不足。與它對抗的《學衡》亦然，語文教學非其關注焦點。此後，隨著時間推移，較為理性、務實的聲音逐漸顯現，例如在教學作法上，教師如何教？學生怎樣學？如何才能確保語文教學的目標，並有效提升聽、說、讀、寫的能力？抗戰時期西南聯合大學的教授群所主筆、開明書店編輯群協助出版的《國文月刊》及《國文雜誌》，正是此階段的代表刊物，然而檢視現有對兩刊的研究成果，相關的專門研究仍待鑽研；或有觸及者，多數是在介紹性質的導論或在聚焦朱自清、葉聖陶這類語文家的意見時附帶一提。

　　披檢當年參與其事的人物日記及書信往來，隨處可見與《國文雜誌》、《國文月刊》有關的紀錄，茲以葉聖陶的日記為例：

◎陳友琴所寄，附一稿，投《國文月刊》。（1941年8月8
　　日，《葉聖陶集》第19卷，頁387）
◎月樵（筆者按：馮月樵）來。前夕余偶然談及國文雜誌可
　　以辦，彼即欲辦之，邀墨主持其事務方面。余以為在此辦
　　雜誌，最難在作稿者之集合。月樵提出中學國文教師數
　　人，以余揣想，其識見未必與我輩相近。若令作稿，恐難
　　滿意。（1941年11月1日，《葉聖陶集》第19卷，頁415）
◎飯後，始作一文白對譯之例。月樵擬出《國文雜誌》，將

四新文化之所以選擇白話文作為文學革命的切入口，以及組織易卜生專號意圖何在，鼓勵女同胞出面討論『女子問題』為何沒有獲得成功，諸如此類大大小小的問題，只有放在政治史及思想史脈絡上，才能得到較為完滿的解釋。可以這麼說，《新青年》「提倡」新文學，確實功勳卓著；但「新文學」的建設，卻並非《新青年》的主要任務。套用胡適的話，《新青年》的「文學史地位」，主要體現在『自古成功在嘗試』。「但開風氣不為師」，這一思路決定了《新青年》的注意力集中在『提倡』而不是『實踐』。」見其〈一份雜誌：思想史／文學史視野中的《新青年》〉，《觸摸歷史與進入五四：一場遊行‧一份雜誌‧一本詩集》（臺北市：二魚文化事業有限公司，2003年），頁91-92。

以為該誌之材料。余近有一想，欲以個人之力撰此雜誌，每期二萬字，似亦不難。試出半年六期，且看成績如何。若於學生有所補益，亦一樂也。（1941年11月9日，《葉聖陶集》第19卷，頁418）

◎作一稿，論「非不知而問之詢問句」，至下午四時完篇，成二千餘言，將以實《國文雜誌》。（1941年11月20日，《葉聖陶集》第19卷，頁419）

◎午刻月樵來，將《國文雜誌》首期稿之半數交與。此誌每期需二萬言，獨力為之或尚可應付。（1941年11月23日，《葉聖陶集》第19卷，頁420）

◎得劉孔淑一信。又得曉先來稿一篇，入《國文雜誌》。（1941年12月3日，《葉聖陶集》第19卷，頁423）

◎晨起即作文，得二千餘言，題目〈略談學習國文〉，入《國文雜誌》，第一期稿至此齊全。（1941年12月4日，《葉聖陶集》第19卷，頁423）

◎他們（筆者按：傅彬然、宋雲彬）也決定辦《國文雜誌》，囑余作文頗多。余非不願努力，但身體不好，時間不夠，奈何！（1941年12月5日，《葉聖陶集》第19卷，頁423-424）

◎寫《國誌》第二期「社談」，至四時得千五百言，題曰〈讀些什麼書〉。（1941年12月30日，《葉聖陶集》第19卷，頁430）

◎晨起即作一文，題曰〈正確的使用句讀符號〉，預備入《國文雜誌》第二期。（1942年1月1日，《葉聖陶集》第19卷，頁431）

◎至月樵所，以第二期《國誌》稿交與，請其送審。（1942

年1月4日，《葉聖陶集》第19卷，頁431）

◎竟日改文三篇，一篇為小墨所作，兩篇為墨所作，皆隨筆
也。自編《國文雜誌》，大家皆引起寫作興趣，亦一佳
事。（1942年1月15日，《葉聖陶集》第19卷，頁434）

◎《國志》三期之稿件已齊，午後墨與二官入城，即帶交月
樵，囑其送審。（1942年2月1日，《葉聖陶集》第19卷，
頁438）

◎預備《國文雜誌》第四期稿件，改來稿及三官之作，共三
篇。（1942年2月19日，《葉聖陶集》第19卷，頁442）

◎彬然邀余往桂林一行，謂可商談二事。一為開明之編輯方
針，商定後由余主持，又一為另出一較大規模之《國文雜
誌》，商定後由余主編，並為文供社撰一《國文手冊》。
（1942年4月21日，《葉聖陶集》第19卷，頁457）

◎雲彬來信言《國文雜誌》必須創辦，主編必須由余任之。
（1942年4月23日，《葉聖陶集》第19卷，頁458）

◎晨起看西南聯大寄來付排之《國文月刊》稿凡三期，頗有
佳作，殊覺愜心。（1942年6月9日，《葉聖陶集》第20
卷，頁31）

◎關於《國誌》，彬然言彼願意約稿並設計，囑余勉力為
之，每期連「習作展覽」供給兩萬言。（1942年7月10
日，《葉聖陶集》第20卷，頁50）

◎晨起改二官文一篇，三官文一篇。二官文題曰〈會考〉，
三官文題曰〈樂山遇炸記〉，皆預備入《國誌》「習作
展覽」者。（1942年7月23日，《葉聖陶集》第20卷，頁
60）

◎余晨起讀王了一為《國誌》所作一稿。（1942年7月24

日，《葉聖陶集》第20卷，頁60）

◎燈下作一書寄佩弦，請其為《國誌》作稿，並代拉稿。
（1942年9月28日，《葉聖陶集》第20卷，頁78）

◎燈下寫信覆人梗、覆老舍；並以老舍為《國誌》所作文寄
與雲彬。（1942年10月20日，《葉聖陶集》第20卷，頁
83）

◎作書覆佩弦。又致書王了一，請其繼續為《國誌》作稿。
（1942年11月8日，《葉聖陶集》第20卷，頁87）

◎有東潤書，附來一文曰〈怎樣讀《詩經》〉，係特為《國
誌》撰作者，心感之。（1942年12月12日，《葉聖陶集》
第20卷，頁96）

◎改昆明楊明君寄來投《國誌》稿一篇。（1943年1月31
日，《葉聖陶集》第20卷，頁108）

◎作書覆孫明心，渠現任《國文雜誌》社社務。（1943年8
月16日，《葉聖陶集》第20卷，頁158）

◎作書致雲彬，與談《國誌》要否移渝出版。（1944年6月
28日，《葉聖陶集》第20卷，頁251）

又，宋雲彬的日記亦載：

◎去北門路七十一號看朱佩弦、浦江清，談《國文雜誌》
事。（1945年4月3日，《紅塵冷眼》[18]，頁89）

◎由李廣田處轉來《國文雜誌》文稿兩篇，皆傅懋勉作。
（1945年4月16日，《紅塵冷眼》，頁92）

◎汪允安來信，云《國文雜誌》第十五期已出版，為增加銷

---

18 宋雲彬：《紅塵冷眼》（太原市：山西人民出版社，2002年）。

路起見，仍用「葉聖陶主編」字樣。下午開明送來《國文雜誌》十五期十冊，目錄都排錯，封面上果印有「葉聖陶主編」字樣。特函聖陶道歉，又函告彬然，請允安一談，蓋此舉極不妥也。（1945年5月17日，《紅塵冷眼》，頁98）

再節錄朱自清寫的幾封信如下：

◎本該早寫信，因為《國文月刊》事耽擱到如今。……聯大師院國文系併入文學院。一多擬約兄明秋到清華主持大一國文，弟告以恐兄無意教書，渠囑再函詢。乞示，余冠英君打算將《國文月刊》編到四十期為止，以後或停，或由私人接辦。羅膺中君問弟意見，弟與余君和師院當局商量，仍繼續編下去。但還未通知羅君。這兒復原大約總得等滇越路通，或者要到明年夏天。到那時再談私人接辦問題。弟意《國文月刊》停了很可惜。私人辦或可勉強浦江清兄編，就怕稿子困難。兄有何高見，望告。（1945年9月9日信，《朱自清全集》第11卷，頁101-102）

◎今早發信後，即訪羅膺中君，談《國文月刊》事，殊不得要領。照弟解釋，羅君似不贊成店方用《國文月刊》名義，即不贊成續辦。其理由似均不真切。原因何在，弟亦莫測。惟上週兄主店方續辦信到後，弟因恐余君（余冠英）四十期稿即發出，「暫時停刊」聲明已擬定，故將尊信先寄余君。此種辦法在手續上殆略有不合，而余君前日晤羅君，並未將兄信及弟信示羅君。因此或引起羅君不快，亦未可知。為今之計，似可由店方具一正式函致聯大師院《國文月刊》社由羅君轉（須用當日訂合同之稱呼，

不知是如此否？乞查）。聲明願用「月刊」名義續辦，並聲明如同意，四十期中之聲明似應重擬。此信徑寄聯大羅膺中君。書明日由羅君轉（掛號或快信），兄或可另致一私函與羅君，說明店方之意願。一方面弟即函余君將兄前信交羅君閱看，並由弟函知羅君，此事已請店方與《國文月刊》社接洽。羅君當可迅速覆信，同意與否則全無把握。如渠不同意，或作游移之語，則此事即只有一途：由店辦《國文月報》，另起爐灶。憶店中曾辦小型刊物名為國文什麼，如用該名亦可，固不必月報也。江清、了一二君俱不反對用「月刊」名義，但事情仍須由羅君決定。如辦新的《國文月報》或用其他名義，弟願作特約撰稿人，浦、王二君亦可代商。弟近年不問行政，手續不免疏忽。此事辦得拖泥帶水，對開明尤其對月刊甚覺遺憾也。以上經過情形，外人請不必提及，免落痕迹。因羅君真意如何，弟固猶難確定耳。（1945年9月11日信，《朱自清全集》第11卷，頁102-103）

◎日前寄一信，商《國文月刊》事。昨晤了一兄，謂將來私人接辦，稿費恐須增加至某種水準。此節自甚重要，謹奉達，作為參考。（1945年9月15日信，《朱自清全集》第11卷，頁103-104）

◎日前寄一信，想達臺覽。《國文月刊》事，現有周折。附奉羅、余二先生信，乞察。羅先生所論一節，亦是事實問題。現時仍由開明續辦，將來所謂昆明師範學院，或將要求收回，亦是麻煩。至店方如另辦《國文月報》，即須重起爐灶，無歷史之傳統而有登記等手續，兄等或須重行考慮此問題。但弟意現在不妨由聯大師範學院交店續辦。

將來所謂昆明師範學院如要求收回，似不難應付，因彼時
既成事實造成已久也。此意弟今日擬即與羅先生熟商。如
渠同意，恐須正式函詢各同人或開會決定。如結果大家贊
同，當可由聯大師院國文系出一函致店方。最好自然由師
院出信，但恐周折更多。總之，弟盡力辦，為「月刊」亦
為店方過去之幫忙也。至四十期中聲明，如決定後自可
照改。（1945年10月11日信，《朱自清全集》第11卷，頁
104）

◎《國文月刊》事，經此間同人詳商，覺立即改組頗為不
易。根本一點，在此環境內，拉稿總是箋注考證多，恐永
難如弟等所望，多得通俗之稿。因此決定出到四十期即暫
告結束。好在有《國文雜誌》，我們如有適當文章，可以
交去。此意已向雲彬先生道及。他不知已成行否？月刊承
開明合作，維持至今，深為感謝。不能續出，甚覺歉然。
（1945年10月24日信，《朱自清全集》第11卷，頁105）

◎《國文月刊》由店續辦，並由紹虞兄編輯，欣慰之至！然
自省又甚愧也。已告余君囑轉商相關各同人，想無問題。
兄盡可函滬進行。俟余君通知，再當函達，以清手續。至
文稿自當努力供給，並已告浦、王二公幫忙。（1945年11
月4日信，《朱自清全集》第11卷，頁106）

這些文獻顯示，葉聖陶、朱自清等人頻繁地討論《國文雜誌》、《國
文月刊》的編纂、組稿、校對、撰稿、發刊乃至停刊等議題，可知這
些刊物對落實其語文思想的重要意義。以成都版《國文雜誌》為例，
葉聖陶個人就包辦了多篇文章，如：〈國歌語譯〉、〈非不知而問的
詢問句〉、〈「莫得」和「沒有」〉、〈中學生這麼說〉、〈投稿諸

君注意〉、〈西南出版界中獨樹一幟〉、〈作用和「着」字相同的
「到」字〉、〈一個新的學期開始了〉、〈致文藝青年〉、〈「殊」
字的誤用〉、〈改文一篇〉、〈「是」字的用法〉、〈中學生這麼
說〉、〈希望於讀者諸君的〉、〈「名篇」選讀〉、〈孫叔通定朝
儀〉，有的未署名，有的則署為聖陶、翰先、秉丞、醒澄，或題為朱
遜，可惜的是，這些幫助我們瞭解成都版《國文雜誌》特色的文章，
在《葉聖陶年譜長編》裡目前僅能見及篇名，內容未詳，《葉聖陶
集》也未收錄。

　　成都版《國文雜誌》所登葉氏文章，《葉聖陶集》僅零星收入，
如：

　　第一期〈這個雜誌〉，收於《葉聖陶集》第十八卷[19]；

　　第一期〈略談學習國文〉，收於《葉聖陶集》第十三卷；

　　第二期〈讀些什麼書？〉，收於《葉聖陶集》第十四卷；

　　第二期〈正確的使用句讀符號〉，收於《葉聖陶集》第十五卷；

　　第二期〈文句檢繆〉，收於《葉聖陶集》第十五卷[20]；

　　第四期〈思想─語言─文字〉，收於《葉聖陶集》第十五卷。

　　然或因時值抗戰，致使全套完整的《國文雜誌》原版難覓，不
過，細閱相關人物如葉聖陶、朱自清的專集，刊物上的部分篇章已見
收錄，單就這些文章或論辯話題，即有不少語文觀點可以參資，問題
是，目前對葉聖陶、朱自清的語文思想研究，材料大多從其全集而
出，然以筆者所掌握的原刊，尚有一些遺珠，至於那些曾參與而尚未
被挖掘的撰稿者及其佳作，亦有待研究。要完整瞭解那個時代的語文
教育，文章的原生態、初刊於報上的面貌等，亦須掌握。陳平原說：

19　另題為〈《國文雜誌》（成都版）發刊詞〉。

20　另題為〈《文句檢繆》前言（一）〉。

「作為文學史家，你必須意識到：第一、很多作家在作品結集成書時，對原作加以刪改，以後又隨著意識形態的變化而不斷修整自家的著述。你唯讀文集，很容易上當。」[21]報章之文與集子之文，其間仍有落差，如葉聖陶（筆者按：筆名申乃緒）刊載一九四二年九月桂林版的《國文雜誌》（第1卷第4、5期）的〈讀卞之琳詩一首〉[22]（參圖四），後收入《葉聖陶集》（參圖五，第10卷，頁48-49），初刊的文字與結集的文字，即見不同：

圖四　〈讀卞之琳詩一首〉局部一
（桂林版《國文雜誌》）

21　陳平原：〈報刊研究的視野及策略〉，《晚清文學教室：從北大到台大》（臺北市：麥田出版‧城邦文化事業股份有限公司，2005年），頁32-33。

22　商金林編撰：《葉聖陶年譜長編》，第2卷，植該篇為「刊《國文月刊》第一卷第四、五期合刊」（頁219），其實是載於桂林版《國文雜誌》而非《國文月刊》，顯係誤植。

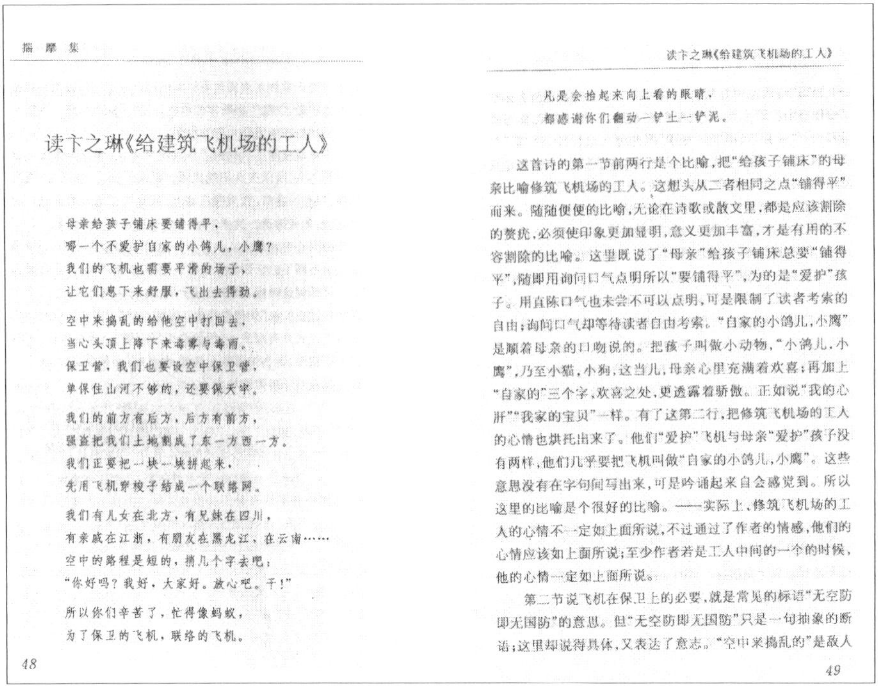

揣 摩 集

读卞之琳《给建筑飞机场的工人》

母亲给孩子铺床要铺得平，
哪一个不爱护自家的小鸽儿，小鹰？
我们的飞机也需要平滑的场子，
让它们息下来舒服，飞出去得劲。

空中来捣乱的给他空中打回去，
当心头顶上降下来毒雾与毒雨。
保卫营，我们也要设空中保卫营，
单保住山河不够的，还要保天宇。

我们的前方有后方，后方有前方，
强盗把我们土地割成了东一方西一方。
我们正要把一块一块拼起来，
先用飞机穿梭子结成一个联络网。

我们有儿女在北方，有兄妹在四川，
有亲戚在江浙，有朋友在黑龙江，在云南……
空中的路程是短的，捎几个字去吧：
"你好吗？我好，大家好。放心吧。干！"

所以你们辛苦了，忙得像蚂蚁，
为了保卫的飞机，联络的飞机。

48

读卞之琳《给建筑飞机场的工人》

凡是会抬起来向上看的眼睛，
都感谢你们翻动一铲土一铲泥。

这首诗的第一节前两行是个比喻，把"给孩子铺床"的母亲比喻修筑飞机场的工人。这想头从二者相同之点"铺得平"而来。随随便便的比喻，无论在诗歌或散文里，都是应该删除的赘疣，必须使印象更加显明，意义更加丰富，才是有用的不容删除的比喻。这里既说了"母亲"给孩子铺床总要"铺得平"，随即用询问口气点明所以"要铺得平"，为的是"爱护"孩子。用直陈口气也未尝不可以点明，可是限制了读者考索的自由；询问口气却等待读者自由考索。"自家的小鸽儿，小鹰"是顺着母亲的口吻说的。把孩子叫做小动物，"小鸽儿，小鹰"，乃至小猫，小狗，这当儿，母亲心里充满着欢喜；再加上"自家的"三个字，欢喜之处，更透露着骄傲。正如说"我的心肝""我家的宝贝"一样。有了这第二行，把修筑飞机场的工人的心情也烘托出来了。他们"爱护"飞机与母亲"爱护"孩子没有两样，他们几乎要把飞机叫做"自家的小鸽儿，小鹰"。这些意思没有在字句间写出来，可是吟诵起来自会感觉到。所以这里的比喻是个很好的比喻。——实际上，修筑飞机场的工人的心情不一定如上面所说，不过通过了作者的情感，他们的心情应该如上面所说；至少作者若是工人中间的一个的时候，他的心情一定如上面所说。

第二节说飞机在保卫上的必要，就是常见的标语"无空防即无国防"的意思。但"无空防即无国防"只是一句抽象的断语；这里却说得具体，又表达了意志。"空中来捣乱的"是敌人

49

圖五 〈讀卞之琳《給建築飛機場的工人》〉局部一
（《葉聖陶集》）

按原刊，葉聖陶在解詩之前，第一段有開場白，他說：「這首詩的作者卞之琳先生，對於新詩用功很深；他的作品受着很多人的讚賞，雖然有些人嫌他艱深些。二十九年，他出了一部《慰勞信集》，共收新詩二十首，都是贈給參與抗戰的人物的，從蔣委員長起，直到煤窰（筆者按：即煤窯）裏的工人。那決不能再說他艱深，可絕不是淺薄庸俗；每一首都勁健有力，富於情思，傳出時代的精神。如果要吟誦抗戰以來的好詩，這個集子是不該遺漏的。現在從其中選出上錄的一首（筆者按：即〈給修築飛機場的工人〉），與讀者諸君共賞。」《葉聖陶集》裡則刪去了文章開頭的這段文字。不只開頭改動，葉聖陶原文最末原有一大段從語調、音節、用韻去解卞詩的精闢看法（參圖六），《葉聖陶集》（參圖七，頁52-53）也完全遺漏了。

圖六　〈讀卞之琳詩一首〉局部二
（桂林版《國文雜誌》）

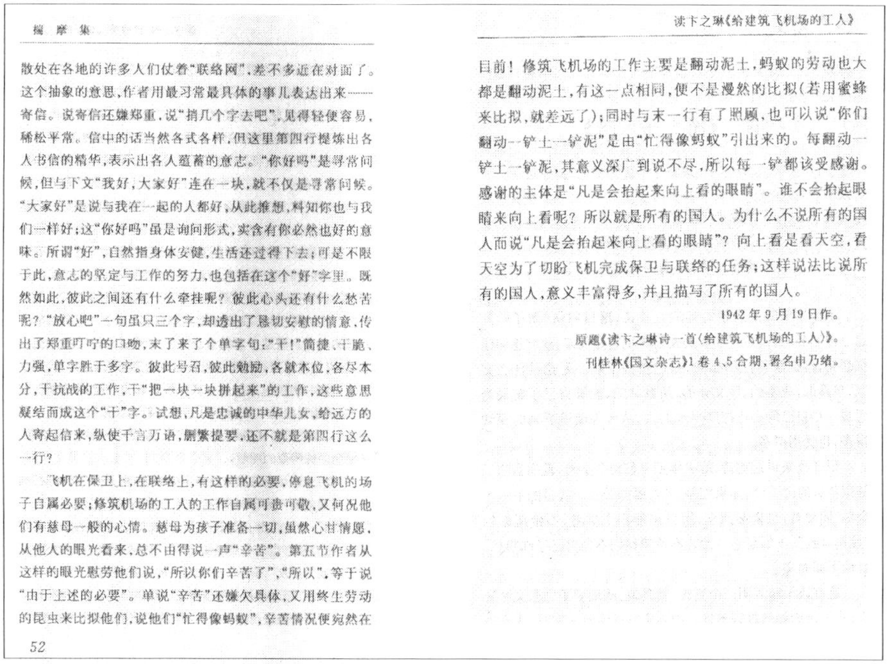

散處在各地的許多人們仗著"聯絡網"，差不多近在對面了。這個抽象的意思，作者用最習常最具體的事兒表達出來——寄信。說寄信還嫌鄭重，說"捎幾個字去吧"。覺得輕便容易，稀鬆平常。信中的話當然各式各樣，但這裏第四行提煉出各人書信的精華，表示出各人蘊藏的意志。"你好吧"是尋常問候，但與下文"我好，大家好"連在一塊，就不僅是尋常問候。"大家好"是說與我在一起的人都好，從此推想，料知你也與我們一樣好；"你好吧"雖是詢問形式，實含有你必然也好的意味。所謂"好"，自然指身體安健，生活還過得下去；可是不限于此，也意的堅定與工作的努力，也包括在這個"好"字里。既然如此，彼此之間還有什麼牽掛呢？彼此心頭還有什麼愁苦呢？"放心吧"一句雖只三個字，卻透出了慰藉安慰的情意，傳出了鄭重叮嚀的口吻，末了來了個單字句："干！"簡捷，干脆，力強，單字勝于多字。彼此號召，彼此勉勵，各就本位，各處本分，干抗戰的工作，"干把一塊一塊拼起來"的工作，這些意思凝結起而成這個"干"字。試想，凡是忠誠的中華兒女，給遠方的人寄起信來，縱使千言萬語，刪繁得要，還不就是第四行這麼一行？

飛機在保衛上，在聯絡上，有這樣的必要，修造飛機的場子自屬重要；修築機場的工人的工作自屬可貴重要，又何況他們有慈母一般的心情。慈母為孩子準備一切，雖然心甘情願，從他人的眼光看來，總不由得說一聲"辛苦"。第五節作者從這樣的眼光慰勞他們說，"所以你們辛苦了"，"所以"，等于說"由于上述的必要"。單說"辛苦"還嫌欠具體，又用終生勞動的昆虫來比擬他們，說他們"忙得像螞蟻"，辛苦情況便宛然在

目前！修築飛機場的工作主要是翻動泥土，螞蟻的勞動也大都是翻動泥土，有這一點相同，便不是漫然的比擬（若用蜜蜂來比擬，就差遠了）；同時與末一行有了照應，也可以說"你們翻動一鏟土一鏟泥"是由"忙得像螞蟻"引出來的。每翻動一鏟土一鏟泥，其意義深廣到說不盡，所以每一鏟都該受感謝。感謝的主體是"凡是會抬起來向上看的眼睛"。誰不會抬起眼睛來向上看呢？所以就是所有的國人。為什麼不說所有的國人而說"凡是會抬起來向上看的眼睛"？向上看是看天空，看天空為了切望飛機完成保衛與聯絡的任務；這樣說法比說所有的國人，意義豐富得多，並且描寫了所有的國人。

　　　　　　　　　　1942年9月19日作。

原題《讀卞之琳詩一首（給建築飛機場的工人）》。刊桂林《國文雜志》1卷4、5合期，署名申乃健。

圖七　〈讀卞之琳《給建築飛機場的工人》〉局部二
（《葉聖陶集》）

以上例子正顯示出報刊研究的重要，若單讀後出的專集，有時就會出現像葉聖陶這篇沒頭沒尾的現象，所看到的僅是作者局部之見而非全貌，對客觀理解無疑是妨礙。因此報刊雜誌的研究是觸摸歷史的重要環節。

（二）深化語文教學觀念並進行反思

目前臺灣的年輕學生，其寫作能力低落已是社會普遍的憂慮，但絕大多數大專的國文課程偏重文化專題或文學賞析，少數開設寫作性質的課程又多以「創意表達」為導向，因此學生的基本書寫能力在高中畢業後，於教育體制內就缺乏積極提升的機會。大學階段沒有相關課程，即使進入研究所深造，也不可能設有中文補救課程，換言之，無論亡羊補牢還是精益求精，大學階段都是整個學校教育流程中的最後一站。學生語文程度低落，其實自中學階段就已出現不少問題，而在現今廣設大學的狀況下，國文課裡的報告、作文，屢見詞不達意、錯字連篇、邏輯不通等狀況，並不令人意外。

具備基本的語文常識及擁有基礎的書寫能力，這是大專院校學生亟待養成的，文字並非僅是思想的載體，它與思想其實無法判然二分，思想依賴書寫呈現，而書寫的方法與習慣也直接影響了思想，誠如葉聖陶所云：「文字的依據既是語言，語言和思想又是二而一的東西，所以文字該和語言思想一貫訓練；怎樣想，怎樣說，怎樣寫，分不開來。」[23]基礎書寫能力的加強實即認知、思考能力的增進，唯有學生在書寫、思考上奠定良好基礎，才能增進與他人的有效溝通以及

---

23 葉聖陶：〈思想——語言——文字〉，成都版《國文雜誌》第4期（1942年4月），頁11。署名「翰先」。

其在人格、知識上的自我建構能力；反過來說，即使是中文專業出身的老師，若相關的訓練不足，也難以引導學生「如何書寫」，進而處理「怎樣思考」的課題。

　　過去，國文科常被視為玄妙籠統，缺乏客觀具體的理論體系，不然就是與「國學」概念相混，《國文月刊》、《國文雜誌》則明確宣示辦刊宗旨，《國文月刊》「重在語文教育，一切發揮跟商討以語文教學為中心」、「內容雖然是多方面的，中心可只有一個，就是語文教育。為要使發揮跟商討不流於空疏淺薄，所以不廢專門研究的學術論文，可決不是要把本刊搞成國學雜誌。」[24]其〈卷頭語〉指出國文在中學及大學的課程裏，都佔著重要位置，教育當局也屢屢表示重視這個基本科目，可是學生的表現普遍與理想有很大的差距。為此，《國文月刊》即為彌補當時缺少推進語文教育專刊之遺憾，再者獲得若干經費挹注以及開明書店協助印刷發行，由西南聯合大學師範學院國文系同仁助編並聚攏其他關心國文教學的人，乃得在抗戰期間資源欠缺的情形下發揮出重要的影響力，其創刊號設定的宗旨是——

　　　　促進國文教學以及補充青年學子自修國文的材料。根據這一
　　　　個宗旨：我們的刊物，完全在語文教育的立場上。性質與專
　　　　門的國學雜誌及普通的文藝刊物有別。所以本刊不想登載高
　　　　深的學術研究論文，却歡迎國學專家為本刊寫些深入淺出的
　　　　文章，介紹中國語言文字及文學上的基本知識給青年讀者。
　　　　本刊雖然不能登載文藝創作，却可選登學生的作文成績及教
　　　　師的範作，同時也歡迎作家為本刊寫些指示寫作各體文學的
　　　　方法的文章。照我們現在擬定的計劃，本刊要登載的文章可
　　　　分數類。一是通論，凡討論國文教學的各種問題的文章以及

24　編者：〈悼念朱自清先生〉，《國文月刊》第71期（1948年9月），頁1。

根據教學經驗發表改進中學國文及大學基本國文的方案的文字皆可入此欄，作為教學同人交換意見的園地，同時可備辦教育者的參攷。二是專著，凡關於文學史、文學批評、語言學、文字學、音韻學、修辭學、文法學等等的不太專門的短篇論文或札記，本刊想多多登載。三是詩文選讀，包括古文學作品及現代文學作品兩項，均附以詳細的註釋或解說，備學子自修研究。四是寫作謬誤示例，專指摘學生作文內的誤字謬句，略同以前別的雜誌上有過的「文章病院」一欄。以上四類定為本刊主要的文字，此外還可以加上學生習作選錄、書報評介、答問、通訊等等。[25]

以上，前階段的《國文月刊》的辦刊旨趣，很清楚地勾勒了四大方向：通論、專著、詩文選讀、寫作謬誤示例，都是很實際的內容，講法力求深入淺出，取材不分考題或習作，舉例正反面皆有，佳作供觀摩、謬誤則修正。它開放各界討論中學大學的語文教學經驗，兼顧宏觀與微觀的思考，大到理論建構，小至標點別字，從觀念到實踐都在刊登之列。復刊後的《國文月刊》仍維持辦刊原旨，第四十一期的〈卷首語〉上，不避內容重複而照登一遍，唯在開頭略增接辦原委的說明：「當這刊物舉辦的時候，卽由開明書店擔任印刷發行的任務。現在，因為復員的關係，西南聯合大學本身的組織將不復存在，所以改由開明書店繼續接辦。」[26]編輯群由原先的西南聯大轉為開明書店

---

25 編者：〈卷首語〉，《國文月刊》第1期（1940年6月），未繫頁碼。

26 編者：〈卷首語〉，《國文月刊》第41期（1946年3月），頁1。編者按：據周振甫的說法，此篇係由郭紹虞執筆，周氏云：「一九四六年三月由開明出版的《國文月刊》上有篇〈卷首語〉，當是郭同志（筆者按：即郭紹虞）主編這本月刊時寫的。」見其〈辛勤著述的郭紹虞先生〉，收入中國出版工作者協會編：《我與開明》（北京市：中國青年出版社，1985年），頁110。

執編，從第四十一期版權頁之編輯者署名，除了復刊前就有的朱自清之外，新增夏丏尊、葉聖陶、郭紹虞三人，從創刊、停刊到復刊，由前引葉聖陶多處日記及朱自清多封書信可知，為求延續《國文月刊》的命脈，他們不厭其煩地往來磋商，顯見《國文月刊》中投注了多位語文教育專家的心思。

　　再看成都版的《國文雜誌》，創刊號上，葉聖陶說：「這個雜誌沒有什麼奢望，只想在中學同學學習國文方面，稍稍有一點幫助罷了。看了這個雜誌，未必就能學好國文。因為這裏所說的，無非怎樣閱讀，怎樣寫作，等等關於方法的話，而能不能實踐，實踐是不是到家，還在讀者自己；如果不能實踐，或是實踐沒有到家，當然，國文還是學不好的。可是，看了這個雜誌，可以學到一些啟示。平時自己沒有注意到的，教師沒有提示過的，在這裏看到了，若能不讓滑過，務必使牠化為『我的經驗』才歇；那麼，一點一滴的累積，正是學好國文的切實基礎。這個雜誌所能幫助讀者的，就在這一點。」[27]而桂林版《國文雜誌》，葉聖陶於〈發刊辭〉表示：「我們這個雜誌沒有什麼偉大的願望，只想在國文學習方面，對於青年們（在校的和校外的）貢獻一些助力。我們不是感歎家，不相信國文程度低落的說法；可是，我們站定在語文學和文學的立場上，相信現在的國文教學決不是個辦法，從現在的國文教學訓練出來的學生，國文程度實在不足以應付生活，更不用說改進生活。我們願意竭盡我們的知能，提倡國文教學的改革，同時給青年們一些學習方法的實例。所謂學習方法，無

27　葉聖陶：〈這個雜誌〉，成都版《國文雜誌》第1期（1942年1月），頁1。筆者按：該文刊載時，未署名。後收入《葉聖陶集》第18卷，另題為〈《國文雜誌》（成都版）發刊詞〉，頁120。另筆者在《國文月刊》第15期（1942年9月）裡發現有一篇由編者所寫的〈介紹「國文雜誌」〉一文，也抄錄一段成都版的發刊詞，其中有兩句與收錄《葉聖陶集》的，文句有小出入，列此備參：「平時自己沒有注意到的」、「這個雜誌所能幫助讀者的就此這一點」（頁16）。

非是參考，分析，比較，演繹，歸納，涵泳，體味，整飭思想語言，獲得表達技能，這些個事項。這個雜誌就依着這些事項來分門分欄。我們的知能有限，未必就能實現我們的願望；希望有心於教育和國文教學的同志給我們指導，並且參加我們的工作，使我們的願望不至於落空。如果這樣，不僅是我們的榮幸，實在是青年們的幸福。對於青年的讀者，我們希望憑着這個雜誌的啟發，自己能夠『隅反』；把這裏所說的一些事項隨時實踐，應用在閱讀和寫作方面。單看一種雜誌，不必再加別的努力，就會把國文學好了；這是一種錯誤觀念。我們相信青年們不至於有這種錯誤觀念。」[28]略較兩篇創刊旨趣，其辦刊的動機及目的接近，均致力於國文教學的相關議題研討。桂林版《國文雜誌》檢討了國文教學無法產生實效的原因，首先點出「對國文教學沒有正確的認識」——一味繼承閱讀及寫作的舊式教育，而所謂的舊式教育是守著古典主義、利祿主義。《國文雜誌》主張要正確認識國文的先決條件在於排棄這兩樣主義，其〈發刊辭〉謂：

> 古人的書籍並非不該讀，為了解本國的文化起見，古人的書甚且必須讀；但像古典主義那樣死記硬塞，非但了解不了什麼文化，並且在思想行動上築了一道障壁，讀比不讀更壞。一個人的聰明才智並非不該用文字表現，現代甄別人才的方法也用考試，考試的方法大都是使受試者用文字表現；但像利祿主義那樣專做摹仿迎合的工夫，非但說不上終身受用，並且把心術弄壞了，所得是虛而所失是實。知道了這兩種主義應該排棄，從反面想，自會漸漸的接近正確的認識。閱讀和寫作兩項是生活上必要的知能；知要真知，能要真能，那

---

28 編者：〈發刊辭〉，桂林版《國文雜誌》第1期（1942年8月），頁5。筆者按：編者即葉聖陶。

方法決不是死記硬塞，決不是摹仿迎合。就學的方面說，若不參考，分析，比較，演繹，歸納，涵泳，體味，那裏會「真知」讀？那裏會「真能」讀？就作的方面說，若不在讀的工夫之外，再加上整飭思想語言和獲得表達技能的訓練，那裏會「真知」作？那裏會「真能」作？這些方法牽涉到的範圍雖然很廣，但大部分屬於語文學和文學的範圍。說人人都要專究語文學和文學，當然不近情理；可是要養成讀寫的知能，非經由語文學和文學的途徑不可，專究誠然無須，對於大綱節目卻不能不領會些兒。站定在語文學和文學的立場上：這是對於國文教學的正確的認識。從這種認識出發，國文教學就將完全改觀。不再像以往和現在一樣，死讀死記，死摹仿程式和腔拍；而將在參考，分析，比較，演繹，歸納，涵泳，體味，整飭思想語言，獲得表達技能，種種事項上多下工夫。不再像以往和現在一樣，讓學生自己在暗中摸索，結果是多數人摸索不通或是沒有去摸索；而將使每一個人都在「明中探討」，下一分工夫，得一分實益。

此外，該雜誌拈出一個非常重要的概念：「養成善於運用國文這一種工具來應付生活的普通公民。」[29]編者提及的「生活」、「普通公民」，為在說明成為一個適應現代生活的公民之關鍵就在於他能否善用本國語文；可是，善用工具，卻不能只是守著古典主義、利祿主義，他要有人文的素養。這是指國文的意義不僅存在於語文層面，同時關涉了個體與他人、世界的關係，透過語文學及各類文學書寫，可以培養學生心靈感知與生命體驗的能力，進而落實在實際生活。

29　以上所引均見〈發刊辭〉，桂林版《國文雜誌》第1期（1942年8月），頁4-5、4。

國文固有工具性、實用的功能,但桂林版《國文雜誌》則有另一層
考量——在與外界溝通的基本能力外,還要有對現代生活有體會的
能力[30],這即意味著國文兼攝語文專業和通識精神兩個向度。桂林版
《國文雜誌》認為當時是不乏善用工具的人,但很多都是「自己在暗
中摸索,或遇到了不守傳統的特別高明的教師,受他的指導,而得到
成功的。如果沒有暗中摸索的志概,又沒有遇到特別高明的教師的幸
運,那就只好在傳統中混一輩子」,結果可能成為「活書櫥」,僅會
記誦書籍而對形式內容不甚了解;或者變為一隻學舌很巧的「人形鸚
鵡」;或者養成大大小小官吏或靠教書為生的「儒學生員」,但連一
封家書也寫不通順而須入「文章病院」[31]。

　　那麼,歸結國文程度低落的原因,不外兩端:一、對國文教學目
的沒有正確認識;二、沒有採取得當的方法。《國文月刊》、《國文
雜誌》雖然談的是一九四〇年代語文教學的諸面向,有些根本問題迄
今仍存在。研究這兩份專業的語文刊物,透過前半個世紀這些有經
驗、有學理基礎的討論,從中可以一方面整理出對國文教學的基本認
知;再方面可以後設地去看那些認知及成果,從中批判地吸收,俾為
當代語文教育的參資。

30　簡言之,所謂「國文,其實就是生活」,此可見夏丏尊、葉聖陶著:《文心——
　　寫給青年的三十二堂中文課》(臺北市:如果出版社.大雁文化事業股份有限公
　　司,2009年)之編輯部〈寫在前面〉,頁3。

31　「文章病院」係《中學生》專欄,葉至善回憶其父葉聖陶當年與夏丏尊商量闢欄
　　的經過及專欄定位:「決定闢個不定期的專欄,欄名就叫《文章病院》,還給病
　　院定了六條規約,主要的意思有三層:一是病院只收治在社會上有影響的病患
　　者——文章;二是病院只診治文章的病症,絕無對作者和發表單位進行攻擊的意
　　思;三是病院所公布的文件,由『中學生雜誌社』負全部責任。」葉至善:〈父
　　親長長的一生〉,《葉聖陶集》第26卷,頁139。

四 《國文月刊》、《國文雜誌》研究的重要性

《國文月刊》、《國文雜誌》的相關研究，其重要性主見於三方面：

（一）可藉以客觀掌握現代語文教育的前期發展狀況

以前雖有官學、私學，但始終沒有發展出現代意義的語文學科，乃至形成完整的語文教育體系，直到近代中國社會處於大變革的時代，面臨李鴻章所謂的三千年未有之變局，教育制度及內涵才開始產生巨大變化。當新式學堂如雨後春筍般出現，上課內容就不再是傳統文學、辭章或載道的範疇，沈從文就說過：「我改進了新式小學後，學校不背誦經書。」[32]讀經與不讀經、文言文與白話文之爭，始終是近代語文教育的核心話題。無論是教育部的消除文言分歧之訓令、還是民間書局的各式教本編纂，皆因應這些問題。以商務印書館為例，為設計適合學生閱讀的教科書，張元濟與蔡元培、高夢旦、杜亞泉、夏曾佑、蔣維喬、莊俞等諸位學者，組織了編輯小組，集思廣益，反覆推敲[33]，並隨不同時期的學制，有計劃地出版一系列新式教科書。張元濟在工作日記裡，詳細記錄編纂教本的想法：

> 昨晚談編輯教科書事，《國文》主張先編言文一致者若干。
> 又句法宜順不宜拗。又選字宜先習見者，不拘單體複體。例

---

[32] 沈從文：《沈從文自傳》，頁27。

[33] 以編寫《最新初小國文》為例子，每成一課，大家「圍坐一桌，互相討論，必至無可指摘，始為定稿」，參見莊適所撰之〈莊俞家傳〉，《1897-1987商務印書館九十年——我和商務印書館》（北京市：商務印書館，1987年），頁74。

如先見狗，後見犬。又稍深之字，宜先有解釋之課，然後再見。例如牧童之字，宜先有牧字一課，不能先有牧童。又，每隔若干，宜有練習課，用俗譯。又，編纂時，每成一課，即譯一句，又隨將所以如此編纂之故錄出，以備後來編教授書。[34]

教科書在中國是晚近才有的詞彙，不過傳統中國也有性質與之近似者，例如蒙學性質的《三字經》、《百家姓》以及應試用的《四書》、《五經》等；近代教科書的編纂，以在華的英、美教會機構編撰用以宣揚教義的教科書為始端，然而其教授宗旨意在傳教，故內容有不合中國國情者，張元濟便表示：「大都以闡揚彼教為宗旨，亦取徑迴別，與中學絕無關合，愚意均不可用，最上速自譯編。」[35]我國最早自編教科書始於南洋公學，一八九七年南洋公學編纂蒙學課本三編，其體裁略仿外國之教本，不過因內容較深，如：「燕、雀、雞、鵝之屬曰禽。牛、羊、犬、豕之屬曰獸。禽善飛，獸善走。禽有兩翼，故善飛。獸有四足，故善走。」[36]對初學的兒童而言難以領會，且又無插圖配合講解，未符現代教育原理。

　　張元濟與幾位同事共同編輯國文教科書，屬於菁英決定的模式，如葉聖陶所說：「解放以前，我在商務印書館和開明書店都編過課本。那時候不通行調查研究，也不開什麼座談會，三幾個人商量一

---

34 張元濟：《張元濟日記》（北京市：商務印書館，1981年），1917年2月5日，頁161-162。

35 張元濟：〈答友人問學堂事書〉，《張元濟詩文》（北京市：商務印書館，1986年），頁172。

36 蔣維喬：〈編輯小學教科書之回憶〉，《1897-1987商務印書館九十年——我和商務印書館》，頁55。

下就動手編寫了。」[37]但一九四〇年代的作法，查索《國文雜誌》及《國文月刊》所刊者則呈現了當時開放討論的生態，或開會討論、或實施調查、或演講宣傳，匯集各方意見。一九四〇年代的眾聲喧嘩，有別於過去由寡人論定的方式，當然由少數人決定並非不好、況且大部分的品質也是不錯的，只是有更多的人參與，辨究的成果相對也會多元而豐富。另外，商務印書館於編纂各級教科書外，所創辦的《教育雜誌》也匯集相關文章，如〈論小學之教授國文〉、〈論小學以上教授國文〉，但相較起《國文月刊》、《國文雜誌》之大量篇章圍繞語文主題，綜合性質的《教育雜誌》只能算是點綴，儘管如此，商務印書館畢竟是為近代語文教育之教與學奠下了穩固的基礎，後起的開明書店乃至其發行的《國文月刊》、《國文雜誌》則更重視語文教育，許多在此刊載的文章後來也結集單冊，進而擴大影響力。此外，要特別指出的是，這兩份刊物在抗戰物資艱困之際，仍努力不輟地為語文教育發展獻身，其間印刷、資金、編務容或有各種波折[38]，但仍留下了許多可供後人參考的成績。

37　一九八〇年十一月八日於中學語文教材編輯座談會上發言紀錄，見《葉聖陶集》第16卷，書前圖版，頁3。

38　例如：「我們最先要向讀者諸君道歉的，就是本刊不能如期出版。固然在戰時排印一本雜誌，要比平時困難些，但我們沒有能夠以最大的努力來克服種種困難，這是應該由我們來負責的。這次因為脫期過久，所以把四、五期合併刊行。但從第六期起，我們一定設法要做到按月出版。」〈編者的話〉，《國文雜誌》第4、5期（1943年3月），頁37。又如：「本社原址在桂林桂西路三十二號二樓，一月十一日因鄰居失慎被殃及，現遷榕城路三十五號。」〈本社啟事〉，《國文雜誌》第4、5期，頁14。又例如：「三卷一期的本刊，到現在纔能和讀者見面。如果不是印刷條件所限制，就是說，如果印刷所能夠替我們按期排印出來，那麼，現在和讀者見面的，已經是三卷一期了，總是繼續在出版，並且承好多位先生經常給我們寫文章，使本刊的內容愈來愈充實，在編者已經是躊躇滿志了。」〈編輯者的話〉，桂林版《國文雜誌》第3卷第1期（1944年4月），頁51。

（二）可藉以建立當代語文教育的反思窗口

　　概觀二十世紀前半段的現代語文教育進程：一九一八年五四新文化運動——一九三〇、一九四〇年代抗戰時期——一九四九年兩岸分治。晚清民初之際，有志者以文言古奧而不利啟蒙為由，主張以白話取代文言，甚至有白話報刊應運而起，話題不外圍繞文言與白話之爭；從五四以來至抗戰階段，所謂的新文化、新文學運動，已逾二十年。先前，固然有不少談論相關議題的語文刊物或綜合報刊，但仍未臻成熟，尚屬試驗階段；而抗戰之前的《中學生》，乃至抗戰期間問世的《國文月刊》、《國文雜誌》，因距離五四已有一段時間，正是沈澱、反思的適當時機。

　　以文白議題來說，民國時期無論是學校或大眾媒體，白話逐漸取代文言的聲浪不絕於耳，胡適一輩儘管對白話文有基本的堅持，但他們對學生接觸古書、中學國文課本的文言配置，還是有很高的要求。即使朱自清不欲加入文白之爭（他寫信給葉聖陶說：「近來文白之爭，弟覺無甚意義。隨便舉一二例即立全稱之論，殊為可笑。」[39]）但他也主張閱讀文言作品，但須重新調整文言或古典的地位；葉聖陶甚至提示教師要會文、白翻譯，以便於指導與啟發學生，他不認為文言與白話是割裂的。基於這樣的信念，《國文月刊》、《國文雜誌》選文對象不分古今或文白，可以是《詩經》、《論語》、《世說新語》、《夢溪筆談》，也可以是嚴復所譯〈天演論導言〉、魯迅〈孔乙己〉、老舍〈濟南的冬天〉、蔡元培〈責己重而責人輕〉等。《國文月刊》、《國文雜誌》廣泛觸及文白議題，但少見羼雜政治因

39　朱自清：〈致葉聖陶〉，《朱自清全集》（南京市：江蘇教育出版社，1998年），第11卷，頁96。

素，而以討論具體案例或從個人經驗出發居多。《國文月刊》如有：冠英〈關于本年度統考國文試題中的文言譯語體〉（第3期）、王了一〈文言的學習〉（第13期）、〈再來一次白話文運動〉（第26期）、何容〈「存文」與「善語」〉（第25期）等。桂林版《國文雜誌》則有：呂叔湘〈文言和白話〉（第3卷第1期）、向錦江〈一切寫作用白話〉（第3卷第2期）、大德〈文白對照：音樂家揚珂〉（第2卷第3期）、〈譯《世說新語》八則〉（第1卷第6期）、〈白翻文：《經驗之談》〉（第2卷第2期）、柏寒〈中學生學習文言文的途徑〉（第3卷第5、6期合刊）、余冠英〈我學習國文的一段經歷〉（第3卷第5、6期合刊）等。

　　一九三〇、一九四〇年代的教材編選乃至刊物編輯、督印者，皆一時之選，而參與討論的人，學者、教師，或學者與教師兩種身分兼而有之，甚至是學生。他們反覆討論從中學到大學階段之教與學諸多問題，當然，其中許多討論表面上是新的，實則仍屬老問題，《國文月刊》、《國文雜誌》論涉議題多元，如：一、文字、聲韻及訓詁學；二、文法學；三、修辭學；四、經學及文學史；五、文學批評；六、國文教學；七、文辭疏解；八、新書評介；九、紀念或回憶國文教師；十、範文選評。他們所討論的，未必是最後的定論，唯多數已觸及了議題背後的原因，而這些經驗或成果正可以給在海峽兩岸從事相關專業者參考。一九四九年之後，自由編寫教材的權力被剝奪了，教材或刊物也成為意識形態或政治正確的傳聲工具。海峽兩岸都存在與過去產生「斷裂」的現象，大陸經過文化大革命，教材添加很多的意識型態，遠離了《國文月刊》、《國文雜誌》時期的專業設想，臺灣自戒嚴時期起，也每每因政治因素而在不同程度上干擾了討論與思考。

　　《國文月刊》、《國文雜誌》刊載了大量的教學理論與實務經驗，逐漸建立了一些專門的基礎，以《國文月刊》為例，如：吳奔星

〈中學國文教學的「分工合作制」〉（第11期）、胡時先〈糾正一般中學生對於學習國文的錯誤觀念〉（第11期）、郭紹虞〈大一國文教材之編纂經過與其恉趣〉（第12期）、承宗緒〈國文教學一得〉（第16期）、余冠英〈坊間中學國文教科書中白話文教材之批評〉（第17期）、程會昌〈論今日大學中文系教學之蔽〉（第16期）、葉蒼耕〈對於師範學院國文系專業訓練的一點感想與意見〉（第26期）、李廣田〈中學國文程度低落的原因及其補救辦法〉（第28-30期合刊）、劉永潛〈閩教廳提高中等學校學生國文程度實施方案商榷〉（第28-30期合刊）、傅庚生〈中文系教學意見商兌〉（第49期）、木將〈國文教學新議〉（第48期）、楊同芳〈中學語文教學泛論〉（第48期）、朱怗生〈中學國文教學一得〉（第48期）、李廣田〈中學國文教學的變通辦法〉（第48期）、傅庚生〈國文教學識小篇〉（第48期）、佚名〈中學校國文講讀教學改革案述要〉（第51期）、邢楚均〈朗讀與國文教學〉（第57期）、〈對於六年一貫制中學本國語文教學的幾點淺見〉（第61期）、孫毓蘋〈論中學國文教學〉（第64期）、徐中玉〈國文教學五論〉（第65期、第67期）、羅農父〈國文教學經驗談〉（第72期）等。以上，紛呈的語文教學討論，顯示了《國文月刊》、《國文雜誌》在「結算過去，開創未來」的重要意義。近年，臺灣出現了去除文言的聲浪，大陸則反聞強調之聲。若撇開政治因素，在《國文月刊》、《國文雜誌》既有的基礎上，再去討論國文教育、教學、教材、文言與白話配置等問題，瞭解為什麼要這樣選文、哪種教學法是有效的、怎樣培養基本功，對兩岸語文教育的發展必然具有正面、實質的意義。

（三）可藉以瞭解「搶救國文」呼聲的歷史發展

對臺灣現今的國文教育，余光中指出：

新近修改的「高中國文課程綱要」與十年前的「高中國文課程標準」頗有出入。其一便是文言文與語體文的比重由以前的六十五比三十五，大幅縮減為四十五比五十五。新文學之興起，迄今不滿百年，百分比卻要超過數千年的古典文學，實在輕重倒置。古典文學的傑作歷經千古的汰蕪存菁竟能傳後至今，已成文章之典範，足以見證中文之美可以達到怎樣的至高境界。讓莘莘學子真正體會到如此的境界，認識什麼才是精鍊，什麼才是深沉，才能在比較之下看出，今天流行於各種媒體的文句，出於公眾人物之口的談吐，有多雅、多俗、多簡潔或多冗贅。文章通不通，只要看清順的作品便可；但是美不美，卻必須以千古的典範為準則。何況語體文的佳作也往往受到古典的啟發，而使用的成語更受惠於傳統的累積。姑且不論「朝秦暮楚」、「得隴望蜀」之類本於中國史地的成語，即使淺易好用的一類，例如「天長地久」、「見仁見智」，也都是古人之言。五四真把文言廢了嗎？只要試試，每天說話禁用成語，寫作禁用名諺，會有多麼困難，就會發現文言並未作廢，而是以成語、格言的身分加入了白話的主流，使語體文能放能收，可俗可雅，不至流於過淺、過鬆，過份冗贅。文言文的作品，只要能夠避免過份高古玄奧或典故連篇的一類，而選用深入淺出，流暢自然的名篇，加以老師娓娓的講解，當可引起學生的興趣，奠定日後發展的基礎。[40]

余光中並指出「一個人的中文根柢，必須深固於中學時代。若是等到

---

[40] 余光中：〈在外語與方言之間〉，收入余光中等著：《自豪與自幸——二十堂名家的國文課》（臺北市：商周出版，2005年），頁4-5。

大學才來補救，就太晚了」[41]，其實，六十多年前的羅根澤就已高喊「搶救國文」，羅根澤曾評閱民國三十一年度高考國文試卷，閱卷之後，他抄錄了許多考生筆下出現的問題，得出一項結論：「我們所列舉的胡塗或錯誤的試卷，雖大半作於大學畢業的學士，但搶救國文却要自中學搶救」、「減少中學國文教員負擔」、「中學國文教員選講合適學生成度（筆者按：「成度」為「程度」之誤植）的文章」、「中學學生以相當時間讀作國文」[42]，羅、余之論點相隔半世紀，卻有異曲同工之致。

為挽救臺灣語文教育不彰的狀況，出現了「搶救國文教育聯盟」，集合作家及文化界指標人物，透過宣講、撰文、出書的方式推展理念[43]。聯盟成員之一、商周出版發行人何飛鵬即表示「中文乃眾學之本」，他憂心各級學生中文程度普遍低落，弱勢中文的結果足以「動搖國本」[44]。這其實是延續了羅根澤一輩的呼聲，羅根澤在桂林版《國文雜誌》力喊「搶救國文」，隨即引來廣泛討論，例：陳卓如〈從「搶救國文」說到國文教學〉（第2卷第3期）、鍾順光〈關於「搶救國文」〉（第2卷第5期），主編葉聖陶也寫了〈讀羅陳兩位先生的文字〉（第2卷第5期）。桂林版《國文雜誌》所掀起的「搶救國文」

---

41 余光中：〈自豪與自幸——我的國文啟蒙〉，《自豪與自幸——二十堂名家的國文課》，頁24。

42 以上所引，均見羅根澤：〈搶救國文〉，桂林版《國文雜誌》第2卷第1期（1943年7月），頁3-5。

43 聯盟成員有：余光中、余秋雨、曾志朗、彭鏡禧、張曉風、黃碧端、李家同、杜忠誥、楊懷民、李泰祥、蔡文甫、隱地、何飛鵬等。關於聯盟成立緣由，可另參該聯盟執行秘書李素真：〈我們正在寫歷史——搶救國文教育聯盟成立因緣〉，《國文天地》第3、4月號（2005年）。按：筆者於二〇〇九年十二月即邀李家同教授到聖母專校演講「大量閱讀的重要性」。

44 何飛鵬：〈中文乃眾學之本〉，余光中等著：《自豪與自幸——二十堂名家的國文課》，頁16。

話題，不僅刊布於自己的園地，於他報如重慶《大公報》也見文章回應[45]。不管彼此論點異同為何，雜誌編者多能理性對待，像陳卓如對羅氏某些論點是持反對意見的，編者就態度明確地說：

> 本期刊載了陳卓如先生的「從『搶救國文』說到國文教學」。陳先生寄這篇稿子來時附有一信，並附了退稿的郵票。他說，「我這篇文章，說話很直率，怕你們不肯發表，所以附了郵票，請你們於決定不登時把稿退還我。但如果登出的話，我是不願意人家替我增刪字句的。」這篇文章，誠如陳先生所說「說話很率直」，但沒有人身攻擊的話，所以我們樂於刊登，並且遵照陳先生的囑咐，在字句上不曾加以增減。本誌雖然偏重於輔導青年學習國文，但對於國文教學上的重要問題，也歡迎公開討論。[46]

可見桂林版《國文雜誌》開放包容的編輯立場，類似的討論在《國文月刊》、《國文雜誌》很常見。陳平原說：「所有的作品都是在互動的網路中生成的，所有的作家都不是從天而降，而是在與前代或同代的作家對話中創作。在朋友中、在圈子裏、在報章上，作家醞釀思路並最終完成著述。作品在網路中生成，也只有回到特定的網路中，你

---

45 《國文雜誌》讀者鍾順光來信說：「讀了第二卷第一期貴誌所載羅根澤先生的『搶救國文』，又讀九月十八日重慶大公報王平陵先生的『關于搶救國文』，我心裏發生了無限感觸。王平陵先生的文章相當長。節錄如下：『此刻許多人把青年們國文程度的低落，常常深致其憂慮，『國文月刊』（編者註：係《國文雜誌》之誤）上爰有『搶救國文』的呼號，以□（筆者按：原刊該字模糊，無法辨識，暫以□代）促勸時人的覺醒，趕速想法在這一方面盡一點人事。我對於這些先生們的苦心孤詣，除了表示欽佩外，無話可說』」〈關於「搶救國文」〉，桂林版《國文雜誌》第2卷第5期（1943年11月），頁16。

46 雲：〈編輯者的話〉，桂林版《國文雜誌》第2卷第3期（1943年9月），頁8。

才能真正理解他。一旦抽離特定的語境，作為單獨的文本，不太好準確把握。」[47]目前市面雖有葉聖陶、朱自清等的全集本、單行本，但往往因為抽離了當時撰文的語境，無從瞭解當時發言的原委、與誰對話，以原載桂林版《國文雜誌》第二卷第五期的葉聖陶〈讀羅陳兩位先生的文字〉為例，《葉聖陶集》收錄了，但同時也改題為〈讀了《搶救國文》的呼籲〉，設若沒有覆按原刊，容易誤會為僅針對羅氏〈搶救國文〉一文而發，實則葉氏涉論了羅、陳兩方的意見；又因對話的人，不見得是名人，所以也無相關專集可資查索。《國文月刊》、《國文雜誌》發行的年代，尚能形成客觀的論學環境，現今臺灣搶救國文聯盟雖也著重文化素養及一般的語文溝通能力，然而不可否認，這個行動夾雜著若干政治糾葛。西南聯大的學者、中學教師及其他關心語文教育者在《國文月刊》、《國文雜誌》上大規模討論，多半針對語文問題本身而談，其撰文動機多基於純粹改進語文教學之設想，政治枝節較少。

五　結論

　　如李歐梵所指：現代性乃從「現時」這個基點考慮「過去」和「將來」[48]。一九三〇、一九四〇年代的中國，在語文教育發展史上，時空背景相對單純，國共雖有摩擦但未實質分裂，爭論得不可開交，但多直指問題本身。《國文月刊》、《國文雜誌》匯集了關心中

47　陳平原：〈報刊研究的視野及策略〉，《晚清文學教室：從北大到台大》，頁33。

48　見李歐梵：《上海摩登：一種新都市文化在中國1930-1945》（*Shanghai Modern: The Flowering of a New Urban Culture in China, 1930-1945*）（香港：牛津大學出版社，2006年，增訂版），頁370。

學、大學語文議題的諸多面向，可以客觀去討論簡體字（柏寒〈有根據的簡筆字〉）、矯正錯別字（龐翔勛〈談初中學生錯字之矯正──江蘇省立洛社鄉師三年級的一個試驗報告〉）、分析誤讀字（羅莘田〈誤讀字的分析──為雲南中等學校師資進修班講演〉）、理性辨析繆句（朱自清〈文病類例〉、德炎〈繆句選改〉），也可以加強邏輯思辨（王力〈邏輯與語法〉），即使談論大學中文系的課程安排，發言者各持立場，但也能自由表述[49]。研究《國文月刊》、《國文雜誌》的第一層預期成果，就是檢視那些提出過、爭論過的觀點，雖未必是定論，但可與現今的語文教學對照，提供實際的參照。

　　探討此一課題，不能只關注當時的論辨以及各種語文調查報告，而更在乎的是在談論應該上什麼課、教什麼、學什麼之外，到底他們是怎麼認知、如何去想、怎樣建構專業的語文教育，王力說：「記得十二年前，清華大學中文系的一個學生曾在《清華週刊》上表示過他對於本系的失望。他說，清華中文系的教授如朱自清、俞平伯、聞一多諸先生都是新文學家，然而他們在課堂上只談考據，不談新文學。言下大有悔入中文系之概。等到那年秋季開學的時候，照例系主任或系教授須向新生說明系的旨趣，聞一多先生坦白地對新生們說：『這裏中文系是談考據的，不是談新文學的，你們如果不喜歡，請不要進中文系來。』我不知道聞先生近年來的主張變了沒有；我呢，始終認為當時聞先生的話是對的，不過，考據二字不要看得太呆板，主要只是著重於研究工作（research works）就是了。」[50]王力發表這段話是

49　就以當時王力、楊振聲、丁易、李廣田諸位大學教授所爭論的中文系為例：究竟如何定位或要教些什麼。王力反對在大學裡教授新文學，但不反對教人怎樣創作；丁易主張中文系以教授創作為主；李廣田認為若不創造新文學，他日要傳遞給後人什麼文化；楊振聲則以整個文化的立場去論，認為提倡新文學或講授新文學，正是勇於承認現代的精神，承認現代就是為了將來、為了文化發展。

50　王了一（王力）：〈大學中文系和新文藝的創造〉，《國文月刊》第1卷第43、44

在一九四六年，他所提及的十二年前之清華大學中文系學生的反映，呈現了一九三〇年代聞一多主持該系傾重古典的特色；而一九四〇年代的西南聯合大學中文系，由來自北京大學中文系的羅常培主持系務，他的立場也同於聞一多，此可由該系校友劉北汜以下的這段回憶旁證：

> 我剛考進西南聯大中國文學系。當時的系主任是羅常培（莘田），聞一多、朱自清、李廣田、沈從文、楊振聲等都在系裏任教。在入學之後，系裏曾發給每一個新生一份表格，調查他們的興趣和家庭情況。我在「課外愛讀書籍」項下填的是「愛讀新文藝作品，討厭舊文學。」不料這一條引起了羅常培先生的不滿，在系裏舉行的迎新茶會上，他站起來說：「有一個學生（未提我的名字，只提了學號）的思想需要糾正。他說他討厭古文學，這是不成的，中國文學系就是研讀古文的系，愛新文藝的就不要讀中國文學系！」他很激動，我呢，覺得受了指責，是惹了禍，一時很是狼狽。沒有想到的是朱自清先生和楊振聲先生都立即站起來為我說了話。他們的意見相近，都以為中國文學系應着重研究白話文。朱先生當時很憤激的說：「我們不能認為學生愛好新文藝是要不得的事。我認為這是好現象，我們應該指導學生向學習白話文的路上走。這應是中文系的主要道路。研讀古文只不過便利學生發掘古代文化遺產，不能當作中文系唯一的目標！」茶會成了辯論會，朱、楊兩先生那種認真的態度也就一直留在我的腦中，成為歷久彌新的印象。[51]

期合刊（1946年5月），頁7。

51 劉北汜：〈自清先生在昆明的一段日子〉，《文訊》第9卷第3期（1948年9月），

　　關於中文系的走向，清華大學及西南聯合大學的學生皆抱怨老師
不談新文學，而聞一多、羅常培則期許以古文研讀及學術考據為重，
然檢視聞一多、羅常培發表在《國文月刊》的文章，兩人確實均注重
古典訓練，但他們也不忘要以深入淺出的方式引導學生，聞一多講
《楚辭》——如其〈怎樣讀九歌？〉；羅常培講文字聲韻學——如其
〈誤讀字分析〉、〈什麼叫「雙聲」「疊韻」〉、〈漢字的聲音是古
今一樣的嗎？〉、〈反切的方法及其應用〉。至於中文系的特色，聞
一多對新生直截了當地嚴正宣示「談考據」，但在〈調整大學文學院
中國文學外國語文學二系機構芻議〉裡則展示反思中西對立及調整舊
制課程的用心；羅常培對新生劉北汜喊話「愛新文藝的就不要讀中國
文學系」，但在〈中國文學的新陳代謝〉卻承認不能一筆抹殺現代文
學作品、訂出「生存不錄」的限制[52]。此外，羅常培也重視基礎語文

　　頁136。劉北汜又說：「羅先生原是北大中文系主任，三校合為聯大後，轉而主
　　持聯大的中文系。這一系，因為匯合了三校人材，教授陣容整齊，學生是頗多
　　的，但這樣的辯論卻很少有。後來楊振聲先生還在桂林出版的『國文月刊』上寫
　　了他對中文系的意見，朱先生（筆者按：朱自清）也好像有關於中文系的意見
　　發表。」（前揭文，頁136）其所提及楊振聲、朱自清對中文系的看法，按楊振
　　聲是在《國文月刊》發表了〈新文學在大學裏〉（載第28、29、30期合刊），而
　　朱自清的相關意見則刊於《高等教育季刊》，如〈部頒大學中國文學系科目表商
　　榷〉、〈論大學國文選目〉（載第2卷第3期，朱之兩文，皆收於1945年開明書店
　　印行、由葉聖陶與朱自清合著《國文教學》）。又按：劉北汜後來從中文系轉到
　　歷史系。

52　羅莘田（羅常培）：〈中國文學的新陳代謝〉，《國文月刊》第19期（1943
　　年），頁5-6。筆者按：第19-21期，這三期均未繫出版時間，依其編輯所言：「印
　　刷的困難從第十二期起開始，至今尚未完全解決。開明書店現在正竭力解決這個
　　問題，以後或不敢再常常脫期。」（見〈編後語〉，《國文月刊》第21期，頁
　　33），可知，該刊因遭遇印刷困難而致脫期，一度無法按時出刊，故第19-21期順
　　勢未標發行日。然據第十八期所示出刊時間為「一九四二年十二月」及第二十二
　　期註明「一九四三年七月」，第十九至二十一期的出版年份可先確知為一九四三
　　年，但不晚於該年之六月。

教育，不吝於月刊上分享以前教中學國文的切身經驗[53]。綜合前述，研究《國文月刊》與《國文雜誌》，能引領吾輩從另一角度觀察那個年代語文教育體制內外的發展軌跡，並從中提取足供反思的材料。

---

[53] 詳見羅莘田（羅常培）：〈我的中學國文教學經驗〉，《國文月刊》第20期（1943年），頁22-25。

肆

後出如何轉精：《開明文言讀本》對臺灣當代文言文教本的借鑑意義

一　前言

　　《開明文言讀本》緣起於對中學白話文言混合教學的反思，依據一九二二年新學制課程標準辦法規定，當時主張白話文言混合教學，不少教材的選編就配合這項混合式的政策。但此制施行二十多年之後，關心教學的一些人檢討了混合教法，認為：「雖有比較與過渡的好處，也有混淆視聽與兩俱難精的毛病。二十年來國文教學沒有好成績，混合教學也許是原因之一。」[1]為彌補混合式教材的不足，開明書店便分別發行了適合中學（初中、高中）使用的兩套專選白話讀本——《開明新編國文讀本（甲種）》（六冊，葉聖陶、周予同、郭紹虞、覃必陶編合編）[2]、《開明新編高級國文讀本》（二冊，葉聖陶、朱自清、呂叔湘、李廣田合編）[3]；以及兩套文言讀本——專選

---

*　此係一〇一學年度科技部專題計畫（NSC101-2410-H-562-001）之部分研究成果；曾發表於香港大學中文教育研究中心主辦「第四屆漢字與漢字教育國際研討會」（2013年8月）。

1　〈序〉，見葉聖陶、周予同、郭紹虞、覃必陶編：《開明新編國文讀本》（上海市：開明書店，1948年，三版），甲種第六冊注釋本，頁1。

2　《開明新編國文讀本》有甲、乙兩種之分，兩種各有注釋本及白文本（無注釋）。甲種出六冊，乙種出三冊。乙種專選文言，以敘述文為主。

3　《開明新編高級國文讀本》是《開明新編國文讀本（甲種）》的進階版，原規劃

文言文的《開明新編國文讀本（乙種）》（三冊，葉聖陶、徐調孚、
郭紹虞、覃必陶合編）、《開明文言讀本》（三冊，葉聖陶、朱自
清、呂叔湘編）[4]。

其中，《開明文言讀本》原規劃編成六冊，但最後因故只出了三
冊，此套文言教材的成書動機來自兩方面，首先：

> 作為一般人的表情達意的工具，文言已經逐漸讓位給語體，
> 而且這個轉變不久即將完成。因此，現代的青年若是還有學
> 習文言的需要，那就只是因為有時候要閱讀文言的書籍；或
> 是為了理解過去的歷史，或是為了欣賞過去的文學。寫作文
> 言的能力決不會再是一般人所必須具備的了。

其次：

> 在名副其實的文言跟現代口語之間已有很大的距離。我們學
> 習文言的時候應該多少採取一點學習外國語的態度和方法，
> 一切從根本上做起，處處注意它跟現代口語的同異。也許有
> 人要說，很多文言詞語都已經在現行的國語讀本裏出現，
> 這樣漸漸學會文言並不難，何必還要無中生有的去辨別同和
> 異？我們承認有這種趨勢，可是我們要指出，它的不良的效
> 果已經昭昭在人耳目，就是產生了一種陸志韋先生說的「八
> 不像」的白話文。所以這個趨勢應該糾正，不應該再直接間
> 接加以鼓勵。[5]

出六冊，但實際上只出二冊。

4 《開明新編國文讀本（乙種）》與《開明文言讀本》，兩種文言選本，彼此收錄
　　的篇章很少重複，兩邊皆收的文章，僅林嗣環〈口技〉。

5 〈編輯例言〉，《開明文言讀本》（上海市：開明書店，1948年），頁1。又
　　按：陸志韋語，見〈目前所需要的文字改革〉，收入《觀察》第4卷第9期（1948

歸結以上編者的想法，大意是指以文言為書面語的時代已漸遠，學習文言主要是為了避免誤解古書、瞭解往史及欣賞美文。

　　事實上，《開明文言讀本》出版三十年之後，一九七〇年代末鑑於當時無相同屬性課本可以取代，遂改編重印為一冊《文言讀本》。葉聖陶及呂叔湘在這冊改編合併本的前言裏，對先前的編輯宗旨與方針，提出了補充說明，云：「一、文言作為通用的書面語的時代已經一去不復返了。二、要求學習文言時注意辨別它跟現代語的異同，是為了防止用現代的字義和句法去讀古書，誤解古書文義，也是為了糾正在語體文中濫用文言詞語的不良風氣。」[6]從一九四〇年代《開明文言讀本》到一九七〇年代《文言讀本》、乃至一九八〇年代《文言讀本續編》（呂叔湘、張中行合編），無論是正編、改編抑或續編，此以文言為主的系列讀本，普受不同世代的讀者青睞，影響力歷久不墜，這個現象很值得注意。

　　尤其編輯群皆為一時之選，他們的編輯眼光及編纂品質，究竟有何特出及值得借鑑之處？本文欲瞭解開明書店編輯群怎樣認知「國文」，因為這關乎他們的教本之編寫理念與文言該如何教；亦擬針對《開明文言讀本》及臺灣市佔率較高的幾種國文課本的相同選文，經由取樣比較其間異同，截長補短，或為日後文言文教材的設計與編纂，提供可資參照的材料。

　　年），頁8-10。原文為：「六年小學已經把白話教成『八不像』的白話文了。」

6　〈前言〉，《文言讀本》，本文據引收錄《呂叔湘全集》（瀋陽市：遼寧教育出版社，2002年），第8卷，頁4。

圖一 《開明文言讀本》第一　　圖二 《開明文言讀本》第二　　圖三 《開明文言讀本》第三
　　　冊書影　　　　　　　　　　　　冊書影　　　　　　　　　　　　冊書影

二 一九四〇年代中學國文教學的實況

　　教育部在民國二十五年六月頒佈「修正中學國文課程標準」之高
級中學部分，把國文教學目標定為：「（壹）使學生能應用本國語言
文字，深切了解固有文化，並增強其民族意識。（貳）除繼續使學生
能自由運用語體文外，並養成其用文言文敘事說理表情達意之技能。
（參）培養學生讀解古書，欣賞中國文學名著之能力。（肆）培養學
生創造國語新文學之能力。」[7]部頒的選文標準也提示了七類：記敘文
（包括描寫文）、說明文、抒情文（包括韻文）、小說詩歌及戲劇、
應用文、文章法則（包括文法、修辭、各體文章作法等），並訂出各
項所應授之百分比。此外，還特別規定教材應加入以下的黨義文選：

---

7 「修正中學國文課程標準」，收於張文治編：《中學國文教師手冊》（上海市：
　　中華書局有限公司，1940年），頁12。按：該課程標準係教育部於民國二十五年
　　六月頒行，規範初級中學及高級中學兩部分，包含：目標、時間支配、教材大
　　綱、實施方法概要。

中山先生傳記及遺著、中國國民黨史略及歷次重要宣言、中國國民革
命史實、革命先烈傳記及遺著、黨國先進言論。

　　儘管政府把黨化教育納入語文教材，且須經教育部審定通過才能
發行，不過，抗日戰爭之前，坊間主要流通的商務印書館、世界書
局、中華書局、正中書局等版的中學教科書，因為彼此有競爭，故在
編輯、印刷及內容上尚能保持一定的水準。可是，抗戰之後，一方面
出版社受戰火波及，設備毀損、人員流離，出版產業遇到空前危機，
已無餘裕維繫先前的出版品質，國民政府此時卻以非常時期為由，
順勢把教本改為國定本，開明書店編輯之一覃必陶就指出國定本在某
種程度上箝制了編輯的空間，他說：「由教育部編選指定，然後讓幾
家大書店與教育部訂立契約，聯合承印。並可向政府貸款，分配到
紙張。這樣，這些大書店就被剝奪了編輯和出版教本的自由，變成了
『國定』教本單純的印刷和發行的機構，自己至多只能出版一些舊書
和雜書，以維持門面。」[8]國定教本除了既有的黨化傾向，另一大特色
即是深僻的文言居多，以商務印書館「復興高級中學教科書國文」為
例，作家徐中玉一九四七年曾調查上海某私立中學高三的國文用書，
該校即使用商務版，他說：

> 我查一查他們現在所用的第五冊，到去年四月為止，已發行
> 到第廿五版了。這真是一個驚人的數字！我的意思不是指它
> 的銷路之大，而是指它已經打消了中學生們多少學習的進步
> 與勇氣！

徐中玉點出了一九四〇年代末期商務印書館的教材不合適，但該館

8　覃必陶：〈《開明新編國文讀本》出版追憶〉，收入中國出版工作協會編：《我
　　與開明》（北京市：中國青年出版社，1985年），頁202。

供應各地學校的課本卻數量很大（經教育部審核，更取得發行的優勢），如徐中玉所親見的那冊國文課本就已發行了二十五版，從這個數字也不難想見它在國語文教育史上的重要位置。徐中玉為何負面看待商務印書館這套國文教材？檢視所選的篇目：

〈治學的方法與材料〉（胡適），〈國學叢刊序〉（羅振玉），〈古代圖書部居之概略〉（《隋書·經籍志》），〈漢書儒林傳序〉（《漢書》），〈漢學師承記〉（江藩），《清代學術概論》（梁啟超），〈答友人論學書〉（顧炎武），〈答李子德書〉（前人），〈閻百詩先生事略〉（《清朝先正事略》），〈顏習齋先生別傳〉（戴望），〈學辯〉（顏元），〈顏先生存學編序〉（李塨），〈六書論序〉（戴震），〈說文解字敘〉（許慎），〈轉注叚借說〉（朱駿聲），〈經傳釋詞序〉（王引之），〈關於甲骨學〉（周予同），〈古史新證總論〉（王國維），〈史釋〉（章學誠），〈中國史學之演化〉（何炳松），《宋學淵源記》（江藩），〈太極圖說〉（周敦頤），《明道語錄》（程顥），《伊川語錄》（程頤），〈西銘〉（張載），〈大學章句序〉（朱熹），〈白鹿洞書院記〉（呂祖謙），〈瑞安縣重修縣學記〉（葉適），〈與李宰第二書〉（陸九淵），〈絕四記〉（楊簡），〈明儒學案凡例〉（黃宗羲），〈大學問〉（王守仁），〈王陽明的知行合一說〉（梁啟超），〈知行總論〉（孫文）。

徐中玉認為這些內容對高三學生來說，所選取的古文過於深奧冷僻，能增進寫作技能的語體文又太少，而富有情趣的文藝作品未列入考慮。這樣，學生就感到困難無趣，進而疏遠它，惡性循環的結果就

是：「自入高中，國文反而一年比一年退步，一年比一年不想學國文了。」，「這種教材在師生之間，在課上課下便整個地造成了一個糊塗局面。」[9]徐中玉的觀察很值得參考，他認為當時教科書被政府壟斷、內容也沒有合宜的調整，他呼籲部定的教學目標及標準要更務實可行，否則書商依規定遵用選編反而誤人[10]。市面的多數中學國文教本，幾乎獨厚文言文（高中清一色古文、初中大半也是古文，甚至部分初中與高中國文的選文互見[11]。），不只商務印書館，世界書局編

9　以上所引均見徐中玉：〈國文教學五論〉（續），《國文月刊》第67期（1948年5月），頁9-10。筆者按：為便閱讀及統一體例，原引文所列作品，凡篇名號為引號者，逕改為新式〈〉；書名號未標者，則逕補為新式《》。下同。

10　徐中玉在一九四八年所見的教科書品質，明顯有別於晚清張元濟反覆斟酌的編纂用心及一九三〇年代商務印書館、中華書局、開明書店的專業水準，徐中玉在文章裡指出：社會環境、主政者的思想傾向會對教科書製作及教學的活動產生限制作用。抗戰之際因應特殊時局，多由教育部統籌，但戰後政府仍延續統編的作法，此舉引來「統制思想」、「與民爭利」之譏，究竟以官方主導還是民間書局負責為宜？此在中華書局發行的《中華教育界》，曾有激烈的正、反方對話，該雜誌主編云：「在對日抗戰期間，政府為要統一意志，集中力量，以推行國策起見，同時也為了要解決學校課本荒這一嚴重問題起見，對於所有中小學校應用的教科書，一變戰前由各出版家和私人編輯送部審定發行的辦法，而改行由政府來統編統印統銷的辦法；至於大學方面，不但儘可能的設法改組為國立，同時並運用黨團力量來控制紛歧的思想。這一政策在政府固因適應時勢而不得不然，但實施以來，卻很引起許多物議。現在抗戰已經勝利，獨裁國家次第都被征服，自由民主潮流，已充沛全世界每一角落，一年多以來，國內各在野黨派及前進人士，奔走呼號，一致為爭取學術研究的自由，呼籲黨團退出學校；就是當政的國民黨政府，也已於二中全會中議決將黨團運動從學校中退出；人民應有的各種基本自由，最近也已煌煌著於憲章，由國民代表大會正式通過。那麼究竟應怎樣才能確保學術思想的自由，以發揚真理，發展個性？以及部編教科書制度，究竟應否繼續存在？國內教育專家自當提出主張，使當政者知道有所抉擇，樹立健全的教育國策，改進良好的教育風尚。」（見編者〈復刊詞〉，《中華教育界》復刊第1卷第1期，1947年1月，頁2）關於審定本與部編本（國定本）的爭論，筆者將另文研討，此不贅述。

11　曾擔任國文教師的曹聚仁，對於國文教材編列混亂的情形，曾以「無政府狀態」

選的亦如此，誠如中學教師孫玄常所批評：

> 世界的高中第一冊一開始便是：《易·文言》、《尚書·牧
> 誓》、《毛詩·周南》之類，都是三代之文；中華教本也大
> 略如此。這樣的編法，儼然是一部文學史或學術史，其冠冕
> 堂皇，自不待言；但也畢竟犯了絕大的錯誤；國文教科書並
> 非文學史或學術史，編者忘記了教導學生宜「自淺入深」、
> 「自今入古」的原則。何況一開始便教學生讀「詰屈聱牙」
> 的周、秦之文，剛從初中畢業的孩子怎能理解領會呢？記得
> 我在國立九中教書時，幾位同事會開玩笑，說：「那麼，照
> 這個原則，我們豈不是該教學生先學寫『甲骨文』麼？」雖
> 說這話有點兒謔而近虐，也不是毫無道理的。

又：

> 在一班粗通文義的中學生，似乎還談不到什麼「體製」；
> 而且，既然以「體製為綱」，自然須得駢文、古文、詩、
> 賦、詞、曲種種皆備。這樣，五花八門，百貨雜陳，倒成了
> 一本「文體樣品簿」，對學生到底有多少益處，我實頗為懷
> 疑！……國文科的目的原在培養學生欣賞、理解和寫作的
> 能力；「文學源流」和「學術思想」的智識的灌注該是屬於

一語形容，他說：「有一時期，語文教學研究會搜集了所有的國語文教本，重新
編排比較，發見教材排列之『無政府狀態』，出乎意想之外。同一課文，見之初
中國文，也見之高中國文，同時也選在大學國文之中，一見不一見。商務本國語
教科書，第五、六冊，係顧頡剛所編選；（初中三年級用）其中十分之七，後來
都選入大學必修國文中去的。還有中華本的高中國文第三冊，也和正中本大學國
文大體相同。」見其著〈語文教學新論〉，《到新文藝之路》（香港：現代書
店，1952年，再版），頁5。按：鑑於固定教材艱深，有一時期開明書店還發行
「活葉文選」，使教師可以靈活運用。

　　「輔助作用」，本末分明，實不可顛倒。[12]

　　孫玄常以教師身分發言，他不諱言切身的教學經驗令人挫折，說道：「我曾在國立九中為高三學生講授朱子的〈仁說〉，繪表講授，足足化（筆者按：花）了十小時的工夫，自謂已盡最大的能力，不料學生依然大多莫名其妙！當時不免十分懊喪。」[13]他的無力感來自於國文教本內容沒有顧及學生的程度——教材淪為「好高騖遠」[14]，且沒有認清國文課應重視「文」（語文）的核心本質，又教師的訓練未必專於哲學義理，以致無可避免地含糊了之。

　　曾站在第一線授課的國文教師葉聖陶、朱自清、呂叔湘、覃必陶等人，則從實踐經驗意識到課程、教材及教法上存在很多問題，也覺得混合式不利於國文教學，文白應分開教、教材亦不宜混編，再加上社會輿論對國定本黨化教育的反彈，不少讀者致函開明書店，望葉聖陶等語文專家編出合宜的教本。據參加編輯的覃必陶回憶：

12　以上所引，見孫玄常：〈擬「高中國文教本目錄」〉，《國文月刊》第54期（1947年4月），頁23-24。

13　孫玄常：〈擬「高中國文教本目錄」〉，《國文月刊》第54期（1947年4月），頁23。又按：孫玄常的教學挫折，並沒有讓他放棄鑽研的動力，課後繼續研究，把心得寫成〈朱子仁說疏證〉，發表在《國文月刊》第47期（1946年9月）。他說：「三十四年春，余為國立第九中學高中三年級諸生講授〈仁說〉，（正中課本選入）時授課苦多，鞅掌終日，未遑詳考。退而反躬，自視欿然。秋日稍暇，始發校中藏書檢閱之，時或舊筆摘錄，歷月餘，居然盈秩，遂為篤定，命曰：〈仁說疏證〉。」（見前揭文，頁27。）

14　孫玄常說：「正中的國文課本：第一冊便選了張載〈西銘〉和曾鞏〈宜黃縣學記〉，對於初中剛畢業的孩子如何能適合？其他，如正中第五冊選的《易‧繫詞》、《詩‧閟宮》、《莊子‧齊物論》；第六冊選的朱熹〈仁說〉、戴震〈原善〉；世界第六冊選的《老子‧上篇》、《尚書‧秦誓》、《荀子‧非十二子》、〈離騷〉、《周易正義》『論重卦及卦辭、爻辭』……之類，不僅學生無法接受，連教師也不免困難重重，真不免『好高騖遠』之患了。」見其〈擬「高中國文教本目錄」〉，《國文月刊》第54期（1947年4月），頁24。

在社會上一片反對「國定」國文教本的聲浪中，有不少讀者寫信給開明編輯部和《中學生》雜誌社，希望開明書店出面編輯出版新的國文課本，以突破教育部對教本的封鎖。他們提出這樣的希望，是有其想法的。當時開明編輯部門有好幾位語文專家，特別是編輯部的主持人葉聖陶，更是公認的語文大師。所以他們認為國文教本由開明來編，最為適合，影響也大。……。抗戰勝利以後，開明編輯部曾經考慮為了順應時代的潮流，擬編一套新的國文讀本，並且初步制定了一個編輯計劃。這時，在社會輿論的推動下，這種想法和計畫就越來越具體化了。編輯部經過幾度商議，確定了編輯這套讀物（筆者按：即《開明新編國文讀本》）的幾個要點：（一）為了矯正「國定」教本提倡讀古文的流弊，決定將白話和文言分開來編。一部專編白話，一部專編文言。當前最緊要是編出一部以現代白話為主的教本，培養學生充分運用現代白話閱讀和寫作的能力。其次，為使學生熟悉和接受祖國文化遺產，了解祖國語文的源流和發展，編一部文言國文課本供他們學習，也是必要的。但是選文需要照顧初學者的閱讀和理解能力，多選平易流暢、樸質自然的作品，絕對不要像「國定」教本那樣，選些古拙深奧或雕琢堆砌的詩文，讓讀者去死背硬記。[15]

從覃必陶的文字，很能反映當時出版界艱困的時代背景，以及「開明編輯人員的膽識」（覃必陶語），開明書店一九四〇年代中期以後，站在國定本的另一面而編寫的系列新穎、擺脫意識型態干擾的課本，以當時的政治氛圍，開明編輯群無疑冒了很大的政治風險，從這點而

---

15 覃必陶：〈《開明新編國文讀本》出版追憶〉，收入《我與開明》，頁203-204。

論，確實有過人的膽識。

另外，王石泉也提到中學教本文言、白話混編的不妥：

> 現在中學裏的國文教本，白話、文言兼收。經史子集，無所
> 不包；詩詞歌賦，應有盡有。這個風氣從十一二年開始，相
> 沿至今，並無改革。編者初意，是要學生紅黃藍白，酸甜苦
> 辣，都看一點或嘗一點，結果雜亂無章，文體殊異，學生不
> 知從何學起。更因為文白混合，剛上了朱自清的〈背影〉，
> 又接着上韓愈的〈原道〉，忽古忽今，情趣上極為不調和。
> 一般老師又認為國文教學不過是欣賞文學或介紹固有文化，
> 除逐句講解外，能夠講點謀篇佈局，就算教得不錯，很少有
> 人認真的講求教學方法。認真的國文老師要自選教材，又限
> 於參考資料，限於時間精力，不容易編選出一種比較理想比
> 較完整的教本。再說，國文老師並非都是專家，在認識與經
> 驗上，都有所限制。一部理想的國文教本，很久以前就有人
> 希望由幾個致力於國文教學的專家編着出來，從教學的過程
> 中估定價值，逐步改良，產生一種比較理想的教本。[16]

王石泉不滿意文白混合的現況，期待出現執教中學而具經驗豐富的專
家可以編出理想的教本。他的殷盼其實也呼應了孫玄常對教育界老前
輩的失望：「許多高中國文教本的編者都是德高望重的老前輩，吾輩
何敢輕議？但我們終禁不住要批評：他們都犯了共同的毛病，就是不
太瞭解學生程度。」[17]怎樣編出適合中學生程度的教本？首先無可規

16　王石泉：〈介紹開明國文教本〉，《國文月刊》第78期（1949年4月），頁78。
　　按：王石泉該文，原載一九四九年二月九日成都《西方日報》。
17　孫玄常：〈擬「高中國文教本目錄」〉，《國文月刊》第54期（1947年4月），頁
　　24。

避的是：國文的內涵究竟何指？基本概念模糊，也就難知如何面對。

三 如何認知「國文」的內涵？

近代，「國文」成為國民教育之前，科考機制下的教材與目標都很清楚，其以經書原文及朱熹注解為核心，而沒有現代國民教育須讀的算數、公民、英文等科，誠如葉聖陶所言：「惟有國文一科，所做的工作包括閱讀和寫作兩項，正是舊式教育的全部。」[18]一九〇四年一月十三日（清光緒二十九年十一月二十六日）清政府正式頒佈《奏定學堂章程》（即「癸卯學制」），拉開了實施現代學制的序幕，規定中學堂開設十二門課：「一、修身，二、讀經講經，三、中國文學，四、外國語（東語、英語或德語、法語、俄語），五、歷史，六、地理，七、算學，八、博物，九、物理及化學，十、法制及理財，十一、圖畫，十二、體操。但法制理財缺之亦可。」[19]又，一九一二年十二月教育部公布《中學校令實施細則》（即「壬子癸丑學制」）：「中學校之學科目為修身、國文、外國語、歷史、地理、數學、博物、物理、化學、法制經濟、圖畫、手工、樂歌、體操。」[20]在新體制內的規劃，很多新興科目是舊式教育沒有的，晚清僅有「中國文學」、「修身」、「讀經講經」之區分，到了民初的學制，「國文」才獨立命名而與十幾門學科並列。蔡元培就說：「從前的人，除了國文，可算是沒有別的功課。從六歲起到二十歲，讀的寫的，都是

---

18 葉聖陶：〈發刊辭〉，《國文雜誌》第1卷第1期（1942年8年，桂林版），頁3。

19 《奏定學堂章程》，見朱有瓛主編：《中國近代學制史料》（上海市：華東師範大學出版社，1987年），第2輯上冊，頁176。

20 《中學校令實施細則》，轉引自吳小鷗著：《中國近代教科書的啟蒙價值》（福州市：海峽出版發行集團．福建教育出版社，2011年），頁52。

古人的話，所以學得很像。現在應學的科學很多了，要不是把學國文的時間騰出來，怎麼來得及呢？而且從前學國文的人是少數的，他的境遇，就多費一點時間，還不要緊。現在要全國的人都能寫能讀，哪能叫人人都費這許多時間呢？」[21]蔡元培認為以前只有「少數的」學國文，而進入現代社會以後，傳統的菁英教育已轉向普及，「全國的人」都要能寫能讀，問題是：傳統考生追求的是如何在制藝之文中游刃有餘。科舉廢除、民國成立之後，各新式學校興起，以往的教材、目標已被視為不切世用，必須讓新一代的學生具有讀寫能力，一時之間，學制、教材、教法等諸多問題因而浮現。

　　議題眾多，首先無可規避的是：國文的內涵究竟何指？基本概念若清楚，要怎樣面對就並不困難。夏丏尊說「國文原是一個籠統的科目」，他道出了癥結：

> 國文為中學科目中最重要的一科，也是最籠統的一科。因為文字原是一切學問的工具，而一國的文字又有關於一國的全文化，所以重要，因為內容包含太廣泛，差不多包括文化及生活的全體，教學上苦於無一定的法則可以遵循，所以籠統。一篇〈項羽本紀〉當作歷史來讀，問題比較簡單，只要記到歷史上楚漢戰爭的經過情形就夠了，如果當作國文來讀，事情就非常複雜，史實不消說須知道，史實以外還有難字，難句，敘事的繁與簡，人物描寫的方法，句法，章法，以及其他現出在文中的一切文章上的規矩法則，都須教到學到才行。這些工作，往往一項之中又兼含其他各項，倘若要一一教學用徧，究不可能，教者無法系統地教，只好任學生

21　蔡元培：〈國文之將來〉，收入高平叔編：《蔡元培全集》（北京市：中華書局，1984年），第3卷，頁357。

自己領悟，學者也無法系統地學，只好待他日自己觸發。結
果一篇〈項羽本紀〉對於一般學生只盡了普通歷史材料的責
任，無法完全其在國文課上的任務。國文與歷史的關係如
此，對於其他各科亦然，國文科原是本身並無內容，以一切
的內容為內容的，所以教學上常不免有籠統的毛病，不若其
他各科的有一定步驟可分。[22]

夏丏尊所舉〈項羽本紀〉之例，即說明失掉了國文教學的主要目的。
過去，國文科常被視為玄妙籠統，缺乏客觀具體的理論體系，或與國
學概念相混。國學與國文的曖昧[23]，有其時空背景；傳統的範文教學
原結合了這兩者，基本內涵不只是語文也包含背後的文化意涵，從近
代學制對「講經讀經」、「國文」、「國語」名稱的規範及演變即可
窺悉。錢選青、宋學文在〈新課程的國語科標準之實施〉裡有一段關
於小學國語科的發展源流考察，謂：

民元前十年的小學科目時間表裏，可以找到的國語科的淵源
是「作文」，「習字」，「讀經」三科。民元前九年，學堂
章程經張之洞等重訂，把三科歸併成「講讀經」與「中國文
學」兩科。此次改變，除講讀經之外，已能注意及普通文
學。民元前二三年，兩等小學課程略有變動，當時中央教育
會議嘗提議廢止讀經，結果未能通過。直到民國元年七月，
前教育部規定小學課程，方才把讀經廢去。此時國語科的淵
源是「國文」一科。包括「寫字」，「作文」，「讀文」三
目。在全部課程中，國文科占教學時間最多，亦為全部課程

---

22 夏丏尊：〈國文科的學力檢驗〉，《中學生》第46號（1934年6月），頁1-2。
23 有關國學名誼的指涉演變，可參高大威：〈從「國學」到「漢學」名誼轉變的考
察〉（教學講義），1996年。

中最重要的一科。民國四年袁氏竊國，高小課程裏，又加讀
經一目。不久袁氏失敗，讀經如曇花一現，旋卽消滅。民國
八年，發生五四新文化運動，海內學者對於本國文化，皆具
革新的決心和毅力。此種運動實是改進課程標準的偉大潛
力。民國十二年，全國省教育聯合會適應時代的要求，擬定
小學課程綱要。各科課程，大加改變，標準詳備，并列有教
學方法和畢業最低限制等項，尤為具體而易實施。一切以兒
童為本位，而顧到兒童的生活和學習心理。各科內容，都有
一番重大的改革，以國文而論，小學校中一律廢止文言文，
把原有國文科，改為國語科。「國語科」的名稱，從此產
生。照此看來，國語科是從讀經科與國文科中脫胎出來的。
換句話說，國文科與讀經科在課程沿革上實是國語科的淵
源。國語科包括寫字，作文，讀文三目，讀文以兒童文學為
中心。三目之外，添設語言一目，從此國語科在小學課程中
更為具體化了。[24]

此文雖對小學國語科之課程標準問題而發，但通盤考察現代國語文相
關觀念之實質內涵，原來「國語科」的名實即兼含「國文」及「讀
經」。由此可知，早期對國語文的認知，並不是文學或語文的，它夾
雜了傳統的經學義理。商務印書館所編纂各級教科書裡，即使已有為
國文設計專門教材，但部分取材仍存傳統道德訓示的元素，除識字、
造句、作文之外，也往往期望透過選文的思想內容潛移默化、養成學
生高尚的品格及增進生活的知識，國文雖單獨設科，也與修身、公民
課程有所區隔，然長期以來以國學為導向的教學並未消歇。

---

24 錢選青、宋學文：〈新課程的國語科標準之實施〉，《中華教育界》第20卷第5期
　　（1932年11月），頁61-62。

　　《開明文言讀本》編者之一的呂叔湘，原本在中學教英語，後因校長的安排而教起國文課，他回憶說：

> 　　我和漢語語法第一次發生關係，說起來很可笑。我大學畢業之後，頭一年是在我家鄉丹陽縣初中教書。那個中學是在我畢業的前一年剛剛辦起來，我進去的時候才招第二屆，全校一共兩個班。校長是北京師範大學畢業的，也是學英語的。兩個人教兩個班英語。他是校長，教一個班就可以了，我這個普通教員，教一個班鐘點就不夠。校長說：「這樣吧，你再教一個班的國文文法。」我說：「國文文法我不會教啊！」「你找本書看看嘛」，他說，「不是有本書叫《馬氏文通》嗎？」其實他也只是聽說有這麼一本書，並沒有看過。我沒有辦法，就莫明其妙的教起「國文文法」來。明天要講，今天看一看；今天看懂多少，明天就講多少。這是我跟漢語語法第一次發生關係。《馬氏文通》本身就不大好懂，很煩瑣，內部矛盾很多。所以一年下來，我對《馬氏文通》還是稀裏糊塗的。學生聽我的課到底懂多少，我很懷疑。不過那時候的學生好說話，反正國文課只考作文。[25]

從校長對《馬氏文通》的既定印象以及呂叔湘「打鴨子上架」的現象[26]，可見當時對這門科目的認知並不是很嚴謹的。而五四時期的中

25　呂叔湘：〈學習‧工作‧經驗——在北京市語言學會召開的治學經驗座談會上的講話〉，《呂叔湘全集》，第13卷，頁160。

26　呂叔湘在一九八五年十月四日對上海教育出版社編輯人員座談會上，也重提在雲南大學教授文法的早年經歷：「我是學外語的，大學出來就教外語。……雲南大學給我排課，我原來在那裏教英語，系裏又給我排了一門『中國文法』，叫我教這個東西，真是打鴨子上架。……對於中國文法，我當然知道一點，可是沒有怎麼認真的研究過。怎麼上課呢？就只能去補課，現批現賣。上課以前找些東西來

學生，又怎樣接觸國文？他說：

> 我是「五四」時代念的中學，周有光先生跟我是中學裏的老
> 同學。我們念的中學在常州，是江蘇省立第五中學（現在是
> 江蘇常州中學）。那個時候，這所學校很有名，實際上呢，
> 放任得很，和現在的學校不一樣。大概和當時所有的學校
> 差不多，學生比較重視的課只有國、英、算三門（國文、英
> 文、數學），別的就都很馬虎。其實在這三門課裏，國文老
> 師也抓得不那麼緊。他選些文章在課堂上講一講，學生有什
> 麼問題，他就不大管了，我們也不大提問。[27]

這突顯了當時「國文」科目雖然表面上受到重視，但對教材的輕忽及
無章法的教學，卻依舊是校園課堂上的真實情形。

　　葉聖陶在一九四二年八月出刊的《國文雜誌》（桂林版）創刊號
上表示：

> 現在的感嘆家早也一聲「國文程度低落」，晚也一聲「國文
> 程度低落」，好像從前讀書人的國文程度普遍的「高升」似
> 的；其實這那裏是真相。知道和通文達理的是極少數人同
> 時，有大多數人一輩子不能從讀書達到通文達理，就會相信
> 從前讀書人的國文程度並沒有普遍的「高升」了。為什麼不
> 能普遍的「高升」？就為舊式教育守著古典主義和利祿主

看看，拿些問題研究研究，還得編個講義。那個時候我是相當窘，不過有好處，
這樣自己的學識範圍就擴大了一點，就多了一個領域了。以後我實際上就改行
了，不再教英語，而是研究漢語了。」見其〈編輯的修養〉，《呂叔湘全集》，
第12卷，頁368-369。

27 呂叔湘：〈學習・工作・經驗——在北京市語言學會召開的治學經驗座談會上的
講話〉，《呂叔湘全集》，第13卷，頁156。

義。現在的國文教學旣然繼承着舊式教育的精神，牠不能表現成績，不能使學生的國文程度普遍的「高升」，正是當然的結果。必須有正確的認識，國文教學才會有成績。

國文程度低落現象存在已久，國文教學難有成績，似也變得理所當然，葉聖陶直言「現在的國文教學訓練出來的學生，國文程度實在不足以應付生活，更不用說改進生活」。他明確指出要「正確」認識國文？過去因對國文教學沒有正確認識，課程、教材以及教法發生很多的問題。國文是各級學校裡的重要基本科目，閱讀與寫作能力也是適應生活的必要表達工具，葉聖陶甚至把國語文拉高到「應付生活」、養成「普通公民」的憑藉。葉聖陶說：

> 學校裏的一些科目，都是舊式教育所沒有的；惟有國文一科，所做的工作包括閱讀和寫作兩項，正是舊式教育的全部。一般人就以為國文教學只須繼承從前的傳統好了，無須乎另起爐竈：這種認識極不正確，從此出發，就一切都錯。舊式教育是守着古典主義的：讀古人的書籍，意在把書中內容裝進頭腦裏去，不問牠對於現實生活適合不適合，有用處沒有用處；學古人的文字，意在把那一套程式和腔拍模仿得到家，不問牠對於抒發心情相配不相配，有效果沒有效果。

又表示：

> 讀書作文的目標在取得功名，起碼要能得「食廩」，飛黃騰達起來做官做府，當然更好；至於發展個人生活上必要的知能，使個人終身受用不盡，同時使社會間蒙受有利的影響，這一套，舊式教育根本就不管。因此，舊式教育可以養成記誦記憶很廣博的「活書櫥」，可以養成學舌很巧妙的「人形

鸚鵡」，可以養成或大或小的官吏以及靠教讀為生的「儒學
生員」；可是不能養成善於運用國文這一種工具來應付生活
的普通公民。[28]

同樣的想法也見於夏丏尊，夏丏尊期待中學畢業生應具的國文程度
是：

> 他能從文字上理解他人的思想感情，用文字發表自己的思想
> 感情，而且能不至於十分理解錯誤、發表錯。他是一個中國
> 人，能知道中國文化及思想的大概。知道中國的普通成語與
> 辭類，遇不知道時，能利用工具書物自己查檢。他也許不能
> 用古文來寫作，卻能看得懂普通的舊典籍。他不必一定會作
> 詩，作賦，作詞，作小說，作劇本，卻能知道甚麼是詩，是
> 賦，是詞，是小說，是劇本，加以鑑賞。……能知道全世界
> 普遍的古今事項，知道周比特（Jupiter）阿普羅（Apollo）
> 委娜斯（Venus）等類名詞的出處，知道「三位一體」、
> 「第三國際」等類名詞的意義，知道荷馬（Homer）拜倫
> （Byron）是甚麼人，知道《神曲》（Devine Comedy）《失
> 樂園》（Paradise Lost）是誰的著作，不會把「梅德林克」
> 誤解作樂器中的曼陀鈴，把「伯訥特・蕭」誤解作是一種可
> 吹的蕭！（這是我新近在某中學校中聽到的笑話，這笑話曾
> 發生於某國文教員）。

夏丏尊認為理想的中學生要能通暢地表達情意，他自認開列的條件不
嚴苛，他說：「我理想中所期待懸擬的中學畢業生的國文科的程度是

28　以上所引均見於葉聖陶：〈發刊辭〉，《國文雜誌》第1卷第1期（1942年8月，桂
　　林版），頁4、3-4。

這樣。這期待也許有人以為太過分，但我自信卻不然。中學畢業生是知識界的中等分子，常識應該夠得上水平線。」如能滿足上述的國文學力，接受適宜的養成教育，那麼中學畢業生無論選擇升學或不升學，皆各有其生存的本錢。就升學者，「可以進窺各項專門學問，不至於到大學裏還要聽名詞動詞的文法，讀一篇一篇的選文」；不升學者，「可以應付實際生活，自己修補起來也才有門徑」。夏丏尊在乎的國文能力，其實兼攝了語文能力及普通知識，他覺得所擬出的門檻與當時部定的國文科畢業最低限度之辦法相去不遠，最大的差別是：「教育部的規定，把初中高中截分為二，我則汎就了中學生設想而已。」而彼此的交集則在指出國文學習的兩種途徑——閱讀與寫作，夏丏尊說：「閱讀，就是我在前面所說的『從文字上理解他人的思想感情』的事，寫作就是我在前面所說的『用文字發表自己的思想感情』的事。」[29]換言之，一個中學畢業生的表情達意之基本能力，要學會閱讀及寫作，夏丏尊、葉聖陶等人指出了國文最核心的語文內涵，他們在開明書店所主編的雜誌及所選編的教材便強調系統、注重教學方法。

四　《開明文言讀本》的編纂特色

（一）編輯群具「編、校、著」實力

　　與過去相較，前清學部編教科書，往往是編、校不一，江夢梅描述前清學部編書的情形，云：「吾國官場辦事，毫無心肝，毫無條

29　以上所引均見夏丏尊：〈關於國文的學習〉，《中學生》第11號（1931年1月），
　　頁2-3、3、4、5。

理。學部編書局並非無人材，然在外間或可編出適用之書，在部則決無其事，一則應酬甚繁，安能全力辦公。……二則局員分編輯、校勘二種。編輯者尚有明教育之人，校勘者大概詞林中人，不知教育為何物，持筆亂改；每有原稿尚佳，一經校勘，反不適用者矣。校勘之後，尚須呈堂官，較校勘者輩分愈老，頑固愈甚，一經動筆，更不知與教育原理如何背謬。然以堂官之威嚴，何人敢與對抗。」[30]但開明書店的編纂群則是志趣相投，且編輯者往往「編」、「校」、「著」三合一。翻閱朱自清、葉聖陶及呂叔湘的日記或往來書信，關涉《開明文言讀本》的記載非常多，從中可看見他們寫文稿、注釋教本或編輯他人稿子均持嚴謹的態度。以朱自清書信為例，他在一九四七年十二月六日寫給葉聖陶的信提到願意加入《開明新編高級國文讀本》、《開明文言讀本》的編寫行列：

> 叔湘兄所言高中國文教科書編輯綱領甚新。弟願加入為基本編輯人。信到後江清兄（筆者按：浦江清）來談，謂叔湘有信與渠，囑對綱領表示意見。弟即以尊信示之。渠對文言教本有興趣，但頗以叔湘兄所言辦法太雜，並主張文言第三冊全選近代之作，所謂新文言者。弟對第一點，認為照江清兄辦法，以《古文觀止》所選為根據，似嫌平常，不能一新耳目。照叔湘兄辦法，或可成一新傳統，但自不宜太雜，犯五四後一般教科書之病。當然，叔湘兄選文言重在讀，與一般教科書不同。茲事體大，容細思之。又多選新文言，弟極

---

30 江夢梅：〈前清學部編書狀況〉，轉引自楊揚：〈商務印書館與上海〉，收入張元濟研究會、張元濟圖書館編：《張元濟研究論文集：紀念張元濟先生誕辰140週年暨第三屆學術思想研討會論文集》（北京市：中國文史出版社，2009年），頁90。按：感謝浙江海鹽張元濟圖書館館長楊姜英女士惠贈有關張元濟學術思想研討會的論文集。

以為然。弟囑江清可函叔湘。關於加入一點，江清兄尚未決定。最好兄托叔湘再與一商，俾可早定，共同進行。又弟主張篇後各項都用白話，並主張每篇提出問題幾個，這辦法在弟教學經驗上覺得比各段大意好。各段大意確太板，叔湘不列入是對的。至語法方面鄙意宜由叔湘兄一手辦之。關於工作進行及分配辦法，弟全同意。最好動手時，兄寫一樣篇來，弟可照做，如此可以一律。抄寫不需甚好，但分段和點句以及出注符號等如何安排，似宜斟酌。又文言不用標點，弟尚懷疑，為讀者用者便利，似仍以標點符號為宜，但不妨少用「；」、「：」兩號。至注音，弟意用注音符號是較為實際的。以上匆匆寫出，如有別種意見，再當奉告。[31]

　　這封信透露了幾項訊息：一、浦江清雖未實質加入編輯團隊，卻曾提供取資《古文觀止》為選編參考的意見，然朱自清以為此較無新意，而是認同呂叔湘「選文言重在讀」的立場，「讀」的思考不僅反映了朱自清向來重視「誦讀」、「閱讀」的語文教育基調，也見得這套讀本有突破取材格局的用心。二、在輔助學習的方法上，朱自清建議使用白話來講解，而且每篇選文之後可規劃若干問題，但不列出段落大意；至於注音符號及標點符號，基於便利讀者著想，應該要考慮標示。三、文言文的語彙及文法，朱自清認為由熟悉此道的呂叔湘執筆較為適宜。若把以上朱自清的幕後編輯觀點和成書後的〈編輯例言〉對觀，可以發現〈編輯例言〉所謂的「我們學習文言的時候應該多少採取一點學習外國語的態度和方法，一切從根本上做起，處處注意它跟現代口語的同異。」無疑突顯了該書深化國語運動及提示科

---

31 朱自清：《朱自清全集》（南京市：江蘇教育出版社，1998年），第11卷，頁109-110。

學地研究文言的重要意義，在此之前，以當代的口語（白話）講解文
言並不少見，如《古文白話注解》、《四書白話注解》等，那麼何以
《開明文言讀本》被高度評價，如孫伏園稱譽「它是一部劃時代的書
籍」？依孫伏園之見，在利用科學方法教育青年怎樣閱讀文言的特色
之外，「《開明文言讀本》是第一部完全站在國語的立場，認國語為
標準的中國語文，以國語為純粹的研究工具，從事講解研究的文言選
本。」[32]為編出合宜的文言與白話教本，朱自清與葉聖陶多次魚雁往
返，如朱自清一九四八年一月三十一日的信謂：

> 茲另封寄上選文廿九篇。本月因病及事務，只選出這些，以
> 後當可加速進行。這些文請兄先過目，認為決定不宜入選
> 者，可剔出。其由兄認為必選或可選者，請付抄，再交叔湘
> 兄審閱。原件務乞早日寄還。其中有少數係廣田兄處借來，
> 他知弟選文，因他任語文教學研究，甚有興趣，介紹文篇不
> 少，弟尚未閱畢。弟擬選文亦宜略定限期，俾可早日著手注
> 解等事。又商酌辦法，兄及叔湘兄可多作主，弟不至與兩兄
> 出入太大也。[33]

朱自清進一步談及白話與文言的選文原則，且提供若干建議，如一九
四八年三月六日的信：

> 今日幸已將選文事辦完。另附寄一包，內目錄文言白話各三
> 紙。文言目錄之末紙，專供文言一冊用。弟選文言參照歷年
> 大一選本，擇其淺近者，並另加若干篇。選白話則就平日所

32　孫伏園：〈中學的文言教育——兼評《開明文言讀本》〉，《國文月刊》第75期
　　（1949年1月），頁7。

33　朱自清：〈致葉聖陶〉，《朱自清全集》，第11卷，頁111。

憶，並查原書或選本。結果有事項奉告：一、所選多說明文及議論文，敘述文盼兄及叔湘補充。二、《新月雜誌》中有從文兄評新詩集數文可選，但手邊無《新月》，又借不到，故不得選。他尚有《湘行散記》自傳等，亦因無書未選。此外如魯迅、志摩諸先生未選者尚多，蕭乾先生《人生採訪錄》及《南德的蕡秋》，亦均未選。又古書中如《韓非子》中故事及《呂覽》中短文，亦有可選者。均請二兄補選。三、弟選詩賦較多，因根據經驗，覺學生多喜讀韻文，而歷來教本選詩均太多，又所選詩均多古詩，亦嫌狹窄。鄙意詩歌（包括賦）最好能占每冊五分之一，乞二兄酌之。四、弟所選文少，叔湘兄當可補充。所寄材料，二兄同意者請抄下，原件均請用後寄還。目下最重要者，盼能於本月底以前決定文言語體第一冊目錄，俾可進行。叔湘兄提及中國歷史研究法，弟尚未去選，恐其文支蔓，剪裁不易，日內當借來細看。（如二兄已選，乞告。）弟可負責文言第一冊，擬以四、五、六三個月之力成之。因此切盼本月底以前目錄可以決定。鄙意我等分居三地，恐須請兄多作決定較便，或請二兄就近商決，弟不至有太多意見也。叔湘兄想已到過上海，不知二兄所商如何？盼示。弟意此教本能多選新文章最好。（張岱〈西湖虎丘〉文不知太熟否？）叔湘兄文言示範之意甚佳，但似不宜太零碎，學生似要求略有系統。每冊各篇若均各各獨立，似不甚好，宜二三篇各有聯繫較好。又多選詩歌一層，弟意頗可一新耳目，甚盼二兄能採納鄙見。[34]

又，五月十六日寫給呂叔湘的信中，朱自清提到胃病纏身的困擾，同

---

34 朱自清：〈致葉聖陶〉，《朱自清全集》，第11卷，頁111-112。

時也回應呂叔湘對他詞彙注釋及引文標點等修改問題：

> 聖兄《文言》（讀本書稿）經兄過目後，已陸續寄下，讀之
> 極佩細心！兄謂北平話如「咱」等可不注，弟意略有不同，
> 竊謂小學初中教本中對此等詞並不指明，教師教授似亦未必
> 注意，課文注中如提及，似亦不為無益。聖兄亦贊同鄙見。
> 好在所占地位不多，盼兄亦能同意也。至引文標點，可即遵
> 來示照改。詞組改仿語，確較好，即當照改。弟在此亦甚忙
> 碌，且胃病加甚，精力亦差。大約兩週餘暇可勉成五課。限
> 期迫促，殊覺焦急，然亦無可如何。尊編〈苛政〉一稿，已
> 於前次寄稿時附還聖兄矣。[35]

再檢視葉聖陶的日記，如一九四八年三月二十四日寫下：

> 以繕抄已就之選文寄叔湘。佩弦亦來信，渠願任白話之一
> 套，推余任文言第二冊，以叔湘任文言第一冊，京滬距離
> 近，彼此商量接頭容易。余因托叔湘定二冊之目，並為作樣
> 本一篇。叔湘善於創意，精審之至，余故請其起例也。

一九四八年四月一日紀錄：

> 今日始作國文選本之注解，取梁任公〈國體戰爭躬歷談〉注
> 之，依叔湘所示之例。一日工夫，僅成四分一耳。余所為者
> 係文言第二冊，叔湘則為第一冊也。[36]

　　葉聖陶多次提及編校教本諸事，幾乎將之置於日常生活的重心，

35　朱自清：〈致呂叔湘〉，《朱自清全集》，第11卷，頁144。
36　以上所引，見葉聖陶：《葉聖陶集》，第21卷，頁268、272。

兢兢業業、不敢怠慢,例如一九四八年四月的日記:「竟日作注解,一篇仍未完」(2日)、「竟日作注解及提示,梁文一篇(按:指梁任公〈國體戰爭躬歷談〉)始完畢,已歷三日矣。以如是速度為之,五月底恐不克完成一冊」(3日)、「續作注釋,取平伯之遊記一篇注之。迄於日暮,僅成小半篇」(5日)、「今日續注一篇洪邁之筆記,篇幅短,居然完畢」(7日)、「續為注釋,取高季迪〈書博雞者事〉注之,未畢。此事甚瑣屑,然余以為可以寧心」(8日)、「寫長信與佩弦,皆談編輯國文本事」(10日)、「寫覆信,注畢高季迪之文。佩弦寄來所作白話本之注釋及討論練習等五篇,詳審活潑,余所不及也」(13日)、「寫覆信。作注釋,注黃遠生一文」(14日)、「續作注釋,與佩弦、叔湘通信」(17日)、「寫信數通。續注黃遠生文」(19日)、「續為注釋,注施耐庵《水滸傳》自序」(20日)、「上午看國文第三冊所選各篇,擬定目錄。尚缺數篇,仍未能定也」(29日)[37]。葉聖陶一九四八年間的多處日誌,對

---

37 再以五月的日記為例,葉聖陶連日注釋多篇文章,編校的工作量很大,且與呂叔湘、朱自清往來溝通、修訂,例如:「今日注東坡〈書蒲永升畫後〉,畢」(4日)、「今日注張宗子〈西湖七月半〉」(5日)、「注白樂天〈繚綾〉一詩,尚未完」(6日)、「今日注嚴又陵〈英文漢詁序〉,未完」(7日)、「注完昨文,又注蔡孑民〈責己重而責人輕〉篇,尚未完」(8日)、「叔湘寄來其所為第一冊之《導言》,令讀者知文白之異。凡三萬言,頗精。其第一冊之詩篇囑余注釋之,因動手注〈越謠歌〉未完。身體疲甚」(11日)、「今日注〈遊子吟〉及〈十五從軍征〉,亦入叔湘所編第一冊中者。注兩詩不過二千言,伏案竟日,甚感勞累」(12日)、「今日注〈陌上桑〉,盡四紙。即將所注數詩寄與叔湘觀之」(13日)、「取佩弦所編白話第一冊整理之,已得三分之一,先以付排。如此匆匆,蓋期此書在暑假後應市。自今計之,屆時當可有白話一冊,文言二冊。全部共十二冊,文六百(筆者按:白)六,迄於完成,亦甚費心血也」(17日)、「校國文文言第一冊之排樣二十四面」(18日)、「復校國文排樣」(21日)、「校讀佩弦所作注釋」(22日)、「重行修訂已注各篇」(24日)、「仍修訂已注各篇。又校閱佩弦稿,續發排一部分」(25日)、「仍修改已注之

於後人掌握《開明文言讀本》成書歷程與編輯理念及甘苦，頗富參考價值。大致上，朱、葉、呂的分工是：朱自清主要選編《開明新編高級國文讀本》，而葉聖陶及呂叔湘負責《開明文言讀本》，至於《開明文言讀本》第一冊所附的「導言」由呂叔湘主筆。雖三人各有其重點職司，但仍共商體例、篇目及彼此審閱書稿。他們竟日伏案編注、校稿，事情非常瑣碎，葉聖陶云「身體疲甚」、「甚感勞累」，顯見其為編好教本，勞心勞力；而朱自清於一九四七年十二月七日表明編輯意願到一九四八年八月十二日過世，這未滿一年的編纂時間內，他與葉聖陶、呂叔湘並肩催生白話、文言教本，為推進語文教育鞠躬盡瘁。

（二）比較視域下的〈導言〉

　　葉聖陶、朱自清及呂叔湘的編注態度一絲不苟，亦不沿襲《古文觀止》式、以古為尊的觀念羈絆，他們務實地從讀者怎樣有效學習、貼近生活的角度去編輯語體及文言教本，為達到這樣的旨趣，如何提示具體可行之道即為關鍵，於是「採取一點學習外國語的態度和方法」，區別出文言與現代口語之異同，試圖為白話文時代裡搖搖欲墜的文言教育，開列合宜的接軌處方簽。他們編纂文言文教科書，終極目標不是「為垂死的文言文找一個避難所」（借王石泉語），或要讀者非得學文言文不可，而是希望透過拉近（或者說清楚）口語及文言之間的距離，輔助讀者理解過去的歷史及欣賞往昔的文學精義。而就呂叔湘的見解，只有通過「比較」才能瞭解一種語文的文法或各種語文表現法異同的觀點，早在一九四二年他的《中國文法要略・初版例

篇」（26日）、「竟日校對佩弦所撰之白話第一冊，計五十面，頭昏眼花」（28日）、「注黃公度〈今別離〉，未畢」（29日）、「校對國文白話第一冊」（30日）、「續作注釋，復作校對」（31日）。

言》即說：「要明白一種語文的文法，只有應用比較的方法。拿文言詞句和文言詞句比較，拿白話詞句和白話詞句相較，這是一種比較。文言裏一句話，白話裏怎麼說；白話裏一句話，文言裏怎麼說，這又是一種比較。一句中國話，翻成英語怎麼說；一句英語，中國話裏如何表達，這又是一種比較。只有比較才能看出各種語文表現法的共同之點和特殊之點。」[38]《中國文法要略》是供中學教師教學使用的參考書，乃應當時四川省教育科學館囑編，由於當時中學課程規定國文科需要兼習語體及文言，故呂書配合兼顧語體及文言的客觀需要，把文言和白話放在一處來講，比勘古、今異同，例句與討論並重，出版後大受讀者歡迎。

呂叔湘鑽研文法的熱忱不斷，一九四三年把研究文言虛字中的常用字及常見用法，寫成《文言虛字》，其序文說：「王伯申作《經傳釋詞》，自是不刊之書，顧於習見諸用皆略焉不詳，如云：『與，及也，常語』是也。世殊事異，孔孟之書，韓柳之文，昔之童蒙而習者，今則須待中級學校始稍稍講授，於是昔之所謂常語，在今日之青年視之，強半皆有待於解釋。今即就王氏所云『常語』，以今日之常語比而說之，或可為初習文言者之一助。」重視基礎語文教育《文言虛字》後來也列入《開明青年叢書》，開明書店為它打廣告：「今日青年誦習文言，往往囫圇吞棗，不能確切領會其意義跟情味；至於寫作文言，則更難驅遣自如，寫來像個樣兒；其關鍵多半在於虛字。若能精心研讀本書，對於普通文言，無論閱讀與寫作，大概沒有多大問題了。書中辨析比較，至為精審；常用白話對勘，使讀者對於句式，借此得到透切的了解。作者以文法專家寫這麼一本通俗的書，宜乎深

38　呂叔湘：〈初版例言〉，《中國文法要略》上卷，收入《呂叔湘全集》第1卷，頁6。

入淺出，不同尋常。每篇之後，附列許多習題，讀者若能逐一練習，
得益自當更多。」[39]呂叔湘後來所執筆長達五十三頁的〈開明文言讀
本導言〉，正是延續《中國文法要略》、《文言虛字》的編纂思維，
導言內容為五章，分別是：文言的性質、語音、詞彙、文法、虛字。
該導言可視為簡明版的文法書，也可當作字典使用，它的重要性誠如
孫伏園的評語：「我們不是沒有文言的文法書，如《馬氏文通》，如
《漢文典》，如《高等國文法》和《中等國文法》，都是講述文言的
文法的；較近行世的《國語文法》，裏面也有一半講述文言的文法。
但是完全站在國語的立場，處處注意文言和現代口語的同異，用科學
態度和方法加以研究的，這五十三頁的一篇導言要算是開山的著作
了。」這份原附在第一冊的導言於一九五〇年應讀者的建議後來單印
成冊，呂叔湘解釋〈導言〉與《讀本》拆開的理由：

> 我們編輯這套《文言讀本》，根據我們的基本認識：文言和
> 現代口語之間已經有很大的距離，應該作為一個獨立的課程
> 來學習。可是一般學校裏的國文課還沒有實施這種合理的改
> 革，還是沿用文言和語體混合教學的辦法，因此這套讀本還
> 沒有廣泛地被採用。但是這種辦法所必然引起的困難──學
> 生對於文言的性質的無知以及由此而生的種種誤解──當然
> 是存在的，而且為多數教師所認識。在這種情勢之下，有許
> 多相識的和不相識的教師常常提議，把這篇〈導言〉印成一
> 個小冊子，供給學習的人參考。我們現在應這個要求，這樣
> 辦了。可是我們還是希望教師們能採用我們的《讀本》，至
> 少是在教授混合編制的讀本以前，先採用我們的第一冊，給

39　刊於《國文月刊》，第75期（1949年1月），頁9。

初學者建立一個基礎。[40]

　　另出單冊《導言》是為滿足尚未選用《讀本》的一些對如何教好文言、學好文言而有實需者，畢竟要在中華書局、商務印書館、正中書局等編纂教本的老字號中夾縫生存，儘管已漸被關注及援用[41]，然銷量亦非一蹴可幾，故呂叔湘同意將〈導言〉抽離《讀本》而發行單行本。雖此，他仍希望在教學第一線的教師搭配《讀本》講授，因為當初《讀本》與〈導言〉的合集是一個有機的整體，彼此有通貫的內在思維聯繫。

（三）體例安排

　　《開明文言讀本》主要供應高中三年的教學之用，原規劃六冊，最後編了三冊。其體例，第一冊開頭就是呂叔湘所寫的〈導言〉，旨在說明文言和現代語的種種區別，並羅列了一百多個普通稱為虛字的字，呂叔湘把它們的用法分項舉例說明。這篇〈導言〉中所列的虛字，對於瞭解三冊課文中的虛字，很有幫助。呂叔湘直陳〈導言〉主要是給讀者檢查參考，以幫助讀者明瞭及熟悉文言文的辭彙意義及句法結構。閱讀或教學第二、三冊時，第一冊〈導言〉可放在身邊隨時翻看參照。〈導言〉之後，緊接著就是範文，每篇後面附有六項輔助學習的設計：

40　〈編者前言〉，《開明文言讀本導言》（上海市：開明書店，1950年），頁1之前。

41　葉聖陶於一九四八年九月二十八日記載：「至鎮華中學，其校國文教師約他校教師凡二十餘人，邀余一談，他們皆採用我店之教本者也。」《葉聖陶集》，第21卷，頁317。

　　（一）「作者及篇題」，對於這兩者作簡單的說明。（二）
「音義」和（三）「古今語」解釋文篇裏的詞語：現代語裏
已經完全不用的字，人名地名，事實和制度的說明等等歸入
「音義」，現代語裏形式略變或意義略變，還有限制地使
用的字歸入「古今語」。不加注釋的就是跟現代語裏形式和
意義完全相同的字。（唯一的例外是加「子」尾「兒」尾的
字，為省事起見，也不入注。）（四）「虛字」這一項裏面
只把本篇的虛字在〈導言〉裏的節數標明，除例外用法之外
不再注解。（五）「文法」項下指出除虛字以外的文法上可
注意的事項。（六）「討論及練習」包括對於選文內容，文
章形式，詞語應用等各方面的討論，以及翻譯和造句的練
習。翻譯只有把文言譯成現代語的一種，目的在促進讀者對
於選文的更確實的了解。造句的練習也還是為了增進讀者對
於文言字法句法的認識，並不希望讀者能由此習作文言。

第一冊的體例含括六項：「作者及篇題」、「音義」、「古今語」、
「虛字」、「文法」、「討論及練習」；第二冊則由六項減至四項，
省略了「古今語」和「虛字」，葉聖陶說：

　　第二冊每篇的後面我們所做的工作和第一冊相仿，「作者及
篇題」「音義」「文法」「討論及練習」四項仍然有，「古
今語」和「虛字」兩項卻省掉了。省掉的意思是希望讀者自
己去辨明「古今語」的異同，認清「虛字」的用法，從辨
認中達到「熟」。打個譬方，第一冊是攙着讀者的手讓他學
步，第二冊是放了手讓他自己走了。

至於第三冊，又與前兩冊有不同的設想，葉聖陶指出：

第一，我們留出一小部分篇段不加標點，讓讀者自己去點斷。學習文言的最後目的是在閱讀古書，古書本來是沒有標點的，不可不預先有點準備，正如小孩子學走路，不能一直牽住大人，必得放手走兩步試試看。其次，第三冊裏的詩只點斷句子，不再加新式標點，也不分行；舊詩用新式標點本來是件極勉強的事。又其次，每篇後面的項目，比第二冊又減少了「文法」和「練習」兩種，只保留「作者及篇題」「音義」和「討論」。[42]

從加注新式標點到保留部分段落由讀者自行點斷，從最初的六項指引調整為四項、三項，每冊的規劃都有其重心，尤其強調當熟習到一定的程度之後，輔助的手段即可減少，由讀者自主學習，這樣從「做中學」即可加深學習的印象及效果。

（四）選文篇目

根據《開明文言讀本》〈編輯例言〉，讀本的訴求對象主要是高中生自修用，學校若要採為教本亦可，原規劃六冊內容可供高中三年之用，以每週三小時計，可以教授完畢，且還可騰出一部分時間教授語體文。葉聖陶等輩不鼓勵初中生採用，若對該書仍有實際需求，建議初中生應以第一、二冊為宜。《開明文言讀本》選錄哪些篇章？為了便於討論，茲將三冊的篇目，列如下表：

---

42 以上所引，見〈編輯例言〉，《開明文言讀本》，第1冊，頁2-3；第2冊，頁3；第3冊，頁3。

第一冊	第二冊	第三冊
為學／彭端淑	海行所見／梁啟超	虬髯客傳／杜光庭
斃盜／何景明	山陰五日記遊／俞平伯	慈恩法師傳〔卷一節錄〕／慧立
喻言〔一〕／韓非	瑠璃缾／洪邁	赤壁賦／蘇軾
喻言〔二〕三重樓喻；蹋長者口喻；人謂故屋中有惡鬼喻／百喻經	書蒲永昇畫後／蘇軾	天工開物〔選錄〕稻、磚、車、麥／宋應星
越謠歌／？	繚綾／白居易	長恨歌傳／陳鴻
王藍田／劉義慶	外交部之廚子／黃遠生	訓儉示康／司馬光
王旦／沈括	囍日記／黃遠生	吳船錄〔選錄〕／范成大
寄弟／鄭燮	國體戰爭躬歷談／梁啟超	絕句二十四首 春曉〔孟浩然〕、登鸛雀樓〔王之渙〕、鳥鳴磵〔王維〕、怨情〔李白〕、行宮〔王建〕、江雪〔柳宗元〕、渡漢江〔李頻〕、春怨〔金昌緒〕、回鄉偶書〔賀知章〕、涼州詞〔王翰〕、閨怨〔王昌齡〕、送元二赴安西〔王維〕、早發白帝城〔李白〕、除夜〔高適〕、漫成一絕〔杜甫〕、逢入京使〔岑參〕、酒泉太守席上醉後歌〔岑參〕、楓橋夜泊〔張繼〕、滁州西澗〔韋應物〕、夜上受降城聞笛〔李白〕、秋思〔張籍〕、烏衣巷〔劉禹錫〕、渡桑乾〔賈島〕、山行〔杜牧〕。
桃花源記／陶潛	責己重而責人輕／蔡元培	
遊子吟／孟郊	英文漢詁敘／嚴復	
口技／林嗣環	和子由踏青／蘇軾	
鄒忌／戰國策	花木清玩／沈復	
慕崇禮／洪邁	夏珪秋霖圖／李葆恂	
十五從軍征／？	西湖七月半／張岱	論變鹽法事宜狀／韓愈
瘋華鬘題記／魯迅	水滸傳自序／施耐庵	夢溪筆談〔選錄〕劉晏計物價、范文正荒政、邊防、雄州北城、乘隙、合龍門、包孝肅、郭進、縣令、陝西鹽法、運糧、陽燧／沈括
興趣／胡適	無家別／杜甫	
圖畫／蔡元培	岳陽樓記／范仲淹	
裝飾／蔡元培	書博雞者事／高啟	律詩十二首 過故人莊〔孟浩然〕、送友人〔李白〕、春望〔杜甫〕、月夜憶舍弟〔杜甫〕、喜見外弟又言別〔李益〕、晚秋歸故居〔李昌符〕、除夜有作〔崔塗〕、客至〔杜甫〕、寄李儋元錫〔韋應物〕、西塞山懷古〔劉禹錫〕、遣背懷〔元稹〕、貧女〔秦韜玉〕。
陌上桑／？	促織／蒲松齡	
	今別離／黃遵憲	

　　以上篇目顯示，相對當時通行的正中書局、中華書局、商務印書館出版的國文讀本之偏重古奧，葉聖陶彼輩則大幅減少僻詞較多的周、秦之作，反而聚焦近代及中古的文言文作品。《開明文言讀本》的編次以文字深淺為據而非依時代先後，且集中摘錄唐、宋、明、清時期的小說、筆記、古文及詩歌。此外，值得一提的是，他們看重近現代報刊雜誌的文章，強調書信、日記、講義、工具書等實用文，如：黃遠生〈囍日日記〉（通信）、蔡元培〈責己重而責人輕〉（《華工學校講義》）、嚴復〈英文漢詁敍〉（《英文漢詁》，英文文法書）、梁啟超〈海行所見〉（《從軍日記》）、梁啟超〈國體戰爭躬歷談〉（《大陸報》）等。葉聖陶等解釋這樣的取材風格，說：「我們不避『割裂』的嫌疑，要在大部書裏摘錄許多篇章；我們情願冒『雜亂』的譏誚，要陳列許多不合古文家義法的作品。」檢視《開明文言讀本》所選，確實少了義理、詞章、考據之作，經、史的比例也低，僅第一冊收錄〈鄒忌〉（《戰國策》），而與切身生活相關的隨筆、小品文份量則明顯增加。

五　《開明文言讀本》與臺灣國文教本之比較：　以〈桃花源記〉為例

　　臺灣目前的「中學」教育，包含：高中、高職、專校前三年，該階段的國文教本，最常見的如：東大、翰林、泰宇、龍騰等版本[43]，

43　東大指東大圖書股份有限公司；翰林指翰林出版事業股份有限公司；泰宇指泰宇出版股份有限公司；龍騰指龍騰文化事業股份有限公司。為便於行文，本文分別簡稱：東大、翰林、泰宇、龍騰版。按：國家教育研究院公布「職業學校教科用書審查通過版本一覽表」，截至二〇一三年七月獲審查通過的，除東大、翰林、泰宇、龍騰之外，尚有全華、美新兩個版本。（見http://www.naer.edu.tw/m/405-1000-3438,c254.php）其中，根據已知的不完全統計資料（感謝東大業務部游明祥

其均遵行教育部發佈之一般科目語文領域國文課綱規定，並經教育部審定，採文言（四書經典、章回小說、古典詩歌、古典散文）與白話（現代散文、小說、詩歌、臺灣）混編模式。大致上，各審定本的選文出入不大，唯篇數多寡視學分數增減，主因於高中、高職及專校的國文授課學分數有別，高中每學期四學分（三學年六學期，總計二十四學分），每冊約選十三至十五篇；而高職每學期以二至三學分為主（因此類學校強調專業實用技能[44]，對一般科目有排擠效應，國文往往淪為副科，前兩年每學期各三學分，第三年上下學期各兩學分，總計十六學分），每冊約選十篇（部分選本以書末附錄方式，酌列二篇範文，予教師彈性授課之用）；至於專校前三年的國文時數，只要符合部定最低八學分的原則即可，故各校開課較為自主，國文授課時數不一，而所採用的教本也較不固定，或教師自編、或以高職國文課本為主。限於篇幅及便於討論，本文取樣標準以高職常見諸版──東大、翰林、泰宇版為主，且以共同收錄者為分析依據。

（一）架構的異同

在臺灣發行教科書需要取得教育部的審定核可執照，為了順利取得發行許可，出版社無可避免地必須依政府提示的體例及要項編選教材，比對高中及高職的課程目標，除了高職較強調實用的特點外，大致上彼此的差異不大（高中與高職的定位有別，但部定的兩者課

經理提供），高職國文課本，一〇一學年度以東大版的市佔率較高，全臺有一八四所高職使用東大版（不包含專校）。

44 根據《職業學校法》（中華民國99年6月9日華總一義字第09900140651號令修正）第八條：「職業學校之教學科目，以實用為主，並應加強通識、實習及實驗。」見教育部主管法規查詢系統：http://edu.law.moe.gov.tw/LawContent.aspx?id=FL008701。

綱之界線模糊、定位不明，致使高中與高職的國文教材，選編的內容往往雷同度很高）。實際覆按各版的編輯目標，東大版為：「除提高學生閱讀、表達、欣賞與寫作之興趣及能力，啟迪固有文化意識，培養倫理道德觀念，砥礪愛國報國情操外，並重視配合時代需要，激發積極精神，陶冶個人道德，以開闊學生胸襟，使之更具智慧與發展潛力。」翰林版則是：「提升學生閱讀與寫作能力，增進文學作品的欣賞程度，及啟發學生的思想。」泰宇版是：「提升學生閱讀與寫作能力、加強文學作品的欣賞程度、增進對固有文化的認識外，並配合時代之需要，期陶冶職業道德、啟發多元化的思維及培養卓異的人格特質。」以上可知，三種教本的目標大同小異（此係斟酌教育部的課綱而成，故差異不大）。至於書籍的架構，多呈現四個範疇：各類範文、中國文化基本教材、應用文、附錄。進一步把這三種版本與《開明文言讀本》所收比較，有三篇選文是相同的：陶潛〈桃花源記〉、范仲淹〈岳陽樓記〉、司馬光〈訓儉示康〉。本文即以〈桃花源記〉為分析樣本，比較其與《開明文言讀本》之間的異同，雖僅是局部的觀察，但其編纂的思維通書近似，故以小窺大，仍有其意義。討論文本之前，先整理開明版與臺灣三個版本之架構異同如下表：

	開明	東大	翰林	泰宇
導言	○	✕	✕	✕
學習重點提示	✕	✕	○	✕
題解	○	○	○	○
作者	○	○	○	○
注釋	○	○	○	○
翻譯	✕	○	○	○
賞析	✕	○	○	○
結構分析表	✕	✕	✕	○
問題與討論	○	○	○	○
練習	○	○	○	○
測驗	✕	○	○	○
延伸閱讀	✕	✕	✕	○
其他	✕	中國文化基本教材 應用文 附錄	中國文化基本教材 應用文 附錄	中國文化基本教材 應用文 附錄
圖片	✕	○	○	○

　　開明、東大、翰林、泰宇版，均有輔助學習的欄目，相同的（見上表，有灰色網底者），有：題解、作者、注釋、問題與討論、練習。

（二）內容的異同

具體內容，以作者簡介為例，開明版是：

陶潛字淵明，東晉末年人。為人恬退，不慕名，不慕利。一生窮困。喜歡喝酒跟做詩。他的詩跟當時的一般詩人的作風全不相同，詞語平淡，可是意味醇厚。歷代有多少人學他，沒有一個學得像的。

東大版為：

陶淵明，一名潛，字元亮，潯陽柴桑（今江西省九江市）人。生於東晉哀帝興寧三年（西元三六五年），卒於南朝宋文帝元嘉四年（西元四二七年），年六十三。陶淵明曾祖父陶侃為東晉名臣，祖父陶茂、父親陶逸也都官至太守。但至陶淵明時，家道早已中落。少壯時，在儒家思想薰陶下，頗有建功立業的大志，曾幾度出仕，卻都只擔任地方上幕僚性質的小官，聊資餬口而已。四十一歲時，再為生活所逼，出任彭澤令。由於厭惡官場虛矯的風氣，更不願「為五斗米折腰」，在職僅八十餘日，便毅然去職。此後二十餘年，躬耕田園，飲酒賦詩，以終其生。死後其友人私諡為靖節，故世稱靖節先生。陶淵明人品高潔，個性率真，詩如其人。擅長以平淡的語言、白描的手法，擷取日常生活的素材，表現出真摯的情感、深遠的意境。在華靡文風盛行的六朝，陶詩不為世人所重；唐、宋以後才普受推崇，成為文學史上影響深遠的大詩人，被尊為「田園詩人之祖」及「隱逸詩人之宗」。後人輯有《陶淵明集》。

翰林版介紹：

> 陶淵明，又名潛，字元亮。潯陽柴桑（今江西省九江市）
> 人。生於東晉哀帝興寧三年（西元三六五年），卒於南朝
> 宋文帝元嘉四年（西元四二七年），年六十三。陶淵明是東
> 晉名將陶侃的曾孫，人格高潔，學問淵博，因親老家貧，曾
> 出任江州（今江西省九江市）祭酒、建威將軍參軍等職。
> 任彭澤令時，因有違淡泊本性，不屑「為五斗米折腰」，八
> 十餘天即「解印去縣」，歸隱家鄉。入宋以後，隱居鄉間的
> 陶淵明，躬耕自給，固窮自守，不再出仕。一生高風亮節，
> 用舍進退，自然率真，世稱靖節先生。陶淵明詩、文均自然
> 質樸，平淡有致，後世譽為「田園詩人之祖」、「隱逸詩人
> 之宗」，其作品雖不為當世所推崇，但唐、宋以後，備受重
> 視。有《靖節先生集》傳世。

泰宇版則是：

> 陶潛，字淵明，一字元亮，自號五柳先生，潯陽柴桑人（今
> 江西省九江縣西南）人，生於東晉哀帝興寧三年（西元三六
> 五年），卒於南朝宋文帝元嘉四年（西元四二七年），享年
> 六十三歲，世人稱靖節先生。陶淵明出身士族，是東晉名臣
> 陶侃的曾孫，祖父茂、父親逸都做過太守，唯家道中落，生
> 活困苦。陶淵明年輕時做過祭酒、鎮軍參軍、建威參軍等小
> 官。東晉安帝義熙元年（西元四〇五年）八月，出仕彭澤縣
> 令（今江西省湖口鄉東），任職八十餘日，因與志趣不合，
> 且不願「為五斗米折腰」，毅然辭去彭澤縣令，並作〈歸去
> 來辭〉以明志，此後二十餘年即不再出仕，躬耕以終。陶淵

明人格高潔，愛好自然，喜讀書而不慕榮利，文字清簡平淡。為我國「田園詩人之祖」，鍾嶸《詩品》稱其為「古今隱逸詩人之宗」。但不為當世所重視，直到唐、宋以後，才為人所稱讚。著有《陶淵明集》十卷。

開明版以七十五個字扼述陶淵明的生平、作品風格及評價；而東大版及泰宇版為三百多字、翰林版兩百多字，用字比開明版的多二至三倍，且東大、翰林、泰宇版之行文敘述，不論是家世及生平事蹟，抑或作品風格及文學成就，互有雷同之處。儘管各版都觸及陶淵明在文學史上的地位，但開明版以「歷代有多少人學他，沒有一個學得像的」兩句話突顯陶淵明的獨一無二，沒有援引鍾嶸的「古今隱逸詩人之宗」的一貫評語；在人品的見解方面，開明版也無「為五斗米折腰」的字眼，而以「為人恬退，不慕名，不慕利」三句概括，編輯們不直接引用原典，而是咀嚼典籍之後，以淺顯易懂的文字扼要說明，雖然寥寥數語，卻頗能一語中的，此與其他版本的雷同行文相較，開明版的教本顯然別具一格、有新意。

在注釋方面，開明版把生字難詞的形、音、義，劃為「音義」、「古今語」、「虛字」及「文法」的獨立四門來解釋；而東大、翰林及泰宇則統攝於「注釋」的大帽子底下。茲將各版的注釋，不厭其煩地羅列如後：

開明版	東大版	翰林版	泰宇版
〔音義〕	1.太元：東晉孝武帝年號（西元三六七—三九六年）。	1.太元：東晉孝武帝年號（西元三六七～三九六年）。	1.晉太元：東晉 孝武帝年號（西元三六七—三九六年）。
1.【捕】ㄅㄨˇ（筆者按：ㄅㄨˇ），捉。	2.武陵：晉郡名。治所在今湖南省常德市。	2.武陵：晉郡名，在湖南省常德市境。	2.武陵：晉郡名，在湖南省 常德縣境內。
2.【緣】順著。	3.緣：沿著；順著。	3.緣：沿著。	3.緣：沿著。
3.【芳】香。	4.落英繽紛：落花繁多。英，花。繽紛，繁盛的樣子。	4.忘路之遠近：忘記走了多遠的路。遠近，此作偏義複詞，只有「遠」的意思。	4.忘路之遠近：忘記走了多遠的路。遠近，是偏義複詞，偏重「遠」的意思。
4.【英】花，只落英。	5.纔：通「才」，僅；只。	5.落英繽紛：落花繁多。英，花。	5.夾岸：兩岸。
5.【繽紛】ㄅ一ㄣ──，雜亂的樣子。	6.豁然：開闊的樣子。	6.窮：盡。	6.落英繽紛：形容落花繁多而紛亂的樣子。英，花。
6.【盡（於）】到……為止。	7.儼然：整齊的樣子。	7.舍船：離開船。舍，音ㄕㄜˇ，通「捨」。	7.甚異：非常驚奇。
7.【豁然】ㄏㄨㄛ──，開通的樣子。	8.屬：類。	8.纔通人：僅能容一人通過。纔，音ㄘㄞˊ，通「才」，僅。	8.窮：探究。
8.【曠】廣大顯露。	9.阡陌交通，雞犬相聞：田間道路相通，可以聽到雞鳴狗吠聲。交通，通達無阻。	9.豁然：開闊明朗的樣子。豁，音ㄏㄨㄛˇ。	9.纔：音ㄘㄞˊ，僅僅。通「才」。
9.【儼然】一ㄢˇ，整齊。	10.外人：外地人。這是從漁人的角度看，以為村中男女衣著與武陵當地不同，有如外地人。	10.儼然：整齊的樣子。儼，音一ㄢˇ。	10.豁然開朗：開敞明朗的樣子。豁，音ㄏㄨㄛˇ，開闊的樣子。
10.【屬】類。	11.黃髮：借指老人。老人髮色轉黃，故云。	11.屬：類。	11.儼然：整齊的樣子。儼，音一ㄢˇ。
11.【阡陌】ㄑ一ㄢ ㄇㄛˋ，田埂。	12.垂髫：借指兒童。古時兒童不束髮，頭髮下垂，故云。髫，小兒垂髮。	12.阡陌交通：田間小路交錯通達。阡陌，田間小路。	12.屬：類。
12.【黃髮】老年人。	13.要：邀請。	13.悉如外人：全像洞外的人。	13.阡陌交通：田間小路四通八達。南北為「阡」，東西為「陌」。阡陌，田間小路。
13.【垂髫】小孩兒。垂：ㄔㄨㄟˊ，掛下。髫：ㄊ一ㄠˊ，小孩兒的掛下來的頭髮。（大人梳髻。）	14.咸來問訊：都來打探消息。咸，全；都。	14.黃髮：指老年人。老人髮色轉黃，故稱老人為黃髮。	14.種作：耕作。
14.【怡然】一ˊ──，快樂的樣子。	15.邑人：同鄉里的人。	15.垂髫：指兒童。髫，音ㄊ一ㄠˊ，小兒垂髮。	15.悉：全部、皆。
15.【具】詳細。	16.絕境：跟外界隔絕的地方。	16.問所從來：問從何處來。	16.黃髮垂髫：借指老人和小孩。黃髮，老人髮色由黃轉白，故代「老人」之意。髫，音ㄊ一ㄠˊ，小兒垂髮。
16.【要】一ㄠ，邀請。	17.外人：這是從村中人的角度看，指桃花源中人。下文「不足為外人道也」的「外人」一詞用法與此相同。	17.具：詳細。	17.怡然自樂：和樂、喜悅，自得其樂的樣子。
17.【率】ㄕㄨㄞˋ，帶領。	18.無論：更不用說。	18.要：音一ㄠ，通「邀」，邀請。	18.乃：於是、就。
18.【邑人】同鄉。邑：一ˋ，地方。	19.具言：詳細地述說。具，完備；詳盡。	19.咸來問訊：都來問候消息。	19.具：詳細。
19.【愕】ㄨㄢˇ，驚歎。	20.愕：驚歎。	20.邑人：鄉人。	20.要：音一ㄠ，邀請。
20.【扶】順着……走。	21.延：邀請。	21.絕境：與外界隔絕的地方。	21.作食：準備食物。食，音ㄙˋ，飯。
21.【及】到了。	22.不足為外人道也：不值得向外邊的人說。不足，不值得。	22.乃：竟然。	22.咸：皆、都。
22.【郡】ㄐㄩㄣˋ，古代地方區域名，比縣大。「郡下」，比較「都下」、「洛下」。	23.扶向路：沿著先前的路。扶，沿著；順著。向，先前。	23.無論：更不用說，意同於遑論。	23.問訊：探問消息。
23.【詣】一ˋ，到。	24.誌：做標記；做記號。	24.愕：音ㄨㄢˇ，嘆惜。	24.邑人：鄉人。
24.【太守】郡的長官。	25.郡下：指郡治所在地。	25.延：邀請。	25.絕境：和外界隔絕的地方。
25.【遣】ㄑ一ㄢˇ，派。（册遣）	26.詣—太守：謁見太守。詣，往見。太守，官名。一郡的行政長官。	26.不足：不值得。	26.遂：於是。
26.【南陽】就是現在河南省的□。	27.南陽：地名，即今河南省南陽市。	27.便扶向路：就沿著先前的來路。扶，沿著。向，先前。	27.間隔：隔絕。間，音ㄐ一ㄢˋ。
27.【高尚】清高。	28.劉子驥：名驥之，東晉人。	28.及郡下：到郡中。指到了武陵郡官署所在地。	28.乃：竟然。
28.【士】人。		29.南陽劉子驥：南陽，在今河南省南陽市。劉子驥，名驥之，東晉末隱士，淡薄寡欲，好遊	29.無論：更不用說。
29.【欣然】ㄒ一ㄣ──，高高興興的。			30.為具言：向桃花源中人詳細說明。
30.【果】實現，只□，未□。			31.歎惋：表現出驚訝、驚嘆的樣子。惋，音ㄨㄢˇ。
31.【尋】不久。			32.延：邀請。
32.【問津】問路。津：渡口。			
〔古今語〕			
1.【業】行□，職□。			
2.【忽】□然。			
3.【林】樹□子。			
4.【鮮】新□，□明。			
5.【異】詫□。			
6.【捨】丟下，今只□棄，□（不			

開明版	東大版	翰林版	泰宇版
得	為人不慕名利，喜遊山玩水	山玩水。見《晉書・隱逸傳》。	33.不足為外人道：不值得向外人說。不足，不值得。為，音ㄨㄟˋ，向。
7.【初】起□。	29.規往：計劃前往。規，計劃。	31.規往：計劃前往	34.便扶向路：就沿著之前來的路。扶，沿著。向，之前。
8.【狹】窄，今亦□窄。	30.未果：未成；沒有完成。果，完成。尋：不久。	32.未果：沒有實現。	35.誌：做記號。誌，當動詞。
9.【緣】只，剛，今多用於時間。	31.尋：不久。	33.尋：不久。	36.郡下：即郡中。指武陵郡郡治所在地。
10.【通】□得過。	32.問津：尋訪。本指打聽渡口所在，此處尋訪桃花源。津，渡口。	34.問津：問路，此指尋訪桃花源的路。津，渡口。	37.詣：詣，音一ˋ，訪謁；往見。
11.【良】好，今只□優，□善。			38.尋向所誌：找尋之前所做的記號。
12【交通】彼此相通。			39.南陽劉子驥：南陽，即今日的河南省南陽市。劉子驥，名驎之，為東晉末隱士，為人清靜寡欲，喜訪山川水澤。見《晉書・隱逸傳》。
13.【往來】來來去去，廾交際。			40.欣然規往：高興地計畫前往。
14.【種】□田。			41.尋：不久。
15.【作】做活。			42.問津：問路。意指打聽桃花源的消息。津，渡口。
16.【衣著】穿的戴的。			
17.【樂】快□。			
18.【漁人】ㄩ　，打魚的。			
19.【驚】□奇，廾害怕。			
20.【設】備，今只名□備。			
21.【作食】備飯。食名今只飯□，伙□。			
22.【訊問】ㄒㄩㄣˋ，問，今只名音□。			
23.【先世】上代，祖宗。			
24.【境】地方，今只環□，又□界。			
25...【間】ㄐㄧㄢ，隔，今只□斷。			
26.【世】時代，廾世界。			
27.【無論】更不必說，廾不管。			
28.【一一】一件件。			
29.【歎】□息。			
30.【停】□留。			
31.【道】說，今只□喜，□謝。			
32.【向】早先，今只□來。			
33.【誌】記，做記認，今只名雜□。			
34.【規】計畫，今只□畫。			
35.【終】死，今只送□。			
〔虛字〕			
1.一六五㊀			
2.九二			
3.一一四㊃			
4.一〇六㊀			
5.四四			
6.一五八㊀・九五㊁			
7.一七六㊀			
8.四四㊃			
9.一六五⑰			
10.八九㊅			
11.一五四㊀			
12.一七六㊀			
〔文法〕			
〔一〕武陵人捕魚為業□有一個			

開明版	東大版	翰林版	泰宇版
武陵人（見前「喻言」〔一〕討論〔五〕）。這一句也可作「武陵人有捕魚為業者。」 〔二〕林盡〔於〕水源；便要〔之〕還家；為〔之〕具言所聞；延〔漁人〕至其家。 〔三〕「問所從來」是村中人問，「具答之」是漁人答，上下兩句都去主語，實際上主語不同。文言裏這種情形很多，試在本篇跟以前各篇裏再找些例子。 〔四〕悉如外人；並怡然自樂；咸來問訊；皆歎惋。 ※體例符號說明： 只，表示該意義現在只見於合成語。 卅，表示字形相近，注意辨別。 ━，表示方括號裏的字。 廿，表示意義不同。（後一意義比較常見，在這裏有誤會可能。） 一六五〇，表示首冊讀本附錄「導言」所列第一六五個虛字「為」之第二款意義：「做（山樹為蓋，巖石為屏）；變做（高岸為谷，深谷為陵）。」 ≡，表示意義相同。			

　　關於注釋，開明版與東大版均附於課文之後；翰林版及泰宇版則採當頁見注、上文下注的模式。開明版注釋有七十九個（含音義三十二，古今語三十五，虛字十二）；東大版有三十二個注，翰林版有三十四個注，泰宇版有四十二個注。開明版分門別類地解釋範文的詞彙，並利用若干符號及縮語來替代普通的解釋詞語，且隨著學習的進程，詞語的注釋遞減，若該詞已注過，其他篇章再出現就盡量不再重注，讀者即使忘記仍可自行翻檢前注。另外，《開明文言讀本》入注的部分詞彙，某些似乎顯得多餘，如：【忽】—然、【異】詫一、【樂】快一，對此，編者的理由是：「對於一個完全沒有接觸過文言的青年，這些注釋的絕大多數是有需要的。有少數不注也可以明白的，注了也能幫助他確定古今形式的不同，對於他在語體方面的學習也不無

益處。」[45]而臺灣三個版本入注的詞彙多集中於音義，沒有特別強調古今語、虛字、文法，《開明文言讀本》之所以花很多篇幅在語彙及文法，這與編者的文言文的教學觀念有關，葉聖陶等人曾在專選文言的《開明新編國文讀本（乙種）》序文提到：「一個青年開頭讀文言，語彙與文法大多是生的，就一個個字看，也許都認得，把許多字連起來看，可不知道說些什麼。因此，語彙與文法得一點一滴的教學，又得研究各各的用例，與白話對照，比較。經驗累積多了，才可以達到通曉的地步。老師的指點固然很關重要，可是讀者自己多讀多想尤其要緊。能夠熟讀當然最好，因為熟讀就是把那種話（文言）說明了。」[46]無論是《開明新編國文讀本（乙種）》或是《開明文言讀本》，原是預備給自修國文的人使用，由於不是遵照國定本的框架，相對所謂官方認可的國定本，開明書店這些新編的國文教本，勢必訴求自修的層次，因此，對於提點自主學習的方式及材料，特別用心。當然，若教師覺得內容可以採用，葉聖陶等人也建議可以「作學生的充讀物，或者逕作講讀的材料。」[47]事實上，當時捨棄正中書局等國定本而就開明書店自編本，不在少數[48]。這某種程度亦肯定開明書店發行的教本以內容取勝的品質。

再看對〈桃花源記〉篇題的解釋，開明版僅短短的一句話：「這

45　〈編輯例言〉，《開明文言讀本》，第1冊，頁5。

46　見〈序〉，《開明新編國文讀本（乙種）》，轉見《葉聖陶集》，第16卷，頁77。

47　〈序〉，《開明新編國文讀本（乙種）》，轉見《葉聖陶集》，第16卷，頁77。

48　讀者之一的向錦江說：「抗戰後期，我在西北一個偏僻的小縣城裏，特地函購了戰爭中新編的《開明國文讀本》（土紙印的），抗戰勝利後，我在江南一個師範學校教書，拒絕了國民黨反動派辦的正中書局編印的欽定國文課本，採用了葉聖陶、朱自清、呂叔湘編的語體和文言分開的《開明高級國文讀本》。我的教學水平低，然而靠了這在當時稱得起是最好的教材，也選取得了一定的教學效果。」向錦江：〈開明書店教育了整整一代青年〉，收入《我與開明》，頁98。

一篇是他的『桃花源』詩的前面的一篇小記。」東大版是：

> 本文選自《陶淵明集》。文後有詩，一般多視本文為〈桃花源詩〉的前記，相當於詩的序言。記述武陵漁人捕魚時，無意間進入桃花源，發現了一個和樂自足的美好世界。作者生於晉、宋之際，對當時汙濁的政治、混亂的社會，既無力改變，又不願苟同，於是藉由本文構築了一個理想的世界——桃花源。全文用字遣詞簡潔精鍊，情感表現深遠有味，與六朝盛行的駢儷文風迥然不同。

翰林版為：

> 本文選自《靖節先生集》，原題是〈桃花源詩〉前的小記，相當於詩的序言。這篇記以散文的形式，敘述武陵漁人發現桃花源的始末，並描述桃花源社會的安寧祥和，人情的淳厚樸實。陶淵明遭逢時代巨變，面對政治腐敗、生靈塗炭的殘酷現實，無力改變現狀，於是透過簡潔質樸的文字，結合半生躬耕的經歷，描繪出理想的社會形貌，從此「桃花源」遂成為人間淨土的象徵，承載一代又一代人們內心的願景。全文構想巧妙，寓意深遠，以簡潔的文字、白描的手法，勾畫出恬靜淳厚的世外桃源，在盛行駢文的六朝文中別具一格，為作者晚年代表作品之一。

泰宇版指出：

> 本文選自《陶淵明集》，是〈桃花源詩〉前的小記，以記敘文的方式概述全詩的內容，一如詩前的序言。序，文體之一，陳述作者為文的旨趣及經過。「序」亦可作「敘」。

本文呈現陶淵明虛擬的理想國，沒有暴政徭役，沒有改朝換代，沒有動亂紛爭，更沒有稅收的壓力。在現實生活中，陶淵明目睹東晉、南朝宋之際朝代的更迭，民不聊生，既痛心又無力改變，因此以詩文架構出一個理想的境界——桃花源。全文以小說的筆法，虛實相間的情節和人物，勾勒出追尋理想世界的歷程，引人入勝，寓意深遠，結合了陶淵明的政治和哲學思想，在魏、晉文中堪稱一絕，值得後人仔細品味。

開明版短短的十八字解說，再度強化其一貫的扼述特色，沒有太多枝節的著墨；東大、翰林及泰宇版則在說明文章出處、篇旨大意之外，還交代創作背景與動機，略述寫作風格，甚至留意當時的社會局勢。題解敘述之詳略，其優劣或許見仁見智，不過，相對於把大部分篇幅讓給音義、古今語、文法、討論與練習的範疇，開明版的編輯群似乎更在意如何提升讀者的識字遣詞能力，而非僅僅是文章出處等末節。

　　《開明文言讀本》成書的機緣乃為擺脫當年國定本的枷鎖；而臺灣的主要教本則在課綱的緊箍咒下，自覺或不自覺地在體例形式自我設限，按教育部的「教材大綱」的指示，要包含「1.作者介紹。2.題解說明。3.課文講解暨賞析。4.課後評量活動」；而「實施要點」之「教材編選」項下，更直接挑明「每課範文宜附有題解、作者、注釋、課文賞析及問題討論等項目。」[49]因此，出版社為了確保審查順利過關，在部頒的規定上難免亦步亦趨，以致於各家的審定本之模樣就非常固定及雷同：作者、題解、賞析、問題與討論、評量，成了基

49　以上所引均見「職業學校群科課程綱要——一般科目」，收入職業學校課程發展指導委員會等編：《職業學校群科課程綱要暨設備基準——一般科目》（臺北市：教育部，2009年），頁20、21。

本款式。此與《開明文言讀本》相比，雖然形式項目互有異同，但在葉聖陶、朱自清、呂叔湘等語文專家的嚴格把關下，讀本的實質內容對啟發讀者的思辨力似更有利。下面徵引《開明文言讀本》「討論及練習」的全文，以窺悉開明編輯群的才識及為讀者強化主動學習的用心：

〔一〕這是一篇記事文。現在把它分成五段，試說每一段的大意。〔二〕陶淵明做這篇記，也許有一點事實做引子，但也只是一個引子而已，一切的鋪敘大概都出於他的幻想。後來人往往以為當真有這麼個不聞理亂，怡然自樂的「世外桃源」，你以為怎麼樣？當時可能不可能有？現在可能不可能有？〔三〕不相信這是事實的人就說陶淵明寫這篇文章是有所寄託的，這寄託文是什麼？〔四〕這篇文章有了前四段已經有頭有尾，不缺什麼了，添上個第五段有什麼作用？〔五〕這一篇的文體跟筆記文相近。用語助詞很少，沒有一個「矣」字，只有兩個「也」字跟一個「焉」字，那個「焉」字嚴格說還不能算是語助詞。最常用的連接詞「而」和「則」，這裏也一個都沒有。（試與〈為學〉比較，那一篇的字數只有這一篇的一半，可是語助詞跟連接詞多的多。）口語成分也很有一些，例如「便」字前前後後有四個，「向」字有兩個，還有一個「是」字（問今是何世），一個代「他」字的「其」字（隨其往——依一般文言的用例，「隨之往」更加合適些）。但是就大體而論，這裏邊的詞語和文法還是文言的，尤其是那些古書裏引來用的現成詞語：芳草（〈離騷〉），落英（〈離騷〉），雞犬相聞（《老子》），黃髮（《詩經》），垂髫（《三國志》），

問津（《論語》）。〔六〕這一篇文章多用短句，三個字四個字的最多，而且幾乎處處可斷。（我們現在加以新式標點，自然不得不分，和。，在作者和以前的讀者心目中是沒有這種區別的。）試問這形成怎麼樣的一種風格？這種風格用在什麼場所最相宜？用在什麼場所不合適？〔七〕「見漁人……便要還家……」的是誰？我們現在能不能這麼不交代明白就說「看見了這個打魚的」？〔八〕「問今是何世」跟「乃不知有漢」中間省說了一句什麼話沒有？〔九〕「雞犬相聞」怎麼講？是不是「雞」跟「犬」相聞？〔十〕把三四兩段翻成現代語。（以上見《開明文言讀本》，第1冊，頁90-92）

《開明文言讀本》精心設計十道題目多屬「開放式」的提問，讀者無法簡單用「是」或「不是」回應，也非用兩三句話就可結束。編者針對文章的內容結構及寫作技巧等，設計引發讀者深層思辨及能進一步加以活用表達的問題。東大、翰林及泰宇版也有「問題討論」欄目，然僅二至四道問題，如東大二問：「一、漁人明明在回家的路上處處留下記號，為什麼後來又找不到桃花源了呢？二、你認為『桃花源』是否真有其地？你也有屬於自己的『桃花源』嗎？」。翰林四問：「一、請分析〈桃花源記〉一文中，時間如何轉換？空間如何轉換？二、文中『不足為外人道』一語有何言外之意？如果你是桃花源中人，你有何想法？三、文中『桃花源』的美，美在何處？請談談你心目中嚮往的『桃花源』。四、〈桃花源記〉一文的寓意與象徵為何？」泰宇則有三問：「一、陶淵明的理想世界——桃花源，展現一片和樂景象，令人嚮往。試以文中所述，說明桃花源中人的生活狀況。二、依文中所言：『先世避秦時亂，率妻子邑人來此絕境』，試

想陶淵明想藉此寄寓何種情懷？三、如果你是漁人，你會選擇留在桃花源還是離開桃花源？請簡述原因。」相較開明版的提問兼顧知、情、意，臺灣這三個版本提問重心似乎放在情、意。

　　特別的是，開明版點出問題而不直接給參考答案，其他三版則把段落大意、課文賞析及全文翻譯形諸於教本，不但分析篇章結構，探討寫作技巧及語言風格，還探究簡中的思想情意。讀者無須自己動腦、動手找答案，因為教本所附帶的賞析已幫讀者完成解答工作了，以下即是東大、翰林及泰宇版的賞析內容：

東大版	翰林版	泰宇版
本文分為三段。首段寫漁人發現桃花源的經過，二段寫漁人在桃花源中的見聞，末段寫後人尋訪而終不可得。全文字數雖少，卻能千古傳誦，主要得力於其藝術表現手法。首先，作者成功結合虛構與現實：武陵人或許不存在，但劉子驥卻史書有名；桃花源或許不存在，但卻可以在每個人的心中。其次，文章由進入桃花源前的「緣溪行」到「山有小口」，再到「豁然開朗」；由「土地平曠」的田園風光到「咸來問訊」的桃源人事，層次分明。通篇以白描手法敘寫情事，如口語般流暢通俗，引領讀者進入作者建構的桃花源世界。 　　相對於當時外面的世界，桃花源是封閉而停頓的，但卻不是個玄虛的神仙世界。在良田、美池的環境中，人們各耘其田、各從其業，他們的生活是豐足而美滿的；人們熱情款待無意中闖入的武陵人，他們是溫和而善良的。但從另一個角度來看，桃花源裡的一切，其實只建立在「與世隔絕」這樣一個脆弱的基礎上，禁不起外力的入侵。武陵人既可以誤入此地，那又怎能保證它是絕對的封閉呢？「不足為外人道也」的叮嚀，充分反映出他們的疑慮和恐懼。 　　桃花源記可以看作是陶淵明對理想生活的憧憬，對汙濁現實的唾棄。陶淵明運用簡潔流暢的文字，塑造出一個美麗的理想世界。最後卻又親手封閉了它，心中必定有百般的無奈吧！但是，「桃花源」、「桃源」則成為理想世界、美好生活的象徵。這篇文章，溫暖了千百年來的人心，讓人們即使生活在紛擾喧囂中，仍能擁有一分憧憬，看到一線希望。	本文以散文筆法融合小說型態，描武凌人發現桃花源的歷程，勾勒出美麗的景致、淳厚的人情及和諧的社會氛圍。景物由遠而近，畫面由大而小，取材由靜而動，刻劃出作者所嚮往的理想社會。其寫作手法有以下幾個特點： 　　一、虛實交映，真假相合：世外桃源雖屬虛構，但作者虛景實寫。首段點明時間、地點、人物，似真有其人其事；文末再借與陶淵明同時代的隱士—劉子驥規往未果，進一步渲染真真假假的氣氛，呈現幻中有真、可望而不可即的理想境域。 　　二、造語平易，精鍊簡淨：通篇文字實樸，塑景生動。如「芳草鮮美，落英繽紛」八字，便勾勒出一幅春日美景。「乃大驚」、「具答之」「皆嘆惋」，則簡潔地描寫桃源人與漁人見面的經過。「乃不知有漢，無論魏、晉」短短兩句，既凸顯出桃源中人與世隔絕，也流露出作者對古樸淳厚生活的無限讚嘆。此外如「芳草鮮美」、「落英繽紛」、「豁然開朗」、「屋舍儼然」、「黃髮垂髫」、「不足為外人道」、「無人問津」及「世外桃源」，也成為大家熟知的成語。蘇軾評陶淵明文「質而實綺，癯而實腴」，本文正可為之印證。 　　三、擅留線索，寓意深遠：文中預留多處伏筆，如「忘路之遠近，忽逢桃花林」以「忘」、「忽」二字為伏脈，影射若欲得桃花源，需先「忘機」。桃花源世界因漁人忘卻機心而開啟，因漁人「便扶向路，處處誌之」萌發機時而關閉。最後劉子驥規往未果，後遂無人問津，似暗示理想世界的幻滅。恨惘之情自然流露，餘味悠然不盡。 　　全文詩意盎然，淳樸渾厚，充分顯現陶文不同流俗的創作意蘊，與「人格即風格」的崇高境界。	本文共分三段。首段寫漁人發現桃花源的經過。第二段為文章主軸，記敘漁人在桃花源中的所見所聞。最後一段描述漁人離開桃花源之後，太守、劉子驥等人計畫前往皆無所得，並以「無問津者」作結。 　　陶淵明運用虛中有實、實中有虛的寫作技巧，點染出一個空幻的世界桃源，道出心中強烈的願望。文章一開始點出時間、地點、人物，強化故事的真實性，「忘路之遠近」及「忽逢桃花源」增加了「桃花源」的懸疑性，鋪排出一條通往桃花源的夢想之路。當漁人「處處誌之」有意再去造訪桃花源時，卻是「遂迷不復得路」，「桃花源」就此消失，虛實之間，撲朔迷離。後又以東晉名士劉子驥欣然規往一事，再次渲染作品的真假氣氛，虛實莫測。即使「桃花源」這個地方讓人覺得遙不可及，但是作者卻把「桃花源」中的人、事、物寫得逼真動人，讓人對「桃花源」產生無限的渴望及追求，循著情節的脈絡，我們因而知道漁人是如何發現「桃花源」。「桃花源」中的「土地平曠，屋舍儼然」、「良田、美池」、「黃髮垂髫，並怡然自樂」都是「桃花源」外的人可望而不可及的，也正是陶淵明心中理想世界的體現。 　　本文結構嚴謹，以時間為線索，依序鋪寫出漁人發現「桃花源」的過程，首先，因為漁人的不經意；「忘路之遠近，忽逢桃花林」又被美景吸引，因此「復前行，欲窮其林」，才會在「林盡水源」處得一山，而「山有小口，彷彿若有光」吸引著漁人繼續前進，最後決定「便捨船，從口入」，進入了「桃花源」。在時間推移中，漁人由「溪」到「林」，由「林」到「山」，由「山」到「村」，引人入勝。接著描述漁人和桃花源中人的對話，表情神態，絲絲入扣，一問一答之中，展現作者的中心思想。最後寫出漁人離開「桃花源」時，「處處誌之」，但再尋訪時已是「遂迷不復得路」，「桃花源」復歸幽渺，也暗示理想世界的幻滅。雖然如此，但在最後仍以劉子驥的「欣然規往，未果」作結，呼應全文，增加「桃花源」的真實性，也展現了人們敢於追求生命的勇氣。 　　本文言簡意眩，樸實自然，寄寓深遠。如漁人回答桃花源中人只用「具答之」三個字，而漁人回答太守有關「桃花源」中的情況，也是用「說如此」三個字涵蓋了漁人的所見所聞。蘇軾說陶淵明的作品「質而實綺，癯而實腴」，更是說明陶淵明寫作重視意境、情韻，不事雕琢，善用樸素、通俗流暢的語言來表達豐富的內涵。

讀者固然可透過賞析文字，省去不少暗中摸索的辛苦，但反過來說，部分讀者是否會先入為主，受了鑑賞意見及批評觀點而削減反思的能力？壓縮了自主學習及獨立判斷的空間。至於應用練習，開明版主要以翻譯或造句練習方式驗收讀者的學習成果，而東大、翰林及泰宇版則是利用「單一選擇題」測驗及「語文進階練習題」兩類以強化學習成效，通常進階練習以語體寫作訓練為主，題型為引導式寫作。開明版沒有寫作的目標設定，因為它的〈編輯例言〉明確交代：「翻譯只有把文言譯成現代語的一種，目的在促進讀者對於選文更確實的了解。造句的練習也還是為了增進讀者對於文言字法句法的認識，並不希望讀者能由此習作文言。」而東大、翰林及泰宇版遵循了教育部課綱的要求，把白話作文練習放進教本裡。

六　結論

　　目前臺灣中學體制內所使用國文教本，無論是高中或高職都得遵行教育部頒訂的課綱。高中國文課綱（99課綱）的課程目標有三項，內容是：

> 普通高級中學必修科目「國文」，同時具有語文教育、文學教育與文化教育等性質，欲達成之目標如下：一、藉由範文研習、課外閱讀與寫作練習，以增進本國語文聽、說、讀、寫之能力。二、藉由各類文學作品之欣賞、思考與創作，以開拓生活視野，關懷生命意義，培養優美情操，提升表達能力。三、藉由文化經典之研讀，與當代環境對話，以理解文明社會之基本價值，尊重多元精神，啟發文化反思能力。[50]

50　「普通高級中學課程綱要國文課程綱要部分規定修正規定」之「普通高級中學必

高職國文課綱的課程目標，則有六項：

（一）培養學生閱讀、表達、欣賞與寫作簡易語體文之興趣及能力。（二）培養學生閱讀與欣賞文選、古典詩選等淺近古籍之興趣及能力，以陶冶優雅之氣質及高尚之情操。（三）指導學生理解中國文化基本教材論語，以培養倫理道德之觀念及愛國淑世之精神。（四）指導學生熟習常用應用文書信、便條、名片等之格式與作法，以應實際生活及職業發展之需要。（五）培養學生思考、組織、創造及想像之能力。（六）指導學生認知人文素養，以培養人文關懷之情操。

綜合來看，中學國文課程目標含攝了三大範疇：語文、文學、文化層次。若以此三項指標來檢視開明及東大、翰林、泰宇版，各版選文都不偏廢語文、文學及文化的元素，但細緻去看，《開明文言讀本》傾重語文的技能培養，其他三種版本的語文知識篇幅卻相對較少。即使題解大要、賞析文章、課後評量等觸及文學與文化，也往往所見略同（甚至若干行文近似），較少有自己的「個性」。固然教本以客觀陳述為要，不應夾雜編輯主觀的評斷，但過猶不及皆非上選，如何在課綱拘束及革新內容之間找到平衡點，《開明文言讀本》的編輯思想及作法，應該可以給當代文言文教本一些借鑑的訊息。

　　葉聖陶等前輩為突破當時國定本以艱深文言文為主的限制，編出了更適合讀者自修閱讀的《開明文言讀本》。這套書之所以擁有獨特的魅力，正來自於編輯群深厚的語文根底及嚴謹的編注態度。在編輯

修科目國文課程綱要」，見《行政院公報》（第16卷第197期，2010年10月），「教育文化篇」，頁26403。

的素質方面，開明書店的編輯群，大多擔任過教員及曾做過編輯，他們既是作家也是教育家，學術非常淹博，文學造詣也深，具有較高的文化修養。不論白話文或文言文，他們都能編出高品質的教本，當許多人認為白話文沒有什麼好教或者根本不知道如何教時；對於文言文，抱怨取材時代較遠、詞彙又詰屈聱牙、學生普遍學不來時；當各界批評中學生的國語文程度不好時，葉聖陶等人卻投身編輯教科書的行列，直接面向問題，他們把編教材當作畢生的志業，朱自清在大學授課繁重之際且病體纏身，仍自告奮勇加入編撰陣容，他與葉聖陶、呂叔湘為了選文、體例、注釋，不斷來回溝通，每篇文章若有不妥之處，必定盡力查考訂正，甚至逐字逐句反覆推敲修改，有時連一個標點符號也不輕易放過，根據曾與葉聖陶共事的田世英回憶：

> 他（按：葉聖陶）常說編書、寫文章和寫家信大有不同。家信寫不好，有錯誤，受影響的僅是個別人；而文章寫不好，有了錯誤，印刷出來，受害的是千百萬的讀者。所以，一個錯、別字的出現，一個小小的標點符號弄錯了，看來是小事，推及到廣大讀者，就成了大事。[51]

出版史料專家汪家熔謂：「教科書的本質是民族文化，即民族精神賴以傳承的重要工具之一。」[52]教科書攸關民族文化的延續，本該是一樁嚴肅且應予高度重視的大事業，葉聖陶等前輩就是抱持這樣的神聖心態，全心投入研發，編出一本本至今仍可借鏡的語文教材，儘管當時處於戰亂年代，印刷出版的條件有限，可是使用開明書店教科書而獲益的人並不少。

51　田世英：〈飲水思源憶開明〉，收入《我與開明》，頁75。

52　汪家熔：〈後記〉，《民族魂──教科書變遷》（北京市：商務印書館，2008年），頁227。筆者按：感謝汪家熔先生惠贈大作。

　　葉聖陶、朱自清、呂叔湘等當時學術根底紮實的大家，很慎重地編輯教科書，從彼此的工作日記及書信往來，即窺見每本教科書都是經過嚴格的編校工序，他們不但學問好也看重編書的工作。反觀現在臺灣學界、教育界，以學術研究為導向，看輕教學、不屑編書，沒有把教學活動放在很高的位置，發表學術論文、寫學術專書的居多，對教材的研究及實際編纂卻很忽略（或許諸校現行的教師評鑑辦法，其配分失衡──重學術、輕教學，教學計分較低，間接也抑制有心於此者）。即使有教授學者願意投入，往往也只是掛名，然後再找徒子徒孫，把執筆工作發包出去，以為找籠統的中文系出身的人（比一般人語文程度好一點）就可以勝任，這樣的輕忽心態正反映了編輯教材長久以來沒有被視為一門專業的學問，再加上編輯群的學問根底不如前輩紮實，以致於現在教本的品質比起葉聖陶那個年代弱化很多，沒有以前出色。

　　臺灣中學國文課本比較大的問題就是結構及行文很相近，發生這問題的源頭主要還是被部定課綱牽引（訂出課綱的委員，或內行或外行，兼而有之，部分或有意識型態干擾），由於現行的課綱規定太細瑣，原只需提示大方向或要點，卻舉凡時間支配、教材選編、文白比例、教學方法、作文練習、中國文化基本教材、應用文等，從內容到形式給予指導，那麼無形中就限縮了教本多元的可能性[53]。雖然教育

---

53 針對教材與國文課綱之間的反省，姜明翰曾評論：「一部『面面俱到』的課綱訂定頒布之後，出版社委請學界人士按其體例、條目的瑣碎要求編選教材，不得遺漏違逆，否則難以通過教育部的審定而取得執照。如是『外行領導內行』（是不是真內行還有待商榷）之下，則出版社不論是翰林、龍騰或東大；編者管他是才學淹通的大教授，還是初試啼聲的小講師、助理，編出再多的版本，長得不都是一個樣兒？大家比的是什麼呢？你選余光中的這兩首詩，我偏選他的另兩首？你的題解多幾行、附圖多幾張？我用的紙張比較好、印刷更漂亮？原來『一綱多本』開放多元的精神和用意，是經營造就了民間出版業，而不在於教材體例、內

部早已廢除國定本而以綱要取代，但實際上各出版社為求通關順利，緊抱課綱而不太敢發揮新意，但這裡的緊抱究其實也只能算是局部擁抱，如教育部在高職國文教學評量方面規定：「綜合口試、筆試、作品、演練、講演、學習態度及學習檔案資料等各方面之整體表現」，然而無論東大、翰林及泰宇版的評量題型，卻「不約而同」（或「有志一同」）定錨在筆試——選擇測驗題、引導寫作題，若以職校「畢業即就業」的特色，現今的國文課本在口語訓練上，顯然無法滿足職場上必備的溝通要件；再者，教科書內容太詳細了，賞析、翻譯、注釋一應俱全，沒有真正考慮不同冊次的合理安排，讀者拿到書只要翻一翻，看看翻譯、註釋及賞析，容易養成被動閱讀的弊端，失去主動思考的機會。至於作文練習，明文列入課綱，立意良好，但怎樣在有限的授課時數內，同時完成範文教學（含文化基本教材）及習作演練，在在都考驗著師生的能耐。

　　自一九四〇年代開明編輯教本以來，已逾一甲子了，按理應該編出更理想精緻的書本，可是事實卻是：課本紙張變好、插圖變多、彩色印刷非常精美、輔助學習的現代科技工具多了，但內容卻相對停滯、甚至有退步之虞。這裡所指的內容不單是文字、取材的本身，連帶編輯的素養也不足，開明書店處理稿件有「一絲不苟」的傳統，無論版式或標點一向講究，曾在開明參與校對工作的王清華說：「行款之間的鉛條和標點所占的鉛身都有規定。還要求一個字一個標點不單獨占一行；一行也不單獨占一面；標題不排在一面的最後幾行等。碰到牽動版面時，編輯在校樣上都以增刪文字來主動調整。」[54]若以開

容及編者的身份上。」見其〈由教材檢討高職國文教育的定位問題〉，收入陳啟佑編、陳敬介主編：《高職國文教材學術研討會論文集》（新北市：讀冊文化事業有限公司，2013年），頁86-87。

54　王清華：〈我在開明書店做校對工作的一點體會〉，收入《我與開明》，頁245。

明書店嚴謹的排校標準檢視，翰林及泰宇版部分注釋就抵觸了「一字不成行」的原則。如果編教科書的人，具備編、校、著的高度能力，相信在出版之前應可避免，此問題雖小，卻也見得專業精粗的高低。儘管如此，現有的國文教本也不是沒有優點，例如圖文並茂易吸引讀者目光、某些評量試題設計也貼近生活而易引起共鳴，但編寫教材的本身，過於固定僵化及雷同，這也是不爭的事實。

如何截長補短？一九四〇年代的文言文之教學目標，按教育部彼時規定的中學國文課程標準，係為培養學生可用文言文「敘事說理表情達意」的技能、使學生可以讀解古書，進以「欣賞中國文學名著之能力」。簡言之，學生要達到能讀、能寫文言文，才符合官方設定的語文能力要求；降至今日，中學的文言文教學目標，無論是高中或高職，其文言文教學旨趣，則集中在能閱讀及欣賞淺近古籍的能力，不再強調「寫作文言」。事實上，《開明文言讀本》早在編輯例言中表明不以習作文言為目標，若以「後見之明」論之，開明編輯群當時就走在時代的前沿了。教材的設計及編纂，涉及許多要素，如：教授者、學習者、教材文本或教學環境等等，回觀半世紀前的《開明文言讀本》，雖然沒有精美的彩色插圖、亦乏便利的多媒體輔具，僅是文字書寫的靜態展現，然其所提點的語文基本常識、編輯思維及態度，乃至對文言文教育的教學目標認知（避免誤解古書、瞭解往史及欣賞美文），迄今仍值參照。

伍

環島紮根：從《國語文輔導記》考察一九五〇年代臺灣中小學語文教育

一　前言

　　臺灣被日本殖民統治逾五十年，日本投降時臺灣人通曉日語的比例達總人口的百分之七十以上[1]，顯示在光復初期的日語已相當普及。臺灣脫離日本殖民統治之後，民眾隨即遭遇語言文字轉換的現實問題。學習國語、認識國字在戰後是一件大事，何容就說：「本省光復之後，第一件大事就是推行國語。」[2]基於對「祖國」抱以憧憬，民眾興起學習國語文的熱潮，《中國語文》月刊讀者黃柏松回憶說：

　　　　臺省光復時，我正讀初中一。由於回到祖國懷抱，人們掀起了學習國語文的熱潮。我看到祖父和父親也捧著國語入門一類的書，終日ㄅ、ㄆ、ㄇ的念個不停，也就躍躍欲試了。學

＊　此係一〇一學年度科技部專題計畫（NSC101-2410-H-562-001）之部分研究成果；曾載於《中國語文》月刊第112卷第1-6期（2013年1-6月）。

[1]　薛綏之的〈旅臺雜記〉指出，日本政府強力推行之下，其推行成效為：一九四〇年能說日語的已達總人口半數，達到百分之五十一，至日本投降時，臺灣人通日語的更高達百分之七十以上。見薛綏之：〈旅臺雜記〉，《北方雜誌》6（1947年6月），頁32。轉引自蔡盛琦：〈戰後初期學國語熱潮與國語讀本〉，《國家圖書館館刊》100年第2期（2011年12月），頁63。

[2]　何容：〈臺灣推行國語工作的回顧與展望〉，《何容文集》（臺北市：國語日報社，1975年），頁25。

校請來教國語文的老師，不知怎麼的，我老是一竅不通。小
學時候，我學日文，成績冠於全班，如今學起祖國的語文，
竟遲遲未有心得，真叫人難受已極。一天，我走過一家書
店，看到門口「《簡易國語詞典》大減價」的廣告，興之所
至，買本回來，翻一翻，只不過二百頁，但字字注音，且有
中、日文解釋和簡易的文例。我忽然有了個笨主意。把這本
詞典背完，學校裏教的不都會了？國文的程度，一定也就大
進。於是，我廢寢忘食地背。那時候，記憶力正強，只費了
三月工夫，就把它背得滾瓜爛熟。[3]

黃柏松談到從日本語文轉學中國語文的心路歷程，以及父祖輩學習國
語的熱情；還有利用背誦的「笨主意」學習國語詞典，苦心自修有
成，國語文程度大增，還因此獲得父親的一元獎賞，他不諱言受父親
肯定時，內心雀喜不已。黃柏松的例子，佐證了臺灣光復初期，學習
國語文之風盛行。不過，後來多數民眾不滿接收人員作為以及欠缺國
語文師資與相關書籍等因素，民間自發學習的熱情不再，往後則由官
方接手推動。[4]

3　黃柏松：〈我學國文和寫作〉，《中國語文》月刊第9卷第3期（1961年9月），
　　頁81。按：據該期〈編輯室報告〉說明，讀者黃柏松當時任教於臺南佳里塭內國
　　校。

4　蔡盛琦研究指出：「將語言的認同與恢復民族精神兩者之間劃上等號，於是將這
　　股熱情反應在學習國語上，社會瀰漫著一股學習國語的熱潮。為了順應學習者的
　　需求，市面上開始出現各式各樣的國語讀本、學習教材，這些出版品往往中、日
　　文並陳，國語、方言對照，展現一個多重語言文化的轉換期。」不過，此段學習
　　國語文的熱潮，沒多久卻迅速消退，自一九四六年起民眾自發學習的盛況不再，
　　理由是「因民眾對接收人員不滿情緒高漲下不願再學國語，再加上臺灣一直處於
　　國語師資缺乏、國語書籍缺乏的窘狀下，許多人根本弄不清何謂標準國語？國語
　　熱潮的消退，國語運動由官方機構接手推動。」以上所引見蔡盛琦：〈戰後初期
　　學國語熱潮與國語讀本〉，《國家圖書館館刊》100年第2期（2011年12月），頁

　　前臺灣省教育廳長——劉真（字白如，1913-2012），特別重視中小學及師範學校的國語文教育，他說：「師範生如果國文太差，怎能做一位稱職的教師？一個學生在青年時期如能把語文工具打好基礎，將來從事任何工作都不致遭到運用文字的困難。」[5]劉真發表過多篇文章談論國語文教育的重要，並在廳長任內規定師範學校的畢業生，必須通過國文、國語的統一考試，及格才可被分發擔任小學教師。他認為政府教育單位與民間學術團體合作，可進一步加強語文研究發展的工作，遂委託中國語文學會，並補助其相關經費[6]，邀請學會的常務理事王壽康教授（號荓青，1898-1975，見圖一）、總幹事趙友培教授（1913-1999，見圖二）及國語推行委員會主任委員何容教授（原名何兆熊，字子祥，號談易，1903-1990，見圖三）[7]、臺灣省教育廳督學陳泗孫（又名：陳泗蓀，生卒年待查，見圖四），他們從一九五七年十二月十七日出發至一九五九年一月為止，費時一年多走訪全省中等學校和部分國民學校（筆者按：昔日國民學校即今小學）[8]。

61、頁6。

5　見劉真口述，胡國台訪問，郭瑋瑋紀錄：《劉真先生訪問錄》（臺北市：中央研究院近代史研究所，1993年），頁173。

6　劉真說：「教育行政工作頭緒紛繁，而本廳人力、物力均屬有限。為適應業務需要，決定採取與學術團體合作方式，以促進研究發展工作。本廳現已分別與中國語文學會及中國自然科學促進會合作，進行改進國語文教育及自然科學教育。在合作期間，由學會派請專家擔任調查、研究、通訊輔導等工作，所需少數經費由本廳酌予補助。」見其〈當前臺灣教育的重要問題及騎解決途徑〉，《劉真先生文集》（臺北市：臺灣商務印書館，1990年），第2冊，頁904。

7　輔導期間王壽康因積勞成疾，無法繼續訪視，劉真改請何容協助。

8　環島行程，大致可分為四個階段，從東部開始行走，再經南部、西部，最後回到北部。東部區域：臺北市→宜蘭縣→花蓮縣→臺東縣→屏東縣。南部區域：高雄市→高雄縣→臺南市→臺南縣。西部區域：臺中市→澎湖縣→嘉義縣→雲林縣→彰化縣→臺中縣→南投縣→苗栗縣→新竹縣。北部區域：臺北市→桃園縣→臺北

圖一　王壽康像　　　圖二　趙友培像　　　圖三　何容像　　　圖四　陳泗孫像

　　依照教育廳與中國語文學會簽訂的「改進臺灣省國語文教育合作計劃」，輔導工作告一段落之後，中國語文學會須向教育廳提出國語文教育改進報告書。這趟史無前例的環島之行，其輔導成果即由趙友培執筆。起初先行發表於《中國語文》月刊、《自由青年》半月刊，爾後結集成《國語文輔導記》（見圖五）[9]。

縣（市）→基隆縣→臺北市。

9　這本考察臺灣全省中小學國語文教育的經驗談，除了序文及後記，正文計有二十二篇。執筆的趙友培說明成書的過程：「有關國語文教材和師資兩部份，先在《中國語文》月刊發表。惟教法這一部份很不好寫：若不詳敘事實，未免太簡略；若要詳敘事實，又未免太繁瑣。我正在躊躇之中，《自由青年》半月刊主編呂天行兄適來約稿，力勸我把語文輔導的具體活動寫出來；因此決定以縣市為單位，每月寫一篇給他。我很佩服天行催稿的本質，幸虧他逼的緊，我才能在兩年內把二十二篇趕完。」見其〈後記〉，《國語文輔導記》，頁331。

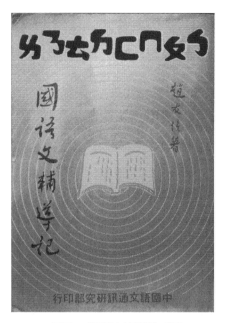

圖五　《國語文輔導記》書影

　　本文主要針對《國語文輔導記》，探討前人怎樣有效改進修辭教學，此處所指之修辭，依陳望道的觀點：「修辭學研究的對象——修辭現象，就是運用語文的各種材料、各種表現方法，表達說者所要表達的內容的現象。修辭學是語文的綜合利用，也是內容的具體表達。」[10]本文據此採其廣義之修辭定義，亦即研究《國語文輔導記》所提出的修辭現象，包括：修辭手段、修辭內容。修辭手段講求的是語（口語）或文（文字）的如何表達，「為增強內容表達效果而使用的語言材料、表現方式和技巧」；修辭內容係稱「要表達的客觀對象以及對於客觀對象的認識和感受」[11]。簡言之，筆者強調的修辭，除

10　陳望道：〈談談修辭學的研究〉，《陳望道語言學論文集》（北京市：商務印書館，2009年），頁423。
11　以上對修辭手段、修辭內容、修辭效果之界定，參考黎運漢、張維耿編著：《現

了語言文采技巧問題外，也關注作者的語文教育立場觀點或思想內容。

二 學習語文的三門徑

王壽康、趙友培、何容及陳泗孫所從事的工作，包括：參觀教學、抽查學生作文簿、舉行國語文測驗、對學生作專題講演、召開國語文教師座談會等。若以其工作的內容區分，國語方面由王壽康負責，文字及寫作則由趙友培協助；而一般的國語文教學問題則王、趙兩人共同負責；其餘法令規章與教育行政由陳泗孫督學協助。他們所推展的語文教育，首先確立輔導的原則，大致可歸為三項：

（一）從生活學語文

對語文議題，不管之前已演講過多少次，他們在不同縣市、不同單位的聽眾面前，總有新的發揮方式，往往就地取材，使聽眾產生共鳴。例如行經臺灣東部的花蓮，當地好山好水，給了趙友培啟發，他就以「海的啟示」為題，談文藝創作，謂：

> 壯闊深沉－可救偏狹與淺薄。
>
> 變化多采－可救單板與單調。
>
> 容納細流－所以融匯百川成其大。
>
> 真實反映－所以雲影天光一鑑開。
>
> 活潑新鮮－永遠不寂滅，永遠不陳腐。

代漢語修辭學》（臺北市：書林出版有限公司，1994年），頁8。

　　　　自強不息—它是天下之至柔，而實天下之自強。[12]

花蓮依傍太平洋，趙友培感受海洋的魅力，進而「借題發揮」談文藝
寫作的問題。趙友培認為學習文藝寫作，應先學好語文，「因為語
文是文藝創作的媒介，也是它的階梯。但學習語文，要經過一連串
艱苦繁難的過程，以求充分獲得運用語文的技術；技術的掌握愈熟
練，在寫作時所需分散於媒介方面的注意力愈少，才能把全部心力集
中在所要寫作的對象上。學習語文雖不見得人人有興趣，但却人人有
需要。」[13]他強調語文基本功的重要性，雖未必每個人有興趣成為作
家，但有良好的語文能力卻是人人所必備。

　　在臺東農校演講，趙友培以製造鳳梨罐頭為喻，說明寫作要慎選
材料就如同篩選生熟適度、大小適中的鳳梨；取得良好的新鮮鳳梨，
再進一步加工及刪汰，才可產出合格的罐頭，而好文章也需要這樣的
製程及技術，從選材定題、組織架構到如何遣詞用句，馬虎不得，他
說：

　　　作文選擇材料，就像製造鳳梨罐頭先要選擇鳳梨；太生的、
　　　太熟的不要，要選生熟適度的；過大的、過小的也不要，要
　　　選大小適中的。生熟適度、大小適中的鳳梨當了選，然後去
　　　皮，去心；假若皮去的不乾淨，再加人工修削；修削之後
　　　切成圓片，再加選擇，分開等級；最後裝入罐頭，加糖，抽
　　　氣，封口，才算製造完成。這過程一點馬虎不得，否則，品
　　　質就不合標準。好文章就等於鮮美的精神食品，首先要有好
　　　材料；有了好材料，還要注意處理的程序和處理的技術，才

12　《國語文輔導記》，頁27。
13　《國語文輔導記》，頁123-124。

能被讀者欣賞。[14]

其實，在前往臺東的路上，趙友培就有感而發地說：臺東雖地處偏僻，但還有公路、鐵路及空運可以進出，較之中國內地各省的窮鄉僻壤，客觀條件好得多。他由臺東的交通現況，聯想到語文問題，表示：「我們由甲地到乙地，地理上的交通是否便利，是顯而易見的，還有看不見的心理上的交通，那就要借重於語言。」[15]王壽康甚至說：「白話文的提倡，是要減輕歷史的負擔；國語的提倡，是要打破地理的隔閡！」[16]從有形的地理隔閡與交通的便捷性，強調提倡寫白話文與說國語的重要。

除了走訪本島偏鄉，他們還跨海到外島澎湖。趙友培在澎湖水產職業學校，以「學習現代的語文」為題演講，他認為語文是離不開生活的，就好像魚離不開水。趙友培解釋：

> 魚的來源，除了自然生長之外，要靠人工養殖。語文也是這樣：一面是在日常生活中自然生長發展的，一面是在寫生活中不斷錘鍊而成的。魚，好比寫作資料，要用方法去捕捉：過去舊式捕魚的工具，都很簡陋，經不起海上的風濤，雖有聰明的漁夫，也只好望海興嘆；現在不同了，在漁撈方面有了新式的設備，諸位受了科學的訓練，可以駕駛「澎水一號」、「澎水二號」、或者是「自立號」經常出海，勝過那些老漁夫。

又：

14　《國語文輔導記》，頁34。
15　《國語文輔導記》，頁30。
16　《國語文輔導記》，頁30。

> 從實用觀點來看：語文也是工具，愈合於時代要求，它的效
> 能就愈高。從前人讀了一輩子古書，也許食而不化，不能應
> 用；假如用科學方法學習現代語文，不必費太多的時間，就
> 能得到較好的成績。有了魚的來源，有了捕魚的新工具和新
> 方法，最後手續就是製造了；這也好比一個作家有了題材，
> 有了表現題材的工作和方法，便要著手寫成作品。製造需要
> 工廠，作家的工廠就是他的頭腦，頭腦裡的神經，就是最精
> 密最靈活的機器。所以諸位寫文章時，必須善用你們的頭
> 腦；正如諸位在製魚時，必須善用機器！[17]

澎湖囿於地理環境，常受暴風及鹹雨影響，土地不肥沃，農耕不易，
這裡的居民只能靠海為生，以捕魚為業。政府在此設立了水產職業學
校，主要就是培育現代的漁業人才。面對純樸的職校生，趙友培援舉
魚、海水、捕魚及製作魚罐頭的新工具與新方法，從聽眾的切身生活
環境去體驗寫作的過程，這種講述模式，聽者易懂、也易吸收。另
外，澎湖獨有的美麗礦石──文石，趙友培也把它聯繫到寫作，他
說：「一塊好的文石材料，要看準部位，依一定計畫規格來切磋，來
琢磨，才能成器；等於一種好的題材，也要經營佈置，如切如磋，如
琢如磨，經過作者的匠心和妙手，才能成為優秀的作品。」[18]文石是
多種礦物經高溫壓力下產生變化所致，長於玄武岩縫隙中，紋路奇
特，色澤多變[19]。文石經過切割、琢磨、打光等加工過程，可以做為
飾品或藝術品，頗具賞玩價值。趙友培把割治文石的切磋琢磨過程，

17　以上所引見《國語文輔導記》，頁136-137。

18　《國語文輔導記》，頁138。

19　關於文石的成因、特性及生產加工，可參考余炳盛、方建能著：《臺灣的寶石》
　　（臺北縣：遠足文化事業股份有限公司，2005年），〈聞名於世的文石〉，頁78-
　　89。

聯想佳文亦需經作者反覆推敲。

在彰化縣立女子商職，趙友培以「裁與縫」為題向女學生演講，他把裁縫製衣比擬寫作，他說：「做衣服的呢絨綢緞布匹，好比寫作的材料；剪刀，尺，針線，好比寫作的工具；衣服的樣式，好比文章的體裁；從設計到選料，到定式，到剪裁，到縫製，到修飾，好比寫作的過程。你們不能空手縫紉，也就不能空手寫作；只是衣服的材料可以購買，而寫作的材料有錢難買，這一點是不同的。」[20]於新竹商職，趙友培則以「收入和支出」為題，把商業的收入與支出的概念，運用在語文的聽、說、讀、寫之學習活動，他闡述說：

> 語文的學習活動，可以包括說、聽、讀、寫四部份。如果聽和讀是收入，那麼說和寫就是支出。聽別人說話，用耳，閱讀書籍，用眼（或用口），這是屬於理解能力的；自己說話，用口，寫字或作文，用手，這是屬於表達能力的。前者是資本的儲蓄，而後者是資本的運用；儲蓄的數量愈豐富，運用的範圍也才愈廣大；所以理解能力是表達能力的準備。我剛才參觀了本校實習銀行，銀行一定有賬冊，賬冊上一定有收支，每一個戶名下記載的清清楚楚。比方你向銀行提款，一張支票開出來，只要存款充足，不管三萬五萬、十萬八萬，立刻可以兌現。否則，儘管你開個千兒八百，無奈存款不足，那張空頭支票，便不能兌現，不能兌現便要退票；你為了怕退票，怎麼辦呢？只好東挪西借，臨時做虧空。好比面對著老師出的題目，你腹中空空，擠不出文章來，為了怕扣分，只好東拉西扯，暫時借別人的文章來救急。[21]

20　《國語文輔導記》，頁173-174。

21　《國語文輔導記》，頁226-227。

因應不同的聽眾專業背景、所處自然或人文環境，每每擷取當地人文風物與聽眾切身熟悉的題材，以增進語文知識及強化文藝創作概念，這樣從生活學語文的範例闡發，在《國語文輔導記》裡屢見不鮮[22]，談的雖是共同話題，卻往往有新的說法，容易達到輔導的目標。

（二）用思想學語文

　　為使講話或文章可以更臻美善，趙友培等人主張須用思想來學語文。前述提到學習語文除了聽、說、讀、寫之外，還有一個關鍵須掌握，即——想（思想、構思）。趙友培說：「語文的收入和支出，一定要通過『思想的算盤』：聽要想，說也要想；閱讀要想，寫作更要想！」[23]若這個中心樞紐無法轉動，那麼說話時不想，就容易信口開河、語無倫次；聽話時不想，接收的訊息易淪為耳邊風；閱讀時不想，無法真正讀進腦裡；寫作時不想，更可能不知所云。趙友培還呼籲要活讀書、多用腦，因為讀死書、不消化會造成思想糊塗，而思想混亂往往是詞彙誤用與語句不通的病源。有自己的情感、思考，便不容易人云亦云或者複製抄襲，語文可以反覆推敲、加工潤色，但若無

22　又如對北港省中學生專題演講，趙友培說：「生活，思想，語文，它們是一致的。例如西螺有大橋，有醬油，虎尾有甘蔗，有糖廠，北港有水產，有風沙；生活在這些地區的人，對當地的特色一定了解得最清楚，而這些特色正好是最好的寫作材料；把這些材料經過思想的組織，轉化為語文符號表達出來，也就是富有真實感的文章。」（見《國語文輔導記》，頁164）；期勉臺中市立家職學生，除了拿刀做菜外，其實也可拿筆寫作，趙友培分析：「作家也是廚師，把人生的悲歡離合，苦辣酸甜，做成一道道可口的佳肴，滿足讀者精神的需要；所不同的是材料和技術而已。假若本校同學肯從烹飪實習中體會寫作的到理，懂得如何選材？如何配合？如何注意火候？如何品嘗色香味？加以不斷練習，那麼除了能做一手好菜之外，必能再寫一手好文章。」（前揭書，頁125）。

23　《國語文輔導記》，頁228。

深刻的思想內涵，拾人牙慧，產出千篇一律的八股文現象，便不足為奇了。趙友培針對抄襲問題，表示：

> 我每到一校，都要抽看學生的作文，看得多了，發現不但若干文章題目千篇一律，若干文章內容也是大體相同。有一位老友告訴我：「現在是教師抄題目，學生抄文章，抄來抄去，都變成文抄公了。」話雖憤激，倒不是隨便說說的。以鹽水中學初三女生班為例，全班學生四十七名，經秦之正教師批明抄襲的竟有十九人之多。[24]

王壽康也認為「作文貴在表達自己的情意，而不在把別人的情意重複一遍；尤其第一步路錯走不得，學生一開始便找作文範本是絕大的錯誤。因為模仿人家的東西，便不是自己的東西。」[25]此呼應了趙友培之見。

　　趙友培強調寫自己的經驗就不怕沒有題材，在新豐農職演講時提醒學生只要肯留意、到處是題材：「農職學生天天與大自然接觸，各種動植物都是你們的朋友，無一不可寫。餵牛，養豬，孵雞，栽花，除草，種樹……都是你們的生活，都是你們的功課，也都是你們寫作的材料。」[26]又舉該校的一副聯語為例，期勉成為寫作的生產者而非寄生蟲，他說：

> 我看到貴校校園有一副很好的聯語：「要為國家生產者，不作社會寄生蟲。」教育的要求是這樣，寫作的要求也是這樣。寫作是精神生產，所以當你們用心作文寫出自己思想情

24　《國語文輔導記》，頁108。
25　《國語文輔導記》，頁93。
26　《國語文輔導記》，頁107。

感來的時候，也就是生產者；但若不寫作而抄襲，那就等於自己不生產而把別人生產的東西據為己有，這就不是生產者，而是寄生蟲了。[27]

獲得趙友培、王壽康、何容稱讚的佳作，往往是寫自己的經驗，有自己想法、不複製別人觀點，茲舉數例：

◎該校（筆者按：高雄工職）管鉗科學生鄭鴻謀，有一篇作文寫的〈工場實習記趣〉，既充實，又生動；沒有那種生活經驗，無論如何寫不出那樣好的文章。但他的另一篇〈青年的使命〉就東拼西湊，空洞零亂，不成樣子。[28]

◎縣立岡山農職的國文成績也平平，但學生作文中有兩個題目倒寫的不錯：一是〈考場風光〉，一是〈上學途中見聞〉。我和宋國元校長說：「這就因為他們有東西可寫，所以寫得出來。」[29]

◎我看到某生作文題為〈西港進香記〉，文中描寫參加的人和參觀的人各自心情不同，很有見地。以我來說，我不但從未到過西港，且在此以前，不知有西港這個地方，我便寫不出這樣的文章。[30]

◎高二乙賴哲秀同學寫的〈校外實習述感〉，高一丁陳端淑、林淑美兩同學寫的〈我的煩惱〉，前者內容充實，後者富有情感，都是從實際生活經驗中得來的。[31]

---

27 《國語文輔導記》，頁107。
28 《國語文輔導記》，頁62。
29 《國語文輔導記》，頁77。
30 《國語文輔導記》，頁103-104。
31 《國語文輔導記》，頁185。

其實，趙友培也是如此自我要求，貼近真實生活的題材才下筆，他說：

> 有人約我以匪區大鳴大放的題材寫一部小說，我當時搜集了很多資料，並決定用〈鳥啼花落〉為書名。但最後還是辭謝了，為什麼呢？因為我主要地掌握不住匪區環境的氣氛，這不是單從書面可以得到的，要有切身的體驗才行。而切身的體驗若非來自實際生活，必然來自長時期向親歷其境者所充分的調查和訪問，這好比是文藝的血肉；若是失去血肉只寫成一個空殼子，儘管有故事，有人物，不過是懸掛起來的走馬燈，只有一羣搖晃的影子而已。[32]

寫作不能空談，作品若要有深刻的內涵，必須留意真實感以及語言環境。寫作與生活息息相關，趙友培主張寫作的材料取自生活，每個人有自己的生活及面目，寫自己所經驗的生活，如同用自己的聲音說話。雖然趙友培強調生活可供給寫作的材料，但並非所有生活材料皆可構成佳作，仍須經過篩選、組織，他闡述：

> 怎樣選擇？第一，假如你寫抒情文，應該選擇生活經驗中感動最真切的部份，和趣味最濃厚的部份；寫出來之後，才能真情流露，或興致勃勃，而不致無病呻吟，或索然寡味。第二，假如你寫記敘文，尤其是遊記，應該選擇生活經驗中印象最鮮明的部份；寫出來之後，才能使讀者如身臨其境，而不致像霧裡看花，隔了一層。第三，假如你寫論說文，應該選擇生活經驗中認識最清楚的部份，和價值最高貴的部份；寫出來之後，才能見解正確，理由充分，對社會公眾有利

---

32 《國語文輔導記》，頁97。

益，對國家民族有貢獻，而不致強詞奪理，似是而非，浪費
筆墨，貽害讀者。[33]

趙友培依不同文章屬性，提醒如何選擇合適的生活材料，更細緻地指
引寫作的門路。趙友培認為語文及思想、生活其實是一致的，而思想
又是情感的「引導者、調和者、鍛鍊者」[34]、語文則是「事物通過思
想轉化而外現的一種與人類生活最有密切關係的符號」[35]；人的思想
感情均賴語文表達，而如何靈活地運用語音、語法、詞彙等來組織想
法，這正是積極修辭學講重的範疇了（詳後述）。趙友培在北門中學
特地發揮了一段學、問、思、辨、行的道理，並強調「思」乃學習的
樞紐，他說：

> 學、問、思、辨、行，是一個學習的全程，彼此相關，缺一
> 不可。這裡，學是總體：學有疑，便當問；問了還有疑，便
> 當思；思了還不能貫通，便當辨；辨而解惑，然後行；這是
> 第一層意思。學甚麼？學了會問，學了會思，學了會辨，學
> 了會行；這是第二層意思。行是實踐工夫：怎樣行？學就是
> 行，問就是行，思就是行，辨就是行，這是第三層意思。因
> 此，離開了問思辨行，便無學；離開了學問思辨，就不行；
> 而又以「思」為學問辨行的樞紐。我們學要思，問要思，辨
> 要思，行也要思；思什麼？思其所學，思其所問，思其所
> 辨，思其所行；這是更深一層的意思。我們今天一般國文教
> 學的情形怎樣呢？只以講授讀書為學，只以背誦考試為行，
> 多半忽略了問、思、辨的過程。以致學生背了課文，背了解

33　《國語文輔導記》，頁239-240。

34　《國語文輔導記》，頁85。

35　趙友培：《思想與語文》（臺北市：中國語文月刊社，1985年），頁18。

釋，通過考試，得到分數，仍然寫不通文章。[36]

趙友培等人走訪諸多學校，發現國語文教學的通病——「四書政策」（趙友培語）[37]，此四書即背書、抄書、默書、考書。一味地背、抄、默、考，卻不知靈活變通，養成了學生不重視理解、思考、應用及創作。王壽康在臺南市立中學也提出四項國語文教學的原則：一、理解重於背誦；二、閱讀重於講解；三、講辯重於作文；四、創作重於模仿。教師是這些原則的傳授者，教師若無良好的國語文能力，勢必影響教學，也無法適時指導學生，因此趙友培特別針對師範生提出五項能力指標，他表示：

> 一是識記能力，認識並記憶語文符號的形聲義，這是語文學習的初階；二是理解能力，通過語文符號以間接吸收消化別人的生活經驗，這是語文學習的儲備；三是思想能力，憑藉語文符號進行想像或思考的活動，這是語文學習樞紐；四是表達能力，運用語文符號把自己的生活經驗傳達給別人，這是語文學習的成果；五是創造能力，運用語文符號創造出有價值的學術或文學，這是語文學習的高峯。其中思考能力，運轉於識記能力、理解能力、表達能力、創造能力四者之間，發揮組織的作用，最關重要。所以，要想提高師範生的國語文能力，就得積極培養他們的思想能力。[38]

以上不管是語文的識記、理解、表達、創造能力，均與思想能力密切相關，趙友培認為思想能力可分兩部份說明，一是思想活動本身（想

---

36 《國語文輔導記》，頁102-103。
37 《國語文輔導記》，頁111。
38 《國語文輔導記》，頁121。

像活動、思考活動），另一是思想活動的作用（聯想、分析、綜合、類化、抽離）。所謂的思想能力，他定義為：「憑藉聯想、分析、綜合、類化、抽離等等作用，推進想像活動與思考活動而發揮的能力。」[39]總之，運用語文的識記、理解、表達、創造能力，離不開思想，語文修辭不只是研究形式，也涉及所表達的思想內容，彼此之間存在著相輔相成的關係。就以聯想為例，教師即可用來處理學生寫錯字的問題，不少教師常以罰寫來懲處寫錯字的學生，但趙友培認為罰寫的效果未必顯著，應該教導學生瞭解字的意義，從本質上去加強印象，可以用聯想與相似概念的字詞加深字的印象。趙友培在翻閱臺東女中國文教師馮紀澤批閱的作文本子後，表示：

> 有一個學生誤將「爬」字，寫成蚆字，這是杜撰的字，大概以為蟲是會爬的。紀澤批了「罰寫兩行」。該生又把「爬」字的「爪」旁寫成「瓜」，紀澤生了氣，又批「罰寫二十行」。這原是很多教師採用的辦法。我覺得這個學生雖然被罰寫了這麼多「爬」字，未必明白所以然，只是糊裡糊塗被罰，滿心不高興而又不敢不寫，這些地方就需要教師動腦筋了。紀澤的文字學很有根柢，可是才教書，經驗不夠，不能活用。我就以此為例，我說：「你應該給學生講講，為什麼要寫『瓜』呢？瓜是圓的，只會滾，不會爬，當然錯了。爬要用腳抓，所以『爬』字的左邊是『爪』，不是『瓜』。你再可以舉些『瓜』旁和『爪』旁的字，讓學生加深印象，以後不必再罰寫，也不會寫成『瓜』旁了。」[40]

39　趙友培：《思想與語文》，頁52。

40　《國語文輔導記》，頁32-33。筆者按：趙友培說學生把「爬」字寫成「蚆」字，「蚆」是杜撰的字，此說有待商榷。「蚆」，《爾雅·釋魚》解釋：「蚆，博

上述，採聯想方式，區隔「爬」與「虯」，趙友培提供教師教導學生
不寫錯字的良方[41]。何容則提到教師改正學生作文的錯誤，其教學態
度要抱持著「學生作文中每一個錯誤，尤其是不清楚的句子，都作一
個敵人來看待，要細心的去搜尋它，消滅它。」，「我們訓練學生運
用文字，要像軍官訓練士兵使用武器一樣，必須要求他們能夠作到
『正確無誤』。」[42]何容強調訓練學生的文字運用能力，其實也是思
想的訓練，因為「作不清楚明白的文字的人，思想也不會清楚。」[43]

（三）為創造學語文

　　浮詞濫調、敷衍了事，這不是學習語文的應有態度，趙友培看過
許多學校辦理的節慶壁報展以及教室標語、作文本子，內容常常是陳
腔濫調。如參訪恆春中學時，發現該校的元旦特刊的壁報，淪為例
行公事、隨便交差，他羅列出其中雷同的用詞：「光陰像流水一般
過去」、「光陰似箭，轉眼間」、「歲月不居，一年易過」、「時間
過的真快啊」、「時間荏苒，又是新年」、「光陰似流水，一去不復
返」、「日子過得像閃電一般」、「無情的光陰過得真快」、「韶
光易逝，轉瞬間」、「光陰似箭，日月如梭」[44]。大家用了相同的框

而頹。」其中的「頯」（讀音：ㄎㄨㄟˊ），郭璞注「中央廣兩頭銳」；《廣
韻》：「虯，貝也」，即貝類。以上解說參考〔晉〕郭璞注、〔宋〕邢昺疏：
《爾雅注疏》（臺北市：藝文印書館，1993年，十三經注疏本第8冊），頁167。

41　趙友培也介紹南山工業職業學校土木科國文兼任教師蔣尚為講解錯別字的經驗，
　　他轉述蔣師的教學之道：「某生把事情『辣手』誤寫成『辣手』，他說：『手
　　上有皮，只怕刺，不怕辣。』經此一說，學生還會再錯嗎？」（《國語文輔導
　　記》，頁260）此亦是利用聯想方式辨正錯別字。

42　何容：〈論改文的重要〉，《何容文集》，頁224。

43　何容：〈論改文的重要〉，《何容文集》，頁224-225。

44　《國語文輔導記》，頁45。

架，而這正是陳望道一向所批評的：「別人講光陰似箭，日月如梭，我們也同樣這樣說，一點新氣味也沒有，就沒有效果。學修辭應該多去掉一些框框。」[45]趙友培與陳望道所見相同，反對的也是這種用詞千篇一律、無創新思考的修辭表現。

又如很多學校經常出〈我的母親〉這類題目給學生作文，但趙友培實地抽驗多篇之後，歸納出四點描述人物的公式：「一是『我的母親不胖也不瘦，不高也不矮；』二是『我的母親有一雙大大的眼睛，襯著高高的鼻子；』三是『某次生了一場重病，母親住在醫院裡陪我；』四是『我要努力讀書，報答母親的恩惠。』」[46]不管每位母親的真實高矮胖瘦，凡是提到母親都扯了一套「不胖不瘦、不高不矮」濫調。對此現象，他深以為憂，認為要免除滿紙拼湊、不作應景的點綴品，教師應指導學生寫出生活的所見、所聞、所感與所想，並善用各種的修辭技巧。趙友培曾舉桃園龍潭國校教師鍾肇政的譬喻教法為例（見圖六）[47]，認為他教導的描寫人物外貌的方式值得提倡，鍾師

45　陳望道：〈談談修辭學的研究〉，《陳望道語言學論文集》，頁428。

46　《國語文輔導記》，頁285。

47　鍾肇政多年在課堂上為學生的國語文基礎紮根，後來則經營雜誌刊物以提攜諸多的文學青年，他在國校任教三十餘年，他曾利用在學校教書之便，刊行油印《文友通訊》（1957年4月26日創刊-1958年9月為止）集結有志發展臺灣文學的作家（如陳火泉、廖清秀、鍾理和、施翠峰、李榮春、許炳成、許山木、楊紫江等），在此園地交流研究心得及寫作近況。他也曾擔任《民眾日報》副刊及《台灣文藝雜誌》主編。另外，還策劃出版本土青年作家十冊短篇的小說集，積極栽培後進。其所著《濁流三部曲》（「濁流」、「江山萬里」、「流雲」）則開創台灣大河小說創作；而臺灣早期的經典電影《魯冰花》，即改編自其首部同名的長篇小說，此外，尚有《台灣人三部曲》、《高山三部曲》、《怒濤》等，他也多次獲得文藝大獎，對台灣文學的發展，貢獻很大。葉石濤評價說：「鍾肇政對臺灣文學的貢獻主要在於他的幾部大河小說，但不可忽略的是他栽培後進的奉獻犧牲，沒有他這大公無私的作風，今天許多作家都無法擡頭；我算是其中一個。」見葉石濤：《臺灣文學入門──臺灣文學五十七問》（高雄市：春暉出版

圖六　鍾肇政在桃園龍潭國校授課像（指導學生作文）。

的學生們即生動地形容：「高如電柱」、「矮如桶」、「矮冬瓜」、「走路慢如螞蟻」等。

　　提升國語文能力，消極面是要遏阻抄襲，積極面則要鼓勵創造。前者，趙友培曾提出防止抄襲的三種方法：一、不必抄；二、不能抄；三、不敢抄。他表示：

> 第一是，使同學不必抄。要把寫作的基本方法教給他們，培養同學的表達能力，提高同學的寫作興趣，讓他們有自由表達的快樂，而無聽到作文就頭痛的苦惱。第二是，使同學不能抄。除了在命題方面避免陳濫之外，上作文課時一定要監堂，課桌上只准放一部字典，其餘一概收起來。並且要限定當堂繳卷，不管任何理由，不得帶出課堂以外去做。

社，1999年），頁124。陳芳明也肯定鍾肇政是「臺灣歷史小說的創建與擘劃」者，見陳芳明：《臺灣新文學史》（臺北市：聯經出版事業股份有限公司，2011年），下冊，頁485。

> 第三是，使同學不敢抄。凡是發現了文抄公，決不可一批了
> 事，那樣等於變相的鼓勵。各班教師應該合作，凡是文抄公
> 都指定在星期日返校集中於一堂重作，約定由教師一人輪值
> 照顧。這樣，那些以抄襲為得計的同學，就不敢再輕於嘗
> 試。[48]

不能抄別人的，「抄襲是精神的小偷」（趙友培語），那麼該如何創造、作自己的文章呢？趙友培主張從生活中提取材料，要寫自己的生活見聞感想，若不從實際的生活著手，說話或寫作的材料不免虛偽，回溯科舉時代，把古人的文章讀得爛熟，卻不見得文章寫得好；現代語文教育應追求的是從生活學習的這條新路，以前耗盡數十寒窗苦讀的舊路，卻換來虛偽的應試文，欠缺自己的面目。趙友培強調生活是許多文章的題材來源，「一切文章的取材，不是古代人的生活，就是現代人的生活，不是本國人的生活，就是外國人的生活；凡是有生活的的地方就有文章，正如有生命的地方就有空氣。」[49]趙友培堅持貼近生活的寫作，而作家查顯琳（公孫嬿）則與他的意見不同，說：「我所寫的作品，和我的生活是兩件事；我生活在砲火中，寫的卻是砲火以外的想像。」趙友培笑答：「想像還是來自現實的生活，否則便是空虛的幻影。」[50]趙友培始終抱持此一看法。

三　閱讀與修辭

中小學校的閱讀活動，趙友培強調兩方面的意見：一是活讀教科

48　《國語文輔導記》，頁212。

49　《國語文輔導記》，頁194。

50　查顯琳與趙友培的對話，見《國語文輔導記》，頁184。

書，另一則是多看課外讀物。教師在課堂上應如何利用教科書來教導學生閱讀白話文以及認識生詞？趙友培看過不少教法之後，針對講授白話課文，提出以下心得：同樣是白話文，教師的態度卻有「無從教起」與「大有可教」之別。前者，他舉參觀東南中學的例子說：「初一講的課文是〈雙十節小故事〉，這篇白話文，既沒有什麼可以解釋的，那位教師似乎大有『無從教起』之感。」；後者，他尤其贊許下列的教學活動：

> 初二那班講的課文是〈觀球記〉。巧得很，也是一篇白話文。這位教師姓王，是江蘇省立教育學院畢業的。從他的教法看，白話文決非「無從教起」，而且「大有可教」之處。他要學生先依自己的經驗想一想看球的情形；然後指定學生分段輪讀，每讀完一段，分別糾正讀音的錯誤。其次，要學生提出不懂的詞，他並不立即答覆，先指名反問學生。等到有一位答對了，或接連好幾位都答的不對，他便停止，並把先前各生所答的加以比較或補充，使他們知道誰對，誰不對；為什麼對，為什麼不對。這樣，比教師直接了當地解釋，對學生的印象要深刻得多。

這樣的師生互動模式，兼顧了訓練聽、說及獨立思考的能力；此外，趙友培也補充活用詞彙及成語的意見說：

> 講到「人海」和「人山」，如能再把「動」「靜」的分別、和活用成語的道理就便告訴學生，並挑選學生熟悉的事例，要他們當場作「動態」或「靜態」的描寫，那麼讀書和寫作的配合，必能更深入一層。[51]

---

51 以上所引均見《國語文輔導記》，頁157-158。

他進一步將修辭與閱讀、寫作連結起來，更完善國語文的整體教學效果。至於課文的新字生詞，其意涵解釋該如何清楚地讓學生瞭解？許多教師是寫黑板、抄筆記，但獲得趙友培青睞的則是生動具體的講授方式，他在參觀斗六溝壩小學初三的國文教學活動時，看到教師講解「圍著」詞彙的場景，留下深刻印象，他這麼描述：

> 喊來一位小朋友，她問：「一個人站著叫不叫圍？」小朋友答：「不！」她接著說：「上一堂老師坐著改本子，小朋友站在四面，把老師包在中間，這就叫圍著。懂不懂？」這還用說，誰不懂！講到「籐」，她拿出實物來；講到「鬆開」，她拿起板擦兒表演，先握緊，慢慢放開，落下，再讓一位小朋友照著做。[52]

同樣靈活教學的畫面在田中國校也出現了，趙友培說：

> 田中國校二年戊班王希瑗教師國語極好，教法亦佳。她教〈老鴉口渴〉一課，不但用圖畫，而且用瓶子裝水作演示。[53]

這兩位老師所採取的方式符合教育部國校國語課程標準所列「讀書」教學方法的規定：「字跟詞，如果必須解釋的，要用實物、圖畫、舉例、比喻等表達意義，不可用抽象的字義解釋。」[54]不過，他訪視多所學校之後，發現很多國語文教師其實並未遵守此項規定，教師機械式地抄寫黑板、學生不明就裡地謄錄背誦，他很擔憂學生循此學習之徑，是否真懂字義。

---

52 《國語文輔導記》，頁160。
53 《國語文輔導記》，頁175。
54 《國語文輔導記》，頁160。

　　至於課外書籍，趙友培等人主張要多讀，趙友培認同基層教師鼓勵學生大量閱讀的意見，他說：「縣女商職陳老師主張增加課外優良讀物，供學生大量閱讀，這一項意見很寶貴。學生要把國語文學好，單靠課本裡幾篇文章是絕對不夠的。我們只要留意一下就可以發現，凡是國語文成績好的學生，一定讀了不少課外讀物。」[55]好的課外讀物值得推廣，但究竟該讀哪些書？趙友培並未開列書單，不過他在鼓勵學生欣賞優美的文藝作品時，特別強調讀了作品之後，可以借鏡他人的技術表現，但最終還是要回到自己，從事實際的寫作練習，從不斷的習作中增加表達的能力。他說作家要知行合一：「知道『怎樣好』是第一步；知道『為甚麼好』和『用甚麼方法做到那樣好』是第二步；跟着第三步，也是最重要的一步，是要以種種努力『做到那樣好』。」[56]種種的努力，包括觀察現實生活、閱讀長短篇的作品（單篇或書籍），按理寫作是要創造的，看別人的作品是否容易淪為抄襲？趙友培說：「文藝要創造，但幾乎沒有一個大作家在他學習技巧的階段，不做模仿的工夫。模仿不是抄襲，是拿別人無限寶貴心血的結晶來作我的借鏡；含咀他的精華，而非餔餟他的糟粕。這就是『師其心而不師其面，師其神而不師其貌。』我們不是為模仿而止於模仿，乃是由模仿而進於創造。」[57]換言之，多讀的這個階段，重點在抽繹歸納佳作的原理法則，進而反思自己的技巧是否純熟、精確洗鍊，因此，閱讀是寫作的必須過程，但又不是僅僅停留在模仿層次，趙友培表示：

55　《國語文輔導記》，頁182。

56　趙友培：〈談題材〉，《文藝書簡》（臺北市：重光文藝出版社，1977年，增訂10版），頁62。

57　趙友培：〈談技術〉，《文藝書簡》，頁109。

用字不是孤立起來個別地用，而是組織起來成羣地用。用字如用兵，在精而不在多，只要懂得組織的方法，就能發生無窮的變化。例如一個「動」字，上加一字可以造成主動、被動、推動、振動、浮動、舉動、轟動、調動、活動、流動、生動、勞動……這許多詞。下加一字，可以造成動產、動工、動搖、動態、動員、動作、動靜、動用……這許多詞。由詞到句，句是意義的基本單位，每一句中，決不隨便用一個字，而要找到那唯一的最好的字。[58]

又：

我們如能善於鑄造，便可由字而詞，由詞而句，聯合練習，如畫一圓，如唱一節，構成一個小單位。然後，每天抽出十分二十分鐘，來作寫生練習，把所見所聞歷歷如繪地一小段一小段寫下來，要寫得恰到好處，不妨修改再修改，那怕只寫一兩句也行。每一句中，決不隨便用一個字，而要找到那唯一的字。我相信，那樣的一兩句，對於創作的進步，也許會勝過每天寫上一千句。[59]

趙友培認為用字的訓練次序，要先從個別熟悉、局部聯合再到整體鎔裁，並徹底瞭解語文的特性、學習遣字鑄辭的技巧，即使字句反覆修改、斟酌再三，每日只能寫出滿意的一兩句話，也沒有關係。重要的是怎樣找到精確的詞彙，以表達恰如其分的完整意象[60]，趙友培主張

58　《國語文輔導記》，頁119。

59　趙友培：〈談題材〉，《文藝書簡》，頁105。

60　據聞歐陽修每作一文，在改定之前，對作品改了又改，趙友培就說：「一個簡單而深刻的句子，作家往往費了無數的心力，而一個字的改動，就像一個棋子的改動一樣，全局皆受影響。例如賈島『僧敲月下門』這個詩句，敲字又欲作

修改字句，不是要咬文嚼字，而是為了錘鍊意象。遣詞若能練到像聲樂家操縱聲音那樣地自如，或者如樂器家連用手指那般靈活，那麼「生花妙筆」，必可期待。

另外，針對官方指定閱讀的書籍，趙友培的態度如何？當時國共對峙、氛圍緊張，為了強化所謂的敵我意識、黨國情操，教育廳遂通令中學生研讀相關書籍如《蘇俄在中國》[61]，而這也成為當時特殊的閱讀文化。面對硬性規定接觸官方黨化讀物的壓力，不少教師感到棘手，認為以中學生的國文程度，恐怕無法消化，於是向趙友培請教該如何因應，趙友培回答說：

> 我在這部巨著（筆者按：《蘇俄在中國》）尚未公開發行之前，幸有機會事先研讀，也覺得青年學生不容易看懂；曾建議另寫一部通俗本，當時羅家倫先生很表贊同，但誰也不敢

「『推』字，韓愈代為決定『敲』字好。敲字為甚麼比推字好呢？兩者意象完全不同：敲是大大方方，推是鬼鬼祟祟。又如齊己（筆者按：己）咏早梅詩：『前村深雪裏，昨夜數枝開』，鄭谷替他改『數枝』為『一枝』，因為數枝已不能算早，一枝才是真早。再如王安石《春風又綠江南岸》句，原稿綠作『到』，又改『過』，復改『入』，旋改『滿』，這樣改了十幾次，才決定用『綠』。『綠』字跟其餘那些字之所以不同，也是由於意象的不同：一個『綠』字，把江南春景完全顯露出來了。這樣地鍛鍊字句，乃在調整意象，修飾意象，自非咬文嚼字可比。」見其〈談作品的修改〉，《文藝書簡》，頁153。

61 《蘇俄在中國》出版於一九五六年，歷來作者註為蔣中正（蔣介石），事實上還有陶希聖執筆，書名全稱為《蘇俄在中國：中國與俄共三十年經歷紀要》，該書內容敘述中華民國政府與蘇俄、中共，三十年來三次「和平共存」的經過及其最後結果。分四編：第一編「中俄和平共存的開始與發展及其結果」；第二編「反共鬥爭成敗得失的檢討」；第三編「俄共『和平共存』的第一目標及其最後的構想」；第四編「俄共在中國三十年來所使用的各種政治鬥爭的戰術，及其運用辯證法的方式之綜合研究」。見《蘇俄在中國》（臺北市：中央文物供應社，1957年，4版）；另參陳德規編：《「蘇俄在中國」之研究》（臺北市：中南出版社，1957年）。

執筆。後來，國防部總政治部接受我的意見，約請文藝作家十人，用小說體裁寫成十章，將全書的精義透過人物和故事表達出來，在革命文藝月刊發表，題名〈衝破陰雲的皓日〉，作為軍中戰士的讀物，一般反應很好。因此，我建議葉校長（筆者按：彰化女中校長葉淑仁）參考這份刊物。她非常高興，說我替很多學校解決了一個難題。[62]

這是臺灣推行國語文教育過程中比較突兀的情況，國語文成為政府的「化妝師」，以今日專業的語文教育觀點來看，固然有思想箝制的爭議，但趙友培在現有的條件下，另提權宜之計，一方面遵守教育廳的閱讀命令；再方面以較通俗的、生動的表現方式重新詮釋——在題目，由生硬的《蘇俄在中國》，改為較積極正向的《衝破陰雲的皓日》；在文體，從嚴肅的議論文，調整為小說體。這種彈性作為，同時也解決諸校所面臨如何落實黨國教育之難題。

四　寫作與修辭

國語文教學要讓學生瞭解課文，懂得課文之後，進而學會寫作，可以自由地運用文字表情達意，趙友培說：

如果國語文教學不以讓學生懂了課文為終結，而以讓學生懂了課文為開端，那麼我們的教學重點就得變更，就得把重點放在讀和寫的配合上，乃至把重點全放在寫作上。因為國語文教學，要把學生教到能夠自由運用本國文字來表達情意，才算達到最終的目的，若是只能閱讀而不能寫作，那就只算

是成功了一半。[63]

他主張讀和寫是可以配合的，國語文教學不能只是教師講解幾個詞彙，或者講解大意、範讀而已，而是要在懂得課文（範文）的基礎上，進一步教導學生怎樣觸類旁通，鍛鍊文字、謀篇佈局。趙友培以國校四年級國語課文〈國父的故居〉為例，示範如何把所學的課文運用於提升寫作能力上，他說：

> 教師在講國父的故居時，若能就此指導學生寫出自己家園的景物和佈置，便可與寫作配合，幫助學生學習如何處理空間的方法，使他們懂得位置和層次。不僅限於這一課，只要肯留心做去，學生隨處皆可觸機啟發，他們的寫作能力必能隨著閱讀而增進。這是把讀和寫配合起來學，課文就是教寫作的材料，也就是寫作的範例。

總之，讀、寫不應分家，且教師要以身作則──「自己長於寫作，並且要善於指導學生寫作。」以讀文言來說，如果有適當的指導過程及指引方法，可使學生「吸收文言的優點來增進白話的洗鍊，或透過文言來學習文章的結構」[64]，諸如此類，才能幫助學生寫作，避免讀的是一套，而寫的又是另外一套。

關於提升寫作能力，趙友培曾對寫作與修辭間的關係，有深入的探討。例如寫作之前是否需先具備修辭的學理基礎？趙友培分三層次解釋這個問題：

63　《國語文輔導記》，頁145。
64　以上所引均見《國語文輔導記》，頁145-146。

◎修辭是基於寫作需要而發生的一件事實，所以儘管不懂修
　辭的學理，也可以「不知而行」。

◎許多研究修辭的人，把別人的或自己的寫作經驗，歸納成
　為原理原則，這是依事實定學理，也就是「行而後知」。

◎我們今天比前人便宜的地方，可以依據已知的修辭原理和
　方法，進一步加以實驗，免得暗中摸索，走許多冤枉路，
　這就是「知而後行」。[65]

對寫作與修辭的關係，他提出了一套「知行論」。首先，不知道修辭
原理方法也可以寫作；二、歸納別人寫作經驗而定出修辭學理方法；
三、利用已知的修辭學理方法來寫作。其中，以既知的修辭學理及方
法著手，可免暗中摸索的嘗試，趙友培認為此或更利於寫作。而寫作
的內容，趙友培表示不外乎情、理、法三大範疇，在這樣的認知底
下，他進一步提出修辭三原理，並將之對應在寫作的三個基本要求，
為清楚寫作與修辭之間的關連性，筆者把趙友培的修辭及寫作觀點，
整理對照表，簡列如後：

修辭三原理	寫作三基本要求
節約原理（消極性）：「好比減少機器的摩擦，所有與『理』有關的文章都應用到它。」	「消極地要求潔淨無疵，就是要寫得順適、透徹、扼要、確切……，沒有毛病。」
刺激原理（積極性）：「好比機器加油，所有與『情』有關的文章都應用到它。」	「積極地要求美妙動人，就是要寫得精煉、充沛、新鮮、深刻……，富於美感。」

65　以上所引見《國語文輔導記》，頁233。

修辭三原理	寫作三基本要求
規範原理（概括性）：「好比火車以正常速度在軌道上行駛，所有與『法』有關的文章都應用到它。」	「概括地要求統攝條貫，就是要寫得隱密、貫串、勻稱、完整……，有條不紊。」

另外，趙友培也以學生排隊伍為喻，強調一篇層次井然、有條不紊的文章如何把文字安頓在適當的位置，至為重要，他說：「一篇文章，好比一個隊伍：隨便亂站，不能排成一個隊形；隨便亂寫，也不能組成一篇文章。」，「文章最小的意義單位是詞，基本的單位是句；結合若干詞而成句，結合若干句而成段，結合若干段而成篇。詞的位置是排在句中，句的位置是排在段中，段的位置是排在篇中；而且要依一定的次序排列，不能顛倒錯亂。」，「一句中的某一個詞排錯了，一段中的某一句排的不好，或是一篇中的某一段排的不妥當，就得加以掉換，加以調整，使它們各得其所。只要能把每一個詞排在句中最適當的位置，每一句排在段中最適當的位置，每一段排在篇中最適當的位置，那你所寫的文章就有了嚴密的組織」[66]。若能多加留意字詞、句子及段落的佈局，那麼就不至於雜亂無章或詞句不通順。

除個人的見解外，趙友培把所觀察的其他教師對文字修辭的看法寫進輔導記裡，例如參訪汐止中學的國文教學時，對教師蔡文甫指導學生寫作的方法，深刻印象。蔡文甫利用李辰冬主張的寫作五步驟對學生實驗，其中涉及遣詞方面的有兩項：一、文字要洗鍊；二、用字要恰當。趙友培轉述了這兩個步驟，首先：

要下洗鍊功夫：本來是五句話的，看能不能用三句或兩句把

---

66 以上所引均見《國語文輔導記》，頁242-244。

> 它表現出來？本來用十個字的，看能不能改成七個字或五個
> 字？文章究竟不是說話，需要乾淨俐落，最好能簡鍊到不多
> 一句話，不少一句話，不多一個字，也不少一個字。

其次；

> 談到修辭，這是研究用字恰當不恰當：本來用這句話或這個
> 字，修改一句話或一個字，看是不是更能表現自己的意思？
> 如果修改以後比原來好，就修改。還有，試把這一句話或這
> 一個字，掉換一個位置，看是不是更能加強自己的語氣？如
> 果掉換以後比原來好，就換掉。[67]

經過這方法訓練出來的結果，趙友培說蔡文甫那班學生的作文成績有
顯著進步。趙友培在輔導記裡以「曾經參加中國文藝協會小說研究
班」、「也在這裡教國文」介紹蔡文甫，其實他並非國文系（中文
系）出身，而是軍人轉換教職，在汐止中學主要是教數學課的，但因
緣際會而擔任了留級班的導師，以班導師的立場輔導學生的國文。留
級生原先對國文就無多興趣，他為了引起學生上課的注意力，事前花
了很多功夫在文體及字詞辨正；又因其受過軍事訓練，對課堂的常規
也很要求。幾經磨合，蔡文甫在指導寫作方面，頗有成效，他採取批
改範例以及師生共同評改的方式[68]，讓學生可以「做中學」，不僅改

67　以上所引均見《國語文輔導記》，頁258-259。

68　蔡文甫在回憶錄裡說道：「最初，改學生的作文，非常痛苦。他們真的在『做』
　　作文，改不勝改。於是，在上課前，便選一篇作文，讓字寫得好的同學，抄在黑
　　板上。上課後，我用紅粉筆改給他們看，說明詞語的顛倒、重複、不連貫的若干
　　缺點。這時學生也看到我在副刊上發表作品，大概認為我懂得寫作。第一段由我
　　改正，第二段起，讓大家檢查缺失，輪流發表意見，修改成完善的句子。那是我
　　在民國四十七年自創的教學方法，六十五年創刊的《明道文藝》，每期都有一篇
　　類似的〈作文批改範例〉，學生獲益匪淺。一學期共同訂正二次，第一次訂正一

善學生遣詞用句的缺點，同時也加強他們寫作的信心。

五　語法、詞彙、語音及修辭

　　修辭目的是使語言文字妥適地表現，修辭學則關涉了很多語言的因素，按黎錦熙的說法：「修辭學，在現代漢語的科學研究上，當然是跟語法有所區別的，但在教學體系上，有時又是跟語法分不開的。關於詞彙和語音等也如此。」[69]因此，談及修辭，也不能忽略語法、詞彙及語音。在語法及詞彙方面，王壽康認為小學生可以練習「連詞」及「造句」，而提升兩種遣詞的能力，其關鍵在「詞序」，所謂的詞序是指在句子中利用先後次序以表達語法意義的手段，亦即王壽康所云：「每一個字和詞安排的先後次序。」他舉了生動有趣的三個短句為範例：

> 把「尾、花、狗、巴」這四個字排列起來，可以得到三種有
> 意義的短句：
> 花尾巴狗；
> 狗尾巴花；
> 花狗尾——巴。

篇作文要花二小時，第二次兩節課可訂正二篇作文。下學期的作文簿，我動筆改正的機會就很少，節省不少改作文時間，放學後可以放心地閱讀、寫作。」見蔡文甫：《天生的凡夫俗子——蔡文甫自傳》（臺北市：九歌出版社有限公司，2001年），頁253-254。這樣的教學方法，增進學生的寫作能力，也逐漸減少教師批閱的負擔，勻出的批改時間，教師可用來提升教學能量，更有餘裕閱讀與寫作。蔡文甫日後也成為名作家、副刊主編，投入出版文化事業，創辦九歌出版社、健行文化公司等，出版許多影響深遠的文學書籍。

69　黎錦熙：〈《現代漢語修辭學（張弓著）》序〉，《黎錦熙語言學論文集》（北京市：商務印書館，2004年），頁410。

> 第一句著重在「狗」；什麼樣的一條狗？有花尾巴的狗。第二句著重在「花」；那條狗尾巴的毛，是什麼樣的顏色？花的。第三句著重在「尾巴」；是花狗全身的那一部份？尾巴。三種詞序不同，意義立刻發生變化，這是國語文的一項特徵。[70]

王壽康希望教師指導小學生連詞或造句時，能把握詞序這項特徵，靈活地運用在國語文教學上。至於詞彙，抽象類的生字新詞解釋，常常是教學的時候，較費心的項目，王壽康就說：「要從整個句子來理解，不能照字面胡猜。你若把『方法』解成『四四方方的法律』，『手段』解成『把手切成一段一段』，豈非天大的笑話！」[71]趙友培也記錄參訪宜寧中學初一學生認識生字新詞的情況，說：

> 初一丁班教師要學生寫出生字新詞的解釋，由他逐條改正，這工作很吃重。如「淒涼」一詞，有三個學生板書分答：㈠非常荒涼；㈡非常冷靜而空虛；㈢非常傷心寂寞。有些抽象的詞，須在具體情境下生一感觸，始能充分了解。上例㈡與㈢，孤立起來看，都可以說對，但離開具體情境，實在不易單靠文字解釋。[72]

王、趙意見一致，均同意抽象的詞彙如虛字要從整句及上下文去看它的意義和作用，甚至課堂上教師可以多舉例使學生明白。何容則舉某師教導「難道」定義的例子，說明小學生從「用」中「學」的重要，何容說：

70　以上所引見《國語文輔導記》，頁281-282。

71　《國語文輔導記》，頁281。

72　《國語文輔導記》，頁119-120。

光復初期，本省小學老師國語文的程度遠不如今天，但學習
的精神很勤奮，因為不學便不能教。有一次，某老師見到某
句開頭有「難道」兩字，不知怎樣解釋，一查字典，查到難
是艱難、困難……，道是道路、道理、說……，他和下文一
參詳，覺得不會是「困難的道理」，一定是「艱難地說」，
於是就這樣對學生解釋了。諸位不必笑，他這樣解釋當然不
對。怎樣解釋才對呢？假如說：難道是「莫非」的意思，或
者更詳盡地說：難道是「反詰副詞，用於疑問句，以疑問代
否定。」這樣解釋對不對呢？對是對的。可是小學生懂不懂
呢？

那麼究竟虛字該如何教？何容提供方法，說：

你可以喊兩位小朋友到講臺上來，最好一男一女，一高一
矮。你指著男問：「難道你是女孩子嗎？」他一定會搖頭
說：「不是」。你再指著女的問：「難道你是男孩子嗎？」
她也不會點頭承認。或者你指著矮的問：「難道你比她高
嗎？」又指著高的問：「難道你比他矮嗎？」這樣一問再
問，學生雖然不懂「難道」的定義，却學會了「難道」的用
法。他們一回家，肚子餓了，看見媽媽還在弄菜，脫口而
出：「媽媽！難道飯還沒有煮好嗎？」[73]

中小學生固然要有足夠的語文能力，但何容認為不一定需要有系統的
語文知識，他覺得字詞的解釋，學生可以查閱字典，可是對學生又有
什麼用處？他以為定義是死的，應用是活的，最好要讓學生從知到
行，將語文「知識」化為「能力」。

---

[73] 以上所引見《國語文輔導記》，頁221、221-222。

　　語音方面，趙友培等人發現多校不少教師無法講標準國語，也不知如何教授正確的注音符號。彼輩走訪過程，頻見師資水準參差的狀況，例如：

◎一己那班是湖北籍的老教師，語音快而不清，不易聽懂。這類教師大體學問好，批改佳，但國語差，不注意教學法。（頁116）

◎趙瑩教師雖是師大史地系畢業生，但語言流暢，教法亦佳。四信朱維煥教師國語發音準確，範讀很好。（頁156）

◎初一己鄧翰珍教師原籍廣東海康，廣東人很不容易把國語說好，所以有「天不怕，地不怕，只怕廣東人說官話」的諺語，但他的國語却說得很好，只是教法尚待改善。（頁171）

◎丁克強教師，是師大國文系畢業的同學，範讀語音清楚，教學過程良好。（頁173）

◎田中國校二年戊班王希瑗教師國語極好，教法亦佳。（頁175）

◎員林國校四年辛班賴靜雲教師的國語極為標準，學生舉手應答的不多，大概有點怯場。（頁178）

◎家職初二丁吳光朝教師，出身於陸軍大學，年已四十有六，他的湖南國語當然不標準，但有勇氣板書尚未嫻熟的注音符號，這種精神實在可佩；而且他批改作文極為詳細認真，也可作全校的模範。（頁179）

◎初一甲的一位教師，講課態度溫和，熟悉注音符號，但他批改的作文便無法恭維。（頁179）

◎二年級的一班，教師的國語說的太差。例如板書「緊」
「鼠」兩字的注音是對的，但讀起來就不對了；且把
「等」字的注音誤寫為ㄅㄧㄥˇ。此外，凡是第三聲都
一齊讀錯，這大概是福建方言的關係。教師既然讀不準
字音，所以學生把「豬」讀成ㄓ，把「鼠」讀成ㄙˇ，把
「吃」讀成ㄔㄨ，也就無法糾正了。（頁189-190）

◎四年級那位教師有點怯場，故事講的太長，國語發音ㄋㄌ
分不清楚，也不會說ㄓㄔㄕ。（頁197）

◎初三丁張德璋教師對文法中的語句很有研究，可惜蘇北阜
寧土音嫌重，如「聖賢」聽起來好像「神仙」，「例」讀
為ㄌㄟˋ，「然」讀成ㄌㄢˊ，未免美中不足。（頁200-
201）

◎他是山西平遙人，國語差些，應該讀ㄢ韻的字，如「南」
「辦」「專」……，都讀成了ㄤ韻；應讀ㄣ韻的字，如
「文」「順」「分」……，都讀成了ㄨㄥ韻。（頁206）

◎市商職初三乙張招祥教師，國語正確，態度安祥，講解詳
盡。是我這幾天所見女教師中的佼佼者。（頁264）

◎泰北中學初一胡笠笙教師國語夠標準，神態活潑，聲音宏
亮，板書清楚，也算難得了。（頁264-265）

◎高二甲周家風教師講《論語・季氏將伐顓臾章》，語言標
準，條理清楚，隨時提問，效果很好。（頁266）

◎初三顧延軍教師講〈明湖居聽書〉，語音清楚，雖是蘇北
口音，很有吸引力。（頁268）

◎私立靜修女中初一劉麗萍教師，講〈緹縈救父〉，國語正
確，善於發揮。（頁269）

◎初二甲教師範讀的國語太差，不足為範。（頁272）

◎高二乙教師講〈答李翊書〉說廣東話，初三乙教師講〈報
　紙的言論〉說福建莆田話，都不容易聽懂。（頁275）

◎初一庚複習〈蟬與螢〉，有一個學生念的詞彙上下不相
　連，非多字，即漏字，或念錯；教師隨時截斷指導，其神
　情口吻皆顯出不耐煩。初二戊班、乙班、丙班都講〈坦白
　與說謊〉，丙班蔣松寒教師語音標準，學生有活動，要比
　另外兩班教得好。（頁276-277）

◎初一義、初一和，都講〈國語的應用〉，這兩班教師的國
　語都欠佳，義班的是湖南音，和班的是廣東調。教師國語
　不好而講〈國語的應用〉，這就難怪要有學生發出低笑聲
　了。（頁287）

趙友培不厭其煩地記錄所觀察到的各地國語文教學實況，其中不乏認
真負責的語文教師，講解明白、語音清晰；但羼雜方言、說不標準的
國語，卻也出現在各校的教學現場，趙友培、王壽康、何容都認為這
不利於發展教育，因此強調統一國語、說標準國語的必要性。所謂的
國語，按理指通行一國的語言，故一國之中的甲省、乙省、丙省等語
言，均可算是國語，然而中國幅員廣大，交通阻隔，甲、乙、丙省的
語言無法通行，甚至同一省內的南北兩地、東部西部，其語言也往往
不能互通或差異甚遠。所以王壽康認為廣義的國語包括歷代文獻及各
地方言，至於狹義的國語，當指北平話──以北平受過中等教育的人
常說的話為標準，不包括北平地區一切的土詞和土音。而國語的標準
是國家規定的，每個人說的話均可以此標準來衡量。王壽康指出過去
中國因方言分歧、南北歧見（南方人稱北方人為侉子、北方人稱南方
人為蠻子，侉、蠻均為貶詞），影響了民族團結，軍閥混戰，就是結

合一批方言集團而黨同伐異[74]。其實，他們在視察的時候，也發現部分學校仍存在某地區方言的勢力，王壽康說：

> 一個學校的校長如果是湖南人，學生的國語不知不覺地就會夾雜著湘音，把「防空洞」說成ㄏㄤˊㄎㄥ ㄅㄥˋ；校長如果是福建人，學生的國語無形中就會夾雜著閩味，把「幫幫忙」說成ㄅㄢ ㄅㄢ ㄇㄢˊ。這並不是說校長故意教學生說方言，而是有些校長請主任請老師，第一選擇往往是同鄉；同鄉多了，語言的使用，很自然地就形成了某一地區的方言勢力。[75]

沒有標準的國語，王壽康認為此將影響學生的學習，也會阻礙政令的通行而影響國家團結，他甚至把統一的標準國語比擬為通行全國的鈔票；而方言好像某一地方通用的鈔票，只能用於地方，離開了本地，其使用價值就不高了[76]，扼言之，推行標準的、統一的國語是「為了打破地域界限，消除心理隔閡，加強國家民族意識」的有效手段[77]。

怎樣說標準國語？注音符號正是學習標準國語發音的工具，王壽康在高雄縣國校語文教師座談會上，以幽默巧妙的比喻談發音問題，趙友培是這麼描述王壽康把抽象的道理、枯燥的東西說得有趣：

> 他說：「念ㄈ的時候，照著念ㄅㄆㄇ的口形，輕輕地磨擦一下張開，面帶微笑，不要生氣，不要用力，就說對了。」
> 他先作生氣的樣子，唸出ㄅㄛ，像爆炸；念出ㄆㄛ，像噴

---

74 有關各地方言分歧、國語的界定以及怎樣推行統一的國語等議題，參見王壽康：《國語發音與演說》（臺北市：中國語文月刊社，1986年），頁1-50。
75 《國語文輔導記》，頁12。
76 《國語發音與演說》，頁10-11。
77 《國語文輔導記》，頁12。

射；再作用力的樣子，唸出ㄇㄛ，像牛鳴；最後作微笑的樣子，唸出ㄈㄛ，像吹氣。又說：「念ㄩ的時候，好像有點兒不高興，噘著嘴唇，不讓牙齒露出來，這樣子不適宜照相；照相的時候，假如是團體，大家喊一、二、三，一齊來念『一』，微笑露齒，旣整齊，又美觀。」至於「ㄨ」和「一」怎樣分別呢？他說了一個故事：「有位小姐門牙掉了，人家問她貴姓？她姓魯；問她住在那兒？她說是保府；問她多大年紀？十五；問她喜歡什麼？跳舞。隔了幾天，裝好金牙，又有人問她：您貴姓？敝姓李；住在那兒？舍下城西；貴庚多少？她加了兩歲：十七；您喜歡什麼？她改變了嗜好：唱戲。」還有，為什麼單念ㄅㄆㄇㄈ的時候，要在後面加上ㄛ？而ㄅㄆㄇㄈ和別的韻符拼讀時，又要把ㄛ拿開呢？王教授說：「因為單念聲符念不響，所以要靠韻符幫襯。這好比裁縫店裡做好了西裝，要用模型套在裡面才挺得起來；我們穿西裝的時候，套在自己身上，當然不要那個模型了。要不然，你就會把ㄅㄞ念成ㄅㄛㄞ，把ㄅㄢ念成ㄅㄛㄢ，那還成什麼話？」[78]

注音符號運用在國語教學，早經政府明令規定[79]，唯辦法幾度更動，

78　《國語文輔導記》，頁75-76。

79　何容云：「民國九年教育部訓令全國各國民學校將一、二年級的國文改為語體文，並且修正國民學校令第十三條至十五條，凡『國文』均改為『國語』，本來不僅是一種文體的改革，而是同時要推行國語，所以當時修正的國民學校令施行細則第四條規定『首宜教授注音字母，正其發音』。民國十一年全國教育聯合會組織的新學制課程標準起草委員會所擬定的小學國語課程綱要，竟把『首宜教授注音字母』的一條刪去了！民國十七年國民政府大學院組織的中小學課程標準起草委員會，卻把『國音字母的熟習運用』規定在第三、四學年中。民國二十一年教育部修正頒行的課程標準，也把『國音注音符號的熟習』規定在第三、四學

且未妥適規劃,造成國人未能全面熟習注音符號,連帶影響了推行標準國語的成效,以致直至一九四〇、一九五〇年代,即使小學裏已經有「國語」的科目,但很多教師因無法發出正確的國音,而以自己的方音為之,學生聽得吃力,教學效果不免打折扣。王壽康在環島視察的時候,最常遇到教師提出的問題就是怎樣改善國語教學(另一是字形標準問題)。關於語音,王壽康等人倡導用注音符號以正音,教師們要先習得標準的國語之後,才能正確地傳授學生,並強調國語教育應從小學開始落實[80]。為改善教師依照自己的方音來讀課本國字,師資的培訓工作刻不容緩,他們提出:可先訓練既有的教師;另外主動調訓各校的國語教師;在師範學校設立國語專修科專門培育師資;「國語文教育的基礎在師範」[81],師範學生畢業,須通過國語文會考及格才能畢業分發。

六 提升語文師資及改進教材

到各地考察不只點出師資能力及語文教材現狀,同時也建議改善之道。趙友培針對師資與教材方面,以「中國語文學會」的名義,寫成三篇〈中學國文師資現狀及其改善意見〉、〈國校語文教師現狀及

年。這種改變對於國語教學是很不利的。工欲善其事,必『先』利其器:在一、二年級已經依照『方音』讀錯了許多『國字』了,到了三、四年級再熟習注音符號,這『正其發音』的利器得到的已經太晚了,還怎麼能夠善其事呢?」見其〈論小學裏應該教國語〉,《何容文集》,頁62-63。

80 何容說:「國語教育從小學開始,有幾種方便:第一,兒童學習語言的能力比成人強,沒有不能摹仿的音;成人因為發音器官養成了習慣,對於一向不曾發過的音不容易發得正確。第二,兒童初學識字,教他讀甚麼音,他就讀甚麼音;成人對於字音已經依照自己的方音學會了,再加改正就比較困難了。」見其〈論小學裏應該教國語〉,《何容文集》,頁64。

81 趙友培語,見《國語文輔導記》,頁151。

其改善意見〉、〈改進國民學校國語教材的意見〉，登載於《中國語文》月刊。為方便討論，整理其對師資的輔導心得如下簡表：

	〈中學國文師資現狀及其改善意見〉，《中國語文》月刊第六卷第六期，一九六〇年六月。	〈國校語文教師現狀及其改善意見〉，《中國語文》月刊第七卷第一期，一九六〇年七月。
資歷	1. 專業者少，轉業者多：全省中等學校國語教師受國語專業訓練，約占23％；未受專業訓練約占77％。 2. 77％多為轉業教師，來自大陸且過去對政府有貢獻的軍公教人員。 3. 部分國文教師尚未檢定合格。 4. 部分公民科檢定合格者教授國文。	1. 教師多受日本教育，國語文程度不夠，甚至部分保留體罰作風。 2.「光復後的省立師範學校畢業生，已達二二一三六人。此本為國語教師的中堅，但肄業時間只有三年，所受專業訓練未如理想。」 3. 因應國校增班，先以檢定合格教師補充。
能力	約可分四種能力： 1.「國語標準流利、課文熟悉、準備充分、富有教學經驗、了解學生個別差異、善於啟發、學生活動良好、作文命題恰當、批改切實詳盡的，人數不太多。」 2.「語音接近國語、照課文逐句講解清楚、能控制教學進度、學生稍有活動、作文按時批改無誤的，人數很多。」 3.「語音勉強可以聽懂、完全貫注式、學生被動接受、不長於教學而長於批改，多為年齡較高的教師。」 4.「方言很難聽懂、課文不熟、並無準備、講解含混不清或拉扯太遠、學生反應不佳、板書及作文批改常有錯別字的，為數亦不少。」	1. 教師寫作及批改能力，平均低於國語的能力，此連帶影響學生的作文能力。 2.「注音符號注的對，發音不正確，間或說出方言，人數最多。」 3.「字旁有注音符號讀的對，離開注音說的不對，批改作業偶有錯別字，人數次多。」 4.「國語發音很好，語氣聲調未盡流利自然，且寫作不行，能教課、不能批改、人數也不少。所以很多學校要請科任教師，專改作文。」 5.「說、讀、寫、作基本能力皆佳，教的又好，可稱標準教師，人數不多。」

	〈中學國文師資現狀及其改善意見〉，《中國語文》月刊第六卷第六期，一九六〇年六月。	〈國校語文教師現狀及其改善意見〉，《中國語文》月刊第七卷第一期，一九六〇年七月。
負擔	1. 批改作文負擔最重。 2. 專任教師教兩班，每班平均五十人，每兩週寫一次作文，每週約批改五十篇。	1. 多數為包班制度，一個教師專教一個班級，負擔很重。 2. 臺北市員額編制多，負擔較輕。
服務精神	多數盡職，少數混跡。有兩類令人印象深刻： 1. 老教師，勤懇不倦，批改認真，雖教法及發音未臻理想，但有人師風範。 2. 新教師，由軍官轉任，精力充沛，雖學經歷不足，但有服務熱忱。	值得注意的，有五種情形： 1. 有為青年，但過分重視個人前途，準備再升大學及高考，怠忽本職。 2. 活動份子，靠人際關係想請調好學校或升遷。 3. 敷衍了事，不求上進。 4. 不滿現狀，告狀鬧事。 5. 年齡大、依老賣老，阻礙教學。
各地區比較	1. 偏鄉師資缺乏：東部（宜蘭、花蓮、臺東、屏東）及離島（澎湖）及其他交通不便的地區（高雄美濃、臺南玉井等）。 2. 集中如臺北等交通便利之處。（原因：都市兼職機會多、便於進修、公費生優先派往都市。）	無。
各學校比較	一、就教師能力： 1. 省中比縣市中好。 2. 普通中學比職校好。 3. 工商職校比農職好。 二、就年級分配： 好教師集中教初中三、高中三年級。	無。
改善意見		
協助教師進修	1. 在職進修。 2. 集中研習。	1. 在職進修。 2. 集中研習。

	〈中學國文師資現狀及其改善意見〉，《中國語文》月刊第六卷第六期，一九六〇年六月。	〈國校語文教師現狀及其改善意見〉，《中國語文》月刊第七卷第一期，一九六〇年七月。
減輕負擔	1. 明令規定批改作文的時數。 2. 專任國文教師以兩班為原則，不兼授其他課程。	1. 增加各縣市國校教師名額，以達合理的生師比。 2. 使教師有較多餘暇研究進修。
交流人才	1. 地區交流。 2. 學校交流。 3. 班級交流。	無。
設置廳聘中學教師	設置廳聘中學教師，負責以下工作： 1. 巡迴各地協助教學（尤其偏鄉）。 2. 代理被調參加國語文研究班之部分教師職務。 3. 留在教育廳或參加有關學術機構研究專題。	設置廳聘國校教師，負責以下工作： 1. 巡迴各該縣市協助教學。 2. 與鄰近縣市相互觀摩或交換教學。 3. 代理被調參加研習會之部分教師職務。 4. 留在縣市政府或參加有關學術機構研究專題。
鼓勵與培養	1. 設置中學國文教師研究獎金。 2. 予資深教師休長假的機會。 3. 各大學國文系增設名額；師範大學設置特師科，招考及訓練他校有志國文教學之非本科者。 4. 「凡公民科檢定合格而實際擔任國文課程的教師，予以優先參加特師科之機會。」	1. 設置國校教師語文研究獎金。 2. 增加師範大學國文科系保送名額。 3. 改進退休制度，落實優退。 4. 師範專校延長修習年限由三年改為五年；或招收高中畢業生予以二年專業訓練（即二專）。
過渡期間的辦法	1. 先集中訓練師範學校國文教師，使其能講標準國語及具高度服務精神。 2. 各中等學校，應以校內曾受專業訓練之國文教師為中心，加強國文教學研究。	1. 先集中辦好各縣市的某一所國語示範學校，實驗國語教學，並由中國語文通訊研究部負責指導。 2. 各國校，應以校內曾受專業訓練之國文教師為中心，加強國語教學研究。

由上表可知，他們提出了當時出現的中小學語文教育的特殊現象、問

題，以及如何處理。鑑於師資來源，不少是外省籍教師，上課夾雜方言，因此特別重視國語的訓練，畢業自師院國語專修科的著名作家、前《國語日報》社長林良即回憶說國語不標準不能畢業。城鄉差距，在專業師資的分配上也呈現出來了，固然這不是官方的完整統計，但確實從中可看出當時局部的語文教育問題，例如：教師的背景，除出自師範院校國文系外，很大一部分由軍公教人員轉業，還有公民科教師兼授國語文的現象。當然，公民科教師與國語文發生聯繫，原因之一是國語文教材偏向公民常識內容，離開語文的專業設想，所以趙友培指陳：「國文不等於文學，當然也不是公民，但仍應著重生活的應用，職校國文教材，也要因學校屬性不同而調整。」[82]此外，歷來對國語文教學的專業認知有偏見，以為任何人都可勝任，高雄工職的某位教師對趙友培的答話，很能反映這個現象，他說：「國文教師本來不吃香，幾乎只要是中國人，讀過中國書，都可教國文。譬如說吧，做校長的接到介紹信，一看是教數理英文的，那怕眼前沒有缺，也會留了意；或者約來談談，以備不時之需。要是有人來謀教書的位置，校長總是先問他能不能教數理，不能；再問他能不能教英文，不能；假若來的位置這位仁兄又非聘不可，怎麼辦呢？那麼不是請他教公民，就是請他教國文。好在公民和國文，在一般人看來都差不多，能教公民，當然也就能教國文，管他是不是學國文的。」[83]這段話同時也點出了長期以來社會對語文學科的不重視，從師資的草率擇聘即可看出端倪[84]。若干並未接受國語文的專業訓練的公民科教師，按趙友

82　《國語文輔導記》，頁147。

83　《國語文輔導記》，頁61。

84　以彰化的職業學校為例，趙友培說：「秀水初農國文教師十三人，其中國文科檢定合格的八人，省立行政專校及法商學院畢業的四人，大學肄業的一人，卽無一人曾受國語文專業訓練。永靖初農國文教師八人，不但無一人曾受專業訓練，而且僅有一人是國文科檢定合格的；其餘童子軍和體育科檢定合格的三人，商業科

培的訪視，這批的人數並不少，雖然不必然都不適任，但以公民科檢定合格的資格卻教國文，當事人用非所學，趙友培說他們也許滿心委屈，可是總得不斷研究進修、改進語文教學的方法。

　　趙友培在〈改進國民學校國語教材的意見〉一文中[85]，提到教育部頒行的國民學校國語課程標準，在目標與綱要部分應修改，如：增列注音符號，以作為學習標準國語及認識基本文字的憑藉；增列「聽」的訓練；強調聽、說、讀、寫、作各項應與生活密切結合；各學年的進度不宜籠統等。由於國民學校是學習國語文的最重要階段，所以建議教育部修訂國語課程標準後，儘速改編更合適的教材。具體建議，包括：各學年所用的課文應有統一的版本，且要能由易而難地、循序漸進地安排學生認識生字生詞、基本句式以及各種句式之間的聯結與配合，課文的插圖要生動及印刷精美，字體須有一致標準，課文全部注音，讀音語音要前後一致，當然更不能缺少基本的應用練習，這樣，才能幫助學生獲得運用本國語言文字的基本能力。而為了解答各方詢問的國語文之教學問題，省教育廳也委託中國語文學會，成立了通訊研究部，加強國語文教育的輔導；也鼓勵教師投稿《中國語文》月刊談語文教學心得[86]；設置中國語文獎金獎勵國文成績優良

檢定合格的一人，法商學院畢業的一人，師大史地專修科畢業的一人，警校畢業的一人。我舉出這些實例，旨在說明國文程度低落的因素雖是多方面的，而師資實為其中主要的一項。試問有些教師讀音不準，教學無方，下筆常寫錯別字，批改作文也欠通，怎麼能把學生的國文程度提高呢？」見《國語文輔導記》，頁174。

85　中國語文學會：〈改進國民學校國語教材的意見〉，《中國語文》月刊第6卷第5期（1960年5月），頁4-12。

86　中國語文月刊徵稿啟事：「臺灣省公立中小學校教職員福利基金籌集管理委員會主任委員劉真先生，為協助本省中小學校國語文教師進修，鼓勵教師寫作，囑託本刊多多給予各教師發表作品的機會，并由福利基金委員會從優發給稿費。」，《中國語文》月刊第7卷第1期（1960年7月），封面後之內頁。

中學生、大學生及倡導有功的國語文教師[87]。

七　結論

　　推行國語文的目的，趙友培表示：「是為了普及語文教育，打破地域隔閡，溝通思想情感，所以更宜力求精簡，使教的人便於教，學的人容易學，以適應現代生活的需要。」[88]趙友培、王壽康及何容均強調語、文應該並重，趙友培就說：「我和王教授、何教授、以及中國語文學會的許多朋友，都把國語文教育看成一個整體：今天既不應偏重國語而忽略國文，或偏重國文而輕視國語；也不應只談國語文而違反教育的宗旨；更不應只談教育而不管國語文的要求。」[89]王壽康也說國語文運動的兩大目標是：言文一致、國語統一。為了培育師資，他不僅身兼多個推動國語文事業的職務[90]，更親身演示怎樣把教學藝術化，誠如其友梁容若教授對他的評價：「他的特殊本領是音色美，音量宏，教法活潑，無論多麼乾燥的教材，一到他嘴裏，就趣味百出，上課如聽戲，很愉快地完成了教學目的。」[91]王壽康有宗教家

87　見中國語文月刊社論：〈中國語文獎金的設置〉，《中國語文》月刊第6卷第5期（1960年5月），頁3。

88　《國語文輔導記》，頁110。

89　《國語文輔導記》，頁323。

90　他來臺灣之後，即擔任臺灣省立師範學院國文系教授及國語專修科科主任、主持師大國語教學中心；兼任臺灣省國語推行委員會常務委員及《國語日報》副社長；主持臺北市國校教員語文專修班訓練工作；積極參與軍中幹部國語訓練；推動中國語文學會會務及擔任各項語文競賽評審等職。不管本職、兼職或臨時被派遣，其經歷與臺灣的國語文教育的發展幾乎分不開。

91　梁容若語，轉見《國語發音與演說》，頁175。又按：王壽康弟子、《聯合副刊》主編瘂弦回憶當年受教的情形：「我是王老師的親炙弟子，當年我們都是流亡學生，來自各省分，雖是北方人，如山東、河南等等，但是國語卻不靈光，都有家鄉的腔調，是王老師，從ㄅㄆㄇㄈ，一字一字的正音教我們。他上課有趣得

的情懷，自言信奉「國語教」[92]，這位國語教牧師深信語文教育是國家的根本大業。

趙友培等人走訪全省，實地考察了校園中國語文教學諸多問題，而他們所接觸的教師，雖水準高低有別，但獲得讚賞的教師如鍾肇政、蔡文甫，前者如今已是地位崇隆的臺灣文學大師，他開啟了大河小說的創作風氣，提攜很多本土青年作家；後者則是臺灣著名的出版大家，出版許許多多的好書。這些優秀教師不分本省或外省籍，克服語文的障礙，能用白話文寫作、能靈活運用修辭技巧，甚至將影響力發揮到校園之外，後來各自開展精彩的文學園地。當年趙友培所肯定的鍾肇政、蔡文甫都是尚未發光發亮的第一線中小學教師，而這也間接證明趙友培的獨具隻眼；透過趙友培的手筆，吾輩得以見識當年他們在課堂上革新語文教學的用心、不囿於既定框架的企圖心、敬業努力的責任心，勾勒了經師與人師風采。

趙友培等人看完甲校趕到乙校、甲地趕到乙地，這趟環島輔導全省中小學國語文教學之旅，十分辛苦。每至一學校，他們要抽查作業、專題演講及舉辦座談會，瞭解第一線的教學問題，並提出解決之道。趙友培提及環島的甘苦談，說：「由東部到南部，我和茀青先生看了八個縣市，都生活在一起。我們在師大，一星期只要上六小時到八小時課，但在路上，一天就要工作六小時到八小時，連星期天也

_____

很。」轉見林海音：〈讀《我的父親關係》——憶王壽康教授〉，該文收入王正方：《我這人長得彆扭》（臺北市：高談文化事業有限公司，2005年），頁76。王正方係王壽康之子。

92 見中國語文學會：〈「國語發音圖說」初版前記〉，《中國語文》月刊第7卷第6期（1960年12月），頁59。按：該文描述王壽康：「王教授曾對朋友說過，他因為工作忙，常在晚間騎自行車出外上課，有時遇到傳教的教徒攔路，他的回答是『對不起！我信的是國語教。』這不是笑話，而是事實。」，頁59。

賠進去開座談會,實在是件苦差事。」[93]日程安排緊湊,休息時間很少,王壽康因此途中一度入院診治,後來又基於使命感及興趣所驅,第一次病倒,休養沒多久又繼續投入輔導工作,終因勞累過度而中風,損及語言機能、且不良於行了[94];而陳泗孫則在第十四個縣市時也告了假;何容支撐至新竹時罹患重傷風;趙友培途中也得了慢性腸炎。

在教學的座談會上,趙友培等人若無法於現場解惑,會後則帶給中國語文學會附設的通訊研究部後續處理,因此他們還自我定位是「郵差和接線生」的服務角色[95]。根據一九六〇年中國語文學會第七屆的會務報告之第三點:「辦理全省中小學教師通訊研究業務。此項工作,係依照『合作計劃』之規定於四十七年七月開始,本屆理事會

---

93 趙友培:〈肝膽照人的鐵漢〉,原發表於《中央副刊》,轉見《國語發音與演說》,頁179。

94 〈何容傳略〉載:「民國四十六年底,教育廳廳長劉真(白如)先生請趙友培和王壽康(菉青)兩位先生視察全省國語文教育情況。四十七年暑假過後,他們開始第三次行程,王教授因為疲勞過度,突患輕微中風,無法繼續工作,於是由何容接替他,從嘉義開始往北行,一直到臺北市。後來王菉青健康恢復,再加入輔導行列,但何容沒有退出,仍繼續幫忙。他們看中、小學教師上課,開座談會,講演,這工作持續到四十八年一月,王菉青再度病發,從此行走不便,語言能力喪失。」見洪炎秋等著:《何容這個人》(臺北市:國語日報社,1992年),頁269。另,《中國語文》月刊(4卷5期)亦載〈一位語文學者的慶祝會〉,更詳細紀錄王壽康責任心重,即使身體亮紅燈,仍不顧病體而一往直前地工作:「為了執行臺灣省教育廳和中國語文學會所訂『合作計劃』,輔導全省中小學國語文教育工作,他和趙友培教授陳泗孫督學三人由東部出發,一路視察到南部,再到中部,僕僕風塵,工作時間多,休息時間少,因而累倒的。在臺中視察時,曾一度進入省立臺中醫院治療,由國語推行委員會主任委員何容替他代理一段時間。但他的責任心很強,健康恢復了便不肯偷懶,從桃園起又繼續工作。到了臺北市他更特別賣力;一月十九日那天上午,他在省立臺北師範,還對教師們講了一個半小時的話;就在那天下午,血壓突高,語言機能受到阻礙,進入臺大醫院。」該文又收於《國語發音與演說》,頁178。

95 《國語文輔導記》,頁301。

續聘顧問十五人，分類解答教法、教材、國語基本發音、國字形體結構、文法、修辭……等問題。顧問批答後，經研究部擬稿繕寫掛號寄發，並摘要在《中國語文》月刊發表。」[96]這又給有志於國語文教學卻無機會參與座談者，有另一條討論請教的管道，他們也可以直接寫信到研究部。總之，不論趙友培等人現場解答或個人直接聯繫，有疑義的問題都能取得解決之道，最後中國語文學會把專家學者的答覆載於月刊，以造福更多有相同疑惑的讀者。趙友培等人的環島行，可說是官方與民間攜手合作的很好範例，透過民間專業的實地考察、會後的持續追蹤，乃至最終把觀察的結果提供施政參考，其整體成效可觀。

　　趙友培說：「我們先後召開了四十四次大規模的中小學國語文教師座談會，充分交換意見。」[97]目標是希望有效提升教師的教學能量以及幫助學生可以獲得國語文的基本能力，而這些能力不外是：「說話合標準，閱讀快而精，不寫錯別字，作通白話文」[98]。他們診斷出國語文教育的四大病根：一、脫離生活，使所學的國語文有若干部份不切實用，反而變成不必要的負擔。二、不用思想，使所學的國語文成為堆在腦中的材料，而有發霉的危險。三、習於被動，在國語文教學方法上，只顧注入而不顧啟發，未能誘導學生主動的學習興趣。四、阻礙創造，對國語文教育的目標，不向前看而反向後轉，以致不能革新。為改善這些病情，他們開了四帖藥方：結合生活、貫通思想、爭取主動、努力創造[99]，銳意改革全省國語文教育。《國語文輔

96　〈中國語文學會會務報告〉，《中國語文》月刊第6卷第5期（1960年5月），頁97。

97　《國語文輔導記》，頁301。

98　《國語文輔導記》，頁301。

99　以上所點出的國語文的病情及藥方，見《國語文輔導記》，頁320-321。

導記》展示了一九五〇年代臺灣中小學的整體語文教育環境，而修辭
教育也是其中的一環，儘管中小學校教師對文法修辭教學的棘手無措
景象，歷歷可見，但趙友培、王壽康、何容卻能以深入淺出的方式，
給予教學示範或觀念提點，此對於師生之理解及表達語文，助力益
多。他們雖非集中於狹義的修辭格論述，卻能從宏觀的視野，嘗試提
高中小學生的國語文程度、改善國語文師資以及制訂相關的語文策
略，期使創造一個語文普及、人人可以用本國文字及語言表情達意的
新時代。

徵引文獻

壹　以例示法：尤墨君對中學生作文的具體指引

※凡正文已援引尤墨君發表於《中學生》文章者，不再贅列。

一　專書

〔宋〕費袞　《梁谿漫志》　知不足齋叢書本　未繫出版項

力行文學研究社編　《學生時代》　上海市　力行文學研究社　1941年

尤玉淇　《三生花草夢蘇州》　蘇州市　古吳軒出版社　2011年

尤玉淇　《煙夢集》　北京市　對外貿易教育出版社　1993年

尤墨君等　《寫作的疾病與治療》　臺北市　大漢出版社　1981年

尤墨君等　《寫作的疾病與健康》　上海市　開明書店　1935年

王凱符　《八股文概說》　北京市　中國和平出版社　1991年

老志鈞　《語文與教學》　臺北市　師大書苑有限公司　2006年

阮　真　《中學作文教學研究》　上海市　民智書局　1929年

章用秀　《夕陽山外山——弘一大師贈言故事100例》　天津市　天津古籍出版社　2011年

劉勰著　周振甫注　《文心雕龍注釋》　臺北市　里仁書局　1984年

魯　迅　《花邊文學》　臺北市　風雲時代出版股份有限公司　1994年　「魯迅作品全集16」

魯　迅　《門外文談》　北京市　人民出版社　1974年

黎運漢、張維耿編著　《現代漢語修辭學》　臺北市　書林出版有限公司　1991年

簡明出版社編　《我的童年》　上海市　簡明出版社　1946年

二　單篇著述

尤敦誼　〈投考中大之回憶〉　《中學生》　第46號　1934年6月

尤墨君　〈中學國文教材和作文謄寫的討論〉　《江蘇教育》　第2
卷第2期（1941年3月）

尤墨君　〈我的學生時代〉　《江蘇教育》　第3卷第4、5期合刊
1942年2月

尤墨君　〈我們的導師——字典〉　《新學生》　第2卷第2期　1946
年12月

尤墨君　〈怎樣去「陳言」〉　《新學生》　第3卷第1期　1947年5月

尤墨君　〈怎樣使中學生練習大眾語〉　《新語林》　第3期　1934
年8月

尤墨君　〈怎樣研究中學國文教材問題〉　《江蘇教育》　第5卷第1
期　1942年10月

尤墨君　〈怎樣積儲我們的語彙〉　《新學生》　第2卷第5期　1947
年3月

尤墨君　〈為孟容先生逝世十周年而作〉　《蘇州新報》　1941年6
月13日

尤墨君　〈追憶弘一法師〉　收於《弘一大師全集》　福州市　福建
人民出版社　1991-1993年　第10冊　第5輯

尤墨君　〈從中學生寫作談到大眾語〉　《申報》「自由談」1934年
7月5日

尤墨君　〈論講授文言〉　《新語林》　第6期　1934年10月

印人傳　〈三人印象記〉　《十日談》　第36期　1934年7月30日

孟憲承　〈初中作文教學法之研究〉　《教育雜誌》第17卷第6期

（1925年6月）

阿　發　〈記四作家〉　《十日談》　第34期　1934年6月20日

胡　適　〈文學改良芻議〉　《新青年》　第2卷第5號　1917年1月

徐激厲　〈「中學生」和中學生——站在中學生立場的批判〉　《中
　　　　學生》　第21號　1932年1月

馬肇礎　〈頭像〉　《蘇州雜誌》　1998年第1期　總第56期

黃　惲　〈尤墨君與《新蘇州導游》〉　《蘇州雜誌》　2013年第1
　　　　期　總第146期

楊大年　〈尤師瑣憶〉　《蘇州雜誌》　1998年第1期　總第56期

蓉　〈再記尤墨君〉　《十日談》　第38期　1934年9月20日

劉半農　〈應用文之教授——商榷於教育界諸君及文學革命諸同志〉
　　　　《新青年》　第4卷第1期　1918年1月

三　其他

尤墨君照片及相關文憑資料（尤大權提供）

尤墨君《槁蟬文集》（黃惲集錄）　詳其網易博客：http://blog.163.
　　　com/huangyun_7788/

貳　「粉筆屑」中的嘗試：曹聚仁與現代國語文教學

※凡正文已援引曹聚仁發表於《中學生》文章者，不再贅列。

一　專書

〔明〕王夫之著　船山全書編輯委員會編校　《船山全書》　長沙市
　　　岳麓書社　1988年

上海市政協文史資料委員會、上海魯迅紀念館合編　《曹聚仁先生紀

念集》　上海市　上海市政協文史資料編輯部　2000年
「上海文史資料選輯第九十六輯」

上海開明書店編譯所　《開明活葉文選總目》　上海市　開明書店
1931年

中國出版工作者協會編　《我與開明》　北京市　中國青年出版社
1985年

宣潔平編　《大眾語文論戰》　上海市　啟智書局　1933年

柏克赫司特（Helen Parkhurst）著　曾作忠、趙廷為譯　《道爾頓制
教育》（*Education on the Dalton Plan*）　上海市　商務印書
館　1924年

夏丏尊、葉聖陶合編　《國文百八課》　北京市　生活‧讀書‧新知
三聯書店　2008年

曹聚仁　《天一閣人物譚》　北京市　生活‧讀書‧新知三聯書店
2007年

曹聚仁　《我與我的世界：曹聚仁回憶錄（修訂版）‧浮過了生命
海》　北京市　生活‧讀書‧新知三聯書店　2011年

曹聚仁　《到新文藝之路》　香港　現代書局　1952年　再版

曹聚仁　《書林又話》　上海市　上海書店　1999年

曹聚仁　《聽濤室人物譚》　北京市　生活‧讀書‧新知三聯書店
2007年

陳學恂主編　《中國近代教育史教學參考資料》　北京市　人民教育
出版社　2000年

舒新城著、文明國編　《舒新城自述》　合肥市　安徽文藝出版社
2013年

葉聖陶　《葉聖陶集》　南京市　江蘇教育出版社　2004年

熊明安、周洪宇主編　《中國近現代教育實驗史》　濟南市　山東教

育出版社　2001年

二　單篇著述

朱自清　〈論朗讀〉　《國文雜誌》　第1卷第3期　1942年11月　桂
　　　　林版
夏丏尊　〈我的中學生時代〉　《中學生》　第16號　1931年6月

三　其他

曹聚仁與母親互動之書信資料（曹雷提供）。
香港大學圖書館庋藏曹聚仁絕版作品《到新文藝之路》影本（吳鴻偉
　　　　提供）。

參　舊刊新義：當代視野下的《國文月刊》與《國文雜誌》

※凡正文已援引《國文月刊》、《國文雜誌》文章者，不再贅列。

一　專書

中國出版工作者協會編　《我與開明》　北京市　中國青年出版社
　　　　1985年
朱自清　《朱自清全集》　南京市　江蘇教育出版社　1998年
余光中等著　《自豪與自幸──二十堂名家的國文課》　臺北市　商
　　　　周出版　2005年
宋雲彬　《紅塵冷眼》　太原市　山西人民出版社　2002年
李杏保、顧黃初　《中國現代語文教育史》　成都市　四川教育出版
　　　　社　2000年

李歐梵　《上海摩登：一種新都市文化在中國1930-1945》（*Shanghai Modern: The Flowering of a New Urban Culture in China, 1930-1945*）　香港　牛津大學出版社　2006年　增訂版

沈從文　《沈從文自傳》　臺北市　聯合文學出版社有限公司　1998年

金耀基　《從傳統到現代》　臺北市　時報文化出版事業有限公司　1985年

胡適著　唐德剛譯注　《胡適口述自傳》　《胡適文集》　北京市　北京大學出版社　1998年

夏丏尊、葉聖陶著　《文心——寫給青年的三十二堂中文課》　臺北市　如果出版社‧大雁文化事業股份有限公司　2009年

商金林編撰　《葉聖陶年譜長編》　北京市　人民教育出版社　2004年

張元濟　《張元濟日記》　北京市　商務印書館　1981年

張元濟　《張元濟詩文》　北京市　商務印書館　1986年

陳平原　《晚清文學教室：從北大到台大》　臺北市　麥田出版‧城邦文化事業股份有限公司　2005年

陳平原　《觸摸歷史與進入五四：一場遊行‧一份雜誌‧一本詩集》　臺北市　二魚文化事業有限公司　2003年

琦　君　《琦君自選集》　臺北市　黎明文化事業股份有限公司　1986年

葉聖陶　《葉聖陶集》　南京市　江蘇教育出版社　2004年

二　單篇著述

本會同人　〈發刊辭〉　《國語月刊》　第1卷第1期　1922年2月

李素真　〈我們正在寫歷史——搶救國文教育聯盟成立因緣〉　《國文天地》　第3、4月號　2005年

殷海光　〈中國現代化的問題〉　收入彭懷恩、朱雲漢主編　《中國

現代化的歷程——知識份子與中國現代化》　臺北市　時報
文化出版企業有限公司　1986年

高大威　〈五四前夕憶胡適〉　《文訊》　第282期　2009年4月
「懷想五四‧定位五四（上）：風潮與典範」

莊　適　〈莊俞家傳〉　《1897-1987商務印書館九十年——我和商
務印書館》　北京市　商務印書館　1987年

劉北汜　〈自清先生在昆明的一段日子〉　《文訊》　第9卷第3期
1948年9月

蔣維喬　〈編輯小學教科書之回憶〉　《1897-1987商務印書館九十
年——我和商務印書館》　北京市　商務印書館　1987年

黎錦暉　〈序〉　收入國語專修學校編　《國語教育》　上海市　中
華書局　1922年

三　其他

上海圖書館庋藏《國文月刊》、《國文雜誌》

肆　後出如何轉精　《開明文言讀本》對臺灣當代文言文教本的借鑑意義

一　專書

中國出版工作協會編　《我與開明》　北京市　中國青年出版社
1985年

朱有瓛主編　《中國近代學制史料》　上海市　華東師範大學出版社
1987年

朱自清　《朱自清全集》　南京：江蘇教育出版社　1998年

吳小鷗　《中國近代教科書的啟蒙價值》　福州市　海峽出版發行集
　　　　團·福建教育出版社　2011年

呂叔湘　《文言虛字》　上海市　開明書店　1949年　6版

呂叔湘　《呂叔湘全集》　瀋陽市　遼寧教育出版社　2002年

汪家熔　《民族魂——教科書變遷》　北京市　商務印書館　2008年

張文治編　《中學國文教師手冊》　上海市　中華書局有限公司　1940年

曹聚仁　《到新文藝之路》　香港　現代書店　1952年　再版

葉聖陶、周予同、郭紹虞、覃必陶編　《開明新編國文讀本》　上海
　　　　市　開明書店　1948年　3版　甲種第六冊注釋本

葉聖陶、呂叔湘、朱自清合編　《開明文言讀本》　上海市　開明書
　　　　店　1948年

蔡元培著　高平叔編　《蔡元培全集》　北京市　中華書局　1984年

二　單篇著述

王石泉　〈介紹開明國文教本〉　《國文月刊》　第78期　1949年4
　　　　月

姜明翰　〈由教材檢討高職國文教育的定位問題〉　收入陳啟佑編
　　　　陳敬介主編　《高職國文教材學術研討會論文集》　新北市
　　　　讀冊文化事業有限公司　2013年

夏丏尊　〈國文科的學力檢驗〉　《中學生》　第46號　1934年6月

夏丏尊　〈關於國文的學習〉　《中學生》　第11號　1931年1月

孫玄常　〈朱子仁說疏證〉　《國文月刊》　第47期　1946年9月

孫玄常　〈擬「高中國文教本目錄」〉　《國文月刊》　第54期
　　　　1947年4月

孫伏園　〈中學的文言教育——兼評《開明文言讀本》〉　《國文月
　　　　刊》　第75期　1949年1月

徐中玉　〈國文教學五論〉（續）　《國文月刊》　第67期　1948年
　　　　5月

陸志韋　〈目前所需要的文字改革〉　收入《觀察》　第4卷第9期
　　　　1948年

楊　揚　〈商務印書館與上海〉　收入張元濟研究會、張元濟圖書館
　　　　編　《張元濟研究論文集：紀念張元濟先生誕辰一四〇週年
　　　　暨第三屆學術思想研討會論文集》　北京市　中國文史出版
　　　　社　2009年

葉聖陶　〈發刊辭〉　《國文雜誌》　第1卷第1期　1942年8年　桂
　　　　林版

編　者　〈復刊詞〉　《中華教育界》　復刊第1卷第1期　1947年1月

編者（呂叔湘）　〈編者前言〉　《開明文言讀本導言》　上海市
　　　　開明書店　1950年

錢選青、宋學文　〈新課程的國語科標準之實施〉　《中華教育界》
　　　　第20卷第5期　1932年11月

三　其他

《職業學校法》　中華民國99年6月9日華總一義字第09900140651號
　　　　令修正　教育部主管法規查詢系統：http://edu.law.moe.gov.
　　　　tw/LawContent.aspx?id=FL008701

「普通高級中學課程綱要國文課程綱要部分規定修正規定」之「普通
　　　　高級中學必修科目國文課程綱要」　見《行政院公報》　第
　　　　16卷第197期　2010年10月　「教育文化篇」

「職業學校群科課程綱要──一般科目」　收入職業學校課程發展指
　　　　導委員會等編　《職業學校群科課程綱要暨設備基準──一
　　　　般科目》　臺北市　教育部　2009年

東大圖書股份有限公司、翰林出版事業股份有限公司、泰宇出版股份
　　　有限公司發行的國文課本
東大圖書股份有限公司之「一〇一高職國文用書表」（游明祥提供）
高大威　〈從「國學」到「漢學」名誼轉變的考察〉（教學講義）
　　　1996年
國家教育研究院　「職業學校教科用書審查通過版本一覽表」　見
　　　http://www.naer.edu.tw/m/405-1000-3438,c254.php

伍　環島紮根：從《國語文輔導記》考察一九五〇年代臺灣中小學語文教育

一　專書

〔晉〕郭璞注、〔宋〕邢昺疏　《爾雅注疏》　臺北市　藝文印書
　　　館　1993年　十三經注疏本第8冊
王壽康　《國語發音與演說》　臺北市　中國語文月刊社　1986年
何　容　《何容文集》　臺北市　國語日報社　1975年
余炳盛、方建能著　《臺灣的寶石》　臺北縣　遠足文化事業股份有
　　　限公司　2005年
洪炎秋等著　《何容這個人》　臺北市　國語日報社　1992年
陳芳明　《臺灣新文學史》　臺北市　聯經出版事業股份有限公司
　　　2011年
陳望道　《陳望道語言學論文集》　北京市　商務印書館　2009年
陳德規編　《「蘇俄在中國」之研究》　臺北市　中南出版社　1957年
葉石濤　《臺灣文學入門──臺灣文學五十七問》　高雄市　春暉出
　　　版社　1999年

趙友培　《文藝書簡》　臺北市　重光文藝出版社　1977年　增訂10版

趙友培　《思想與語文》　臺北市　中國語文月刊社　1985年

趙友培　《國語文輔導記》　臺北市　中國語文通訊研究部　1981年
　　　　再版

劉　真　《劉真先生文集》　臺北市　臺灣商務印書館　1990年

劉真口述　胡國台訪問　郭瑋瑋紀錄　《劉真先生訪問錄》　臺北市
　　　　中央研究院近代史研究所　1993年

蔣介石、陶希聖　《蘇俄在中國》　臺北市　中央文物供應社　1957
　　　　年　4版

蔡文甫　《天生的凡夫俗子──蔡文甫自傳》　臺北市　九歌出版社
　　　　有限公司　2001年

黎運漢、張維耿編著　《現代漢語修辭學》　臺北市　書林出版有限
　　　　公司　1994年

黎錦熙　《黎錦熙語言學論文集》　北京市　商務印書館　2004年

二　單篇著述

中國語文月刊社論　〈中國語文獎金的設置〉　《中國語文》月刊
　　　　第6卷第5期　1960年5月

中國語文學會　〈「國語發音圖說」初版前記〉　《中國語文》月
　　　　刊　第7卷第6期　1960年12月

中國語文學會　〈中國語文學會會務報告〉　《中國語文》月刊　第
　　　　6卷第5期　1960年5月

中國語文學會　〈改進國民學校國語教材的意見〉　《中國語文》月
　　　　刊　第6卷第5期　1960年5月

林海音　〈讀《我的父親關係》──憶王壽康教授〉　收入王正方著
　　　　《我這人長得彆扭》　臺北市　高談文化事業有限公司

　　　　　　2005年

黃柏松　〈我學國文和寫作〉　《中國語文》月刊　第9卷第3期
　　　　　　1961年9月

薛綏之　〈旅臺雜記〉　《北方雜誌》6　1947年6月　轉引自蔡盛琦
　　　　　　〈戰後初期學國語熱潮與國語讀本〉　《國家圖書館館刊》
　　　　　　100年第2期　2011年12月

語文教學叢書 1100008

現代國語文教育的探索與建構

作　　者　劉怡伶
責任編輯　吳家嘉

發 行 人　陳滿銘
總 經 理　梁錦興
總 編 輯　陳滿銘
副總編輯　張晏瑞
編 輯 所　萬卷樓圖書股份有限公司
排　　版　浩瀚電腦排版股份有限公司
印　　刷　百通科技股份有限公司
封面設計　斐類設計工作室
發　　行　萬卷樓圖書股份有限公司
　　　　　臺北市羅斯福路二段 41 號 6 樓之 3
　　　　　電話 (02)23216565
　　　　　傳真 (02)23218698
　　　　　電郵 SERVICE@WANJUAN.COM.TW
大陸經銷　廈門外圖臺灣書店有限公司
　　　　　電郵 JKB188@188.COM

ISBN 978-957-739-892-5
2014 年 10 月初版

定價：新臺幣 380 元

如何購買本書：

1. 劃撥購書，請透過以下郵政劃撥帳號：
　　帳號：15624015
　　戶名：萬卷樓圖書股份有限公司
2. 轉帳購書，請透過以下帳戶
　　合作金庫銀行 古亭分行
　　戶名：萬卷樓圖書股份有限公司
　　帳號：0877717092596
3. 網路購書，請透過萬卷樓網站
　　網址 WWW.WANJUAN.COM.TW
大量購書，請直接聯繫我們，將有專人為
您服務。客服：(02)23216565 分機 10

如有缺頁、破損或裝訂錯誤，請寄回更換

版權所有·翻印必究
Copyright©2014 by WanJuanLou Books CO., Ltd.
All Right Reserved　　　　　**Printed in Taiwan**

國家圖書館出版品預行編目資料

現代國語文教育的探索與建構 / 劉怡伶著.
　-- 初版.-- 臺北市：萬卷樓, 2014.10
　　面；　　公分.--(語文教學叢書)
ISBN 978-957-739-892-5(平裝)
1.漢語教學 2.語文教學 3.中等教育

802.03　　　　　　　　　　　103021149